千種キムラ・スティーブン
Chigusa Kimura-Steven

『源氏物語』と騎士道物語

王妃との愛

世織書房

序

私も『源氏物語』をアーサー・ウェイリーの英訳で読んだ一人である。カナダの大学で学んでいた時、ウェイリーの *The Tale of Genji* をみつけ、夢中で読んだ。その時は『源氏物語』が日本の古典だという意識はあまりなく、英文学や西欧文学のような感じで読んだのだが、そのスケールの大きさや、自然描写とからめて人びとの心理の綾を浮き彫りにする巧みな描写に魅了されてしまった。

そこで『源氏物語』を原典で読みたくなった。しかし当時、ブリティッシュ・コロンビア大学には古典文学のコースがなかったので、レオン・ハーヴィットというアメリカ人の教授に、『源氏物語』を教えて欲しいと頼んでみた。ハーヴィット教授は法華経を中国語から英訳された有名な仏教学者だったが、日本語の文献の研究から、古典文法にも詳しかった。忙しい方だったので、断られるかもしれないと思ったのだが、そんな熱心な学生がいるのは嬉しいと、夏休みに入っても授業を続けてくださった。語学の天才として評判だった教授は、原典を準備もなくすらすらと読み、解説されたが、私は一頁読むのにも悪戦苦闘だった。そこで図書館にあった谷崎潤一郎の現代語訳を使って下準備をしたので、結局古典文法は身に付かずに終わってしまった。

しかし谷崎訳も一緒に読んだことで、有意義な発見をした。

ウェイリー訳と違って、谷崎訳では、源氏とその父桐壺帝の妃藤壷との姦通の事実や彼らの息子の誕生の部分が省かれていたのだった。谷崎は、万系一世の神格天皇という神話を守ろうとした軍部や国粋的な学者の圧力を受けて省かざるを得なかったということを知ったのは、ずっと後のことであったが、私は谷崎訳と合わせ読むことによって、この長編が、源氏と藤壷の姦通、そして准太上天皇となった源氏の正妻女三宮と柏木の姦通という、姦通のテーマによって貫かれていること、しかも最後の宇治十帖も、二人の男に愛され、肉体関係を持つ女性という姦通のバリエーションをテーマとしていることに気づかされたのだった。

もうひとつの発見は、『源氏物語』が、西欧の姦通文学をはるかに越える革新性を持っていることだった。それで、いつか『源氏物語』と西欧の姦通文学との比較研究をやりたいと思っていた。そこで、ここでは『源氏物語』を西欧の姦通文学、特に十二世紀の宮廷風騎士道物語のなかの王妃との姦通を描いた作品と比較することにした。

なお用語について断っておくと、源氏と藤壷、柏木と女三宮の関係は、国文学の分野では密通といわれてきたので、「姦通」と呼ぶことには異論があるかもしれない。しかし密通という言葉は、未婚の女性との内密の関係にも使われてきた。そのため夫のいる女性と夫以外の男性の性愛関係は、不義密通とも呼ばれている。が、不義密通というのは、江戸時代には死罪であり、夫が妻と相手の男性を斬り殺しても罪にはならなかった。だから源氏と藤壺、柏木と女三宮の関係には、不義密通という言葉は適切ではないと思われる。

では、不倫と呼んだらどうかという意見もあるかもしれない。事実最近では不倫という言葉が使われている。しかし不倫という用語は、一九八三年放送の「金曜日の妻たちへ」というテレビ番組が人気を博してから使われ始めたもので、〈妻の不倫〉、〈夫の不倫〉というように、妻と夫の両方の婚外関係に使われている。だから不倫という言葉を使えば、葵上や紫上と結婚した後の源氏のさまざまな女性との関係も不倫と呼ばねばならず、それでは帝王の妃藤壺との関係の特殊性は薄れてしまう。

英語では、婚外の男女関係は普通「adultery」、すなわち「姦通」と呼ばれる。もっともこの言葉は、最近はあまり使われないが、妻の夫以外の男性との性愛関係を描いた小説は、「novel of adultery」（姦通小説）と呼ばれている。少なくとも十九世紀までの小説にたいしてはそうである。

ここでは『源氏物語』を西欧の姦通文学と比較するので、やはり姦通と呼ぶことにした。『源氏物語』を現代語訳した円地文子も、源氏と藤壺、柏木と女三宮の関係を姦通と呼んでおり、また社会学者や歴史家も、平安時代も含めた近代以前の妻の婚外の性愛関係には、姦通という言葉を用いている。だから、姦通という言葉を使っても、学問的には問題はないと思う。

論議の進め方としては、一章では西欧の姦通文学、特にトリスタンとイズーの物語とアーサー王伝説について説明し、二章では源氏と藤壺の姦通がどのように描かれているのかを、主に文学的な観点から見ていく。三章では、源氏、柏木、女三宮の関係をやはり文学的に考慮する。そして四章では、姦通という課題を社会学的に考慮し、『源氏物語』に表明された姦通にたいする考えも、やはり社会学的観点から見ていきたい。最後の五章では、平安王朝と十二世紀のヨーロッパの宮廷文化の類似や相違、そして紫式部を含め、平安時代になぜ女性の文学的才能が開花したのかといった問題を考察していく予定である。

目次

『源氏物語』からの引用は、「桐壺」巻から「若紫」巻は、阿部秋生・秋山虔・今井源衛校註・訳『日本古典文学全集12　源氏物語一』（小学館）から。それ以後の巻は、入手の問題のため、阿部秋生・秋山虔・今井源衛・鈴木日出男校註・訳『完訳日本の古典第十五巻　源氏物語二』（小学館）以下の巻から引用した。

『源氏物語』と騎士道物語

第1章

姦通文学の系譜——王妃との愛

1　王妃との姦通

姦通文学の系譜

文学における姦通というテーマは、トニー・タナーが指摘したように、「文学の歴史と同じくらい古い。特にヨーロッパでは、「文学を生み出してきたのは、結婚という静的均衡ではなく、むしろ姦通という不安定な三角関係であるとさえ、言えるかもしれない」(1)と、タナーはいう。

たしかにもっとも古い書のひとつである旧約聖書の詩篇にも、ダビデ王が兵士ウリアの妻バテシバと姦通し、ウリアを戦いの激しい戦場に送って死なせる話があり、この話に触発されて書かれた作品も多い。日本でも漱石がこの話を『三四郎』、『それから』、『門』の三部作の隠れたモティーフとして使っていて、教会の礼拝を終えて出てきた美禰子にダビデの悔恨の言葉、「われは我が愆を知る。我が罪は常に我が前にあり」(2)を口にさせている。だからこの話を知っている人も多いであろう。

しかし西欧で姦通小説がもっとも多く書かれたのは、十九世紀で、名作といわれる作品は姦通をテーマとしている。ジュリアン・ソレルとレナール夫人の姦通を描いたスタンダールの『赤と黒』(一八三〇)、エンマ・ボヴァリーの二人の男性との姦通を描いたフローベルの『ボヴァリー夫人』(一九五七)、ヘスタ・プリンと牧師ディムズディルの姦通を描いたホーソンの『緋文字』(一八五〇)、アンナ・カレーニナとヴロンスキーの姦通を描いたトルストイの『アンナ・カレーニナ』（一八七七）などは、日本でも名作として知られている。

しかし十九世紀の西欧の小説と『源氏物語』と、どのような関連があるのか。そういう疑問もあるであろう。

タナーは、「『傑作』であると認定を受けている十九世紀の小説は、程度の差はあれ様々の点で、フィクションとしてその時代に比類ないほど深い洞察を含んでいると考えられるが、それらのうちの多くが姦通を中心の問題に据えている」(3)という。

実は私も、紫式部の『源氏物語』はフィクションではあるけれど、十一世紀の貴族社会にたいする「比類ないほど深い洞察力を含んで」いる作品であり、式部の社会制度の批判も、源氏と藤壷、柏木と女三宮の姦通事件を通して表明されていると考える。しかも十九世紀の姦通小説と似た問題を扱った箇所もあり、『源氏物語』の革新性も、やはり十九世紀の作品と比較することによって、より鮮明になる。そこで適当な所で十九世紀の作品との比較をおこないたい。

もちろん日本にも、『源氏物語』以外に姦通小説はある。江戸時代に書かれた井原西鶴の『好色五人女』のなかにも、樽屋の妻おさんと手代の茂右衛門の姦通が描かれている。これは実際にあった話をもとにしたもので、近松門左衛門も同じ話を『大経師昔暦』で描いているが、近松は『鑓の権三重帷子』では、意図せず姦通してしまったおさいと笹の権三の話を描いている。

では、日本でも十九世紀には姦通小説が数多く書かれたのかといえば、そうではない。一八八〇年に姦通罪が制定されるのと同時に、姦通を描いた小説は検閲を受けたので、書かれなかった。もっとも、漱石が一九〇九年に発表した『それから』と翌年発表の『門』は例外で、前者では、長井代助と親友平岡の妻三千代が互いの愛を確認する話、『門』では、姦通で結ばれた野中宗助とお米のその後を描いている。

そこで最後の四章では、西欧の作品だけではなく西鶴や近松、漱石の作品も比較の対象に含めることにする。

とはいえ、『源氏物語』と今あげた日本と西欧の姦通文学に描かれた姦通との間には、大きな相違がひとつある。それは『源氏物語』では、臣下に降った源氏は父帝の妃である皇女藤壷と、柏木は准太上天皇となった源氏の正妻でやはり皇女の女三宮と姦通するというように、帝王ならびに帝王に准ずる男性の配偶者である高貴な女性と身分の劣る男性との姦通が描かれているが、それらの作品にはそのような高貴な女性との姦通は描かれていないことである。

では西欧にも帝王または王の妃との姦通を描いた作品があるのだろうか。

実は中世の宮廷風騎士道物語のなかに、王妃との姦通を描いたものがある。トリスタンとイズーの物語とアーサー王伝説ないしはアーサー王物語である。前者には、コーンウォールのマルク王の甥トリスタン（英語トリストラム）と王の妃イズー（英語イゾート、ドイツ語ではイゾルデ）の姦通が描かれている。一方アーサー王伝説には、アーサー王の両親の姦通、アーサーと別な王の妃との姦通、そしてアーサー王の妃グィネヴィアと円卓の騎士ランスロット卿の姦通が含まれている。

しかもこの二作と『源氏物語』には、さまざまな類似がある。たとえば、『源氏物語』は平安期の王朝文化を代表する作品だといわれ、現在でもさまざまな分野の芸術作品に影響を与えているが、トリスタンとイズーの物語もアーサー王伝説も、当時の華麗で雅びな宮廷騎士道文化を代表する作品として知られている。そして二作の影響は、西欧の文化・芸術だけでなく、男女関係のあり方にまで及んでいるといわれており、今でもこの二作に刺激されて、映画や小説が生まれている。

さらに重要なのは、この二作を念頭にして『源氏物語』を読めば、『源氏物語』だけを考慮した場合には見逃しがちな部分も見えてくることである。

そこで今回は、この二作と『源氏物語』の比較に重点をおくことにする。

ただしこの二作には、複数の作者がいて、成立過程も複雑であり、またその内容も、日本ではそれほど知られていないようだ。そこで『源氏物語』について論じる前に、この章ではこの二つの物語の成立に影響を与えた中世の宮廷風「雅びの愛」の伝統とは何か、二作は誰がどのような形で成立させたのか、そして作品の内容はどのようなものかについて、集中的に見ておきたい。

宮廷風「雅びの愛」の誕生

トリスタンとイズーの物語とアーサー王伝説の原型は、英国のケルト系の人びとの間に伝わっていた伝説だったのではないかといわれているが、現在見るような物語に変容したのは、十一世紀末から十二世紀の初めに出現した「アムール・クルトア」と呼ばれる愛の理念の影響だったといわれている。

「アムール」とは恋愛・愛を意味し、「クルトア」は宮廷風という意味で、「アムール・クルトア」は、日本語では〈宮廷風恋愛〉または〈雅びの愛〉と訳されているが、ここでは『源氏物語』にも応用したいので〈雅びの愛〉と呼ぶことにする。

特筆すべきなのは、「アムール・クルトア」は、未婚の男女の間の愛ではなく、夫のいる貴婦人にたいする独身の騎士の愛を意味していた。それは原則としてはプラトニックな愛だが、性愛も否定されていなかった。つまり、姦通にいたる愛も含んでいたのである。

これは画期的な出来事に思われるが、実はヨーロッパでは、「アムール・クルトア」が出現する十一世紀末までは、男女の愛は重視されていなかった。その背景には、男性同士の愛や友愛を重視し、女性を蔑視したギリシャの思想的影響があったといわれている。またキリスト教が、女性をイヴの後裔として危険視していたので、女性との恋愛に懐疑的な風潮を増長したのだという(4)。

ところが十一世紀と十二世紀世紀の変わり目に、突然に男女間の愛が重視されるようになった。どの書き手も必ず「突然」という言葉を用いており、二十世紀初頭の歴史家シャルル・セニュボスは「恋愛、この十二世紀の発明」(5)といっている。そしてこの十二世紀に発明された愛とは、「アムール・クルトア」であり、それはまた「フィナモール」(至福の愛または至純の愛)とも呼ばれた(6)。

しかしなぜ最初の愛の理念として賞讃されたのは、有夫の貴婦人にたいする独身の騎士の愛だったのだろうか。

その理由は幾つかあるといわれている。ひとつは当時のキリスト教の教会が禁欲を徳とし、夫婦間の情熱的な性愛は無秩序のもとになると考えていたからである。だから「子孫繁栄の意図だけが性的な結合を正当化するのであり」、「結婚とは神聖なものであるから、妻を激しく求めすぎる夫は、そとで浮気をするより罪深いとみなし」、快楽は「夫婦の枠組みのそと」(7)で見出すべきだと主張していた。

このような主張が受け入れられた背景には、西欧封建社会における王侯貴族、領主などの結婚は政略結婚であり、親の決めた相手と愛情もなく結婚したので、快楽は結婚以外の場で見出すことが実際にもおこなわれていたからだという。

中世フランスの王侯貴族や騎士階級の婚姻制度を調べたジョルジュ・デュビィ（日本語ではデュビーと記されることもある）はこういっている。結婚に関しては、息子の場合も父親、つまり家長が取り決め、利益があると認めた女性にしか、息子の妻としての地位を与えず、婚礼前にまず双方の親族の間で財産その他を含む契約が交わされたという。もっとも親の認めない女性との内縁関係も、家族に利益をもたらすものであれば容認されていた(8)。これは十世紀のことであったが、その後もこの慣習は続き、十一世紀になると、新たに「国王や封建大諸侯は、臣下のうちでもっとも忠誠を尽くす者に妻を分配することを通じて、封臣との友好の絆を強め」(9)ていったという。

つまり支配階級の結婚は、愛情ではなく、政治的経済的な利害関係にもとづいていたわけである。そのために姦通を奨励するような「雅びの愛」の理念も受け入れられやすかったのであろう。

なお「雅びの愛」の文学のパトロンとして有名なシャンパーニュ伯爵夫人マリは、「夫婦間に愛の占める余地があるか否か」という質問にたいし、「夫婦の間には真の愛はその力を及ぼし得ない」と断言し、その理由として、「夫婦はお互いの欲望に応ずべき義務があり」、それは既得権の問題にすぎず、また「夫婦の間には真の愛を育むのに不可欠な嫉妬心がない」(10)ことをあげ、真の愛は結婚外の愛人との関係にしかないと返答している。

では「雅びの愛」の理念は、どのようにして形成され、普及していったのだろうか。

それはトゥルバドゥールと呼ばれる吟遊詩人たちの歌う愛の歌(シャンソン)を通してであった。トゥルバドゥールが作詞し楽器にあわせて歌う「雅びの愛」の叙情詩は、もともとはアラブの恋愛詩、特にアラブ・アンダルシアの歌にその萌芽があるといわれている。

アンダルシアはフランスからピレネー山脈を越えた所にあるが、アンダルシアを含むスペインは、当時イスラム教徒が支配していた。彼らはヨーロッパより高い文化を誇っており、最初のトゥルバドゥールといわれるアキテーヌ公爵ギヨーム九世(一〇七一~一一二九)もアンダルシアのアラブ文化の影響を受けていた。

ギヨーム九世は、南欧を中心にフランス国土の三分の一もある広大な領地を持ち、教養人であると同時に、アラブ人の占拠するイスパニアへの十字軍に参加した武将でもあった。またギヨーム九世は、スペイン側のピレネー山脈地帯にあったキリスト教の小国アラゴンの王の未亡人と結婚していたので、夫人の領地にもよく行ったという。だからアラブの恋愛詩に親しむ機会も多く、その影響下で創作を始めたと考えられている。また職業的なトゥルバドゥールたちも、フランスだけでなく、スペインのイスラム教徒の宮廷でも活躍していたという(11)。

つまり有夫の貴婦人と騎士の愛を歌う「雅びの愛」の叙情詩は、アラブ文化との接触のなかから生まれてきたわけである。

忘れてならないのは、当時はアラブ圏の方が洗練された文化を誇っていたことである。西欧の中世は四七六年のローマ帝国の滅亡後から十五世紀までの長期にわたったが、最初の数世紀はたび重なる異民族の侵入などで、政治的にも文化的にも暗黒時代と呼ばれる期間が長く続いていた。しかし十一世紀末頃から、イスパニアへだけでなく、中近東への十字軍遠征が盛んになり、十字軍に参加した封建領主や騎士たちは、はるかに進んだ「ビザンチンとアラブの文明に接し」、「心情や作法や文化の洗練とは何か」(12)を学んで帰ってきたという。

その結果、国王の宮廷だけでなく、有力な封建領主の宮廷でも高度で洗練された文化が生まれ、十二世紀には華やかな宮廷生活を維持するだけの経済的基盤もできてきた。なお十二世紀に入ると西欧社会全般にわたり経済的、社会的、人口的に安定した繁栄期に入り、各地で交易も盛んになり、その結果、富も蓄積され、支配者階級の間には、大学を作ったり、大規模な建造物を建設したりし、芸術を奨励する余裕も生まれ、彼らの間には洗練された生活を送りたいという欲望も強くなったという。それは男女の恋愛にも及び、男性たちも、これまでの野蛮な振る舞いをやめ、洗練された優雅な作法を身に付けることを重視するようになったが、それは自分たちを、一般の民衆と区別し、階級的に優れていることを誇示するためでもあったという(13)。

そのような支配階級の人びとの願望を満たしたのが、トゥルバドゥールの歌う「雅びの愛」の叙情詩であり、人びとは生活のうえでもそれを模倣しようとしたといわれている。もっともそれは、一般民衆とは別世界でのことであり、トゥルバドゥールも領主や貴族、そして十一世紀初頭から貴族と見なされるようになった騎士が多く、最初のトゥルバドゥールのギヨーム九世は、フランス国王の所有する王領より広大な領土を所有していた。女性のトゥルバドゥールもいたが、すべて貴族の女性であった(14)。

なお、トゥルバドゥールの歌う「雅びの愛」の叙情詩には、アラブの恋愛詩以外の影響もあったと考えられている。そのひとつは、春の始めにおこなわれた「豊穣の儀式」の影響であった。この儀式はキリスト教が広まる以前の異教の儀式で、「その日だけは既婚の女性を口説いてもよいことになっていた」が、これは後にキリスト教の「聖ヴァレンティヌスの祝日」(15)として残り、その後世俗化されたものがヴァレンタインデーだという。

また「雅びの愛」の叙情詩に歌われた有夫の貴婦人への独身の騎士の愛と忠誠、そして献身は、当時の騎士道精神にもかなったものだったといわれている。

デュビィは現実の生活状況も、そのような愛が生まれやすいものだった、と次のように指摘している。当時の貴族や封建諸侯は自分たちの勢力を維持し、かつ戦いに勝つために、優れた騎士を多数確保しておく必要があったので、彼らの宮廷や城には、独身の騎士や騎士になる訓練を受けている若者が大勢いた、また領主は姉や妹の男児をあずかって騎士として訓練するという習慣もあり、奥方の役割はそれらの若者集団の世話をし、作法などを教えることであった、また奥方は夫が戦いや狩りや、さまざまな用事で留守の間に、財産や残った若者集団を管理しなければならなかった、そのため奥方は厳しい反面、やさしくもあったので、七歳の頃には母親から引き離されて騎士としての訓練を受けなければならなかった若者たちの間に、奥方への愛と忠誠の気持ちが生じたのだという。そして騎士たちの奥方への愛と忠誠は、夫にとっても、彼らを自分のもとに留めておけるので有利であり、夫は姦通に発展しても黙認していたようだという(16)。当時は貴族や封建領主の結婚は恋愛感情にもとづくのではなく、利害契約であったので、妻への若い騎士の愛情が自分に利益をもたらす限り、容認できたのであろう。むろん嫉妬深い夫の話も残っているが。

このような状況のなかで、トゥルバドゥールの歌う「雅びの愛」の理念、すなわち「若い騎士が主君の奥方など自分より身分の上の女性を〈意中の奥方〉と決め、その礼讃を通してその奥方にふさわしい騎士になるよう自己完成を目指し、冒険に挑み、試練に耐え、刻苦勉励するという文学上の理念」(17)ができあがるのである。それは騎士道精神にも反せず、むしろ良い騎士を育てるのに有効な教訓となった。だから王侯貴族や領主の支持をえたのであろう。

とはいえ、「雅びの愛」の歌の具体的イメージがわかないと思うので、典型的だと思える詩をひとつ引用しておきたい（長いので、行をつめた）。

「希望」（シャンソン）

はじめてあなたに会った日　奥方よ／すすんでお顔を見せてくださったとき／心のなかからあなたへの想いのほかはすべてが消え／すべての希みがあなたの上に固まった／そうしてあなたは　奥方よ　わたしの心を願いで埋めた／やさしい笑みときよらかな目　それを見て／わたしは忘れた　わたし自身と世のことどもを

並はずれた美しさ　こころよい対面／雅びな言葉　わたしに与えてくださる／愛のよろこび　すべてがわたしから理性を奪って／以来　奥方よわたしはそれをとりもどせない／その理性はあなたに贈ろう　わたしの心が慈しみを乞う／あなたに／そう　あなたの価値をたかめ　かつ　たたえるために／わたしをあなたに捧げよう　男がこれほどまでに愛する／ことはできない

たしかに奥方よ　あなたをいちずに愛しているゆえ／わたしはもう他の　誰をも愛せない／たとえ愛神が他の誰かに言い寄る機会を与えてくれても／そうすればこの大きな苦しみが消えると思っても／歓びのみなもとあなたを思うとき／他の愛はすべて忘れ　すべて捨て去り／わたしの心は慕わしいあなたのもとにつねにとどまる

思い出して下さい　お願いです　お別れのとき／わたしにして下さったあの嬉しい約束を／あのときわたしの心は踊り　高鳴りました／希望をもちつづけるようにとのお言葉に／わたしは大きな歓びをいだきました　たとえ今は苦しみが／深まっていても／あなたのお心しだいで　あの歓びをふたたび抱けるのです／奥方よ　わたしは今も希望に生きているのですから

どんな辛さも恐れません／ただ　命あるうちに　奥方よあなたによってある歓びにあずかると信じているかぎりは／いや　苦しみはむしろ歓び／わたしは知っているからです　心から愛する者は／どんな過ちも許し苦しみによく耐えることを　そうすれば／愛神が必ずや望みをかなえてくれることを

ああ　いつか　そのときが来たら／奥方よ　あなたがあわれと思し召されて／わたしを恋人と呼んでくださる　そのときが！

ギレーム・ド・カベスタン(18)

なお「雅びの愛」の歌は、最初はギヨーム九世の領地のあった南フランスのオック地方で広まったが、十二世紀中葉には、北フランスにも広がったという。ただし南と北では少し内容が違っていた。南仏の雅の愛の叙情詩は、男性の主導権と欲望を歌うものが多かったのにたいし、北仏では、女性が愛の導き手の役割を演じた英国ケルト起源の情熱的な物語に人気があり、吟遊詩人たちが用いる楽器も、「南欧はアラブ系の楽器、北欧はケルト系の楽器」(19)だという違いがあった。

そして「雅びの愛」の叙情詩がヨーロッパに広がるのに大きく貢献したのは、ギヨーム九世の孫のアリエノール・アキテーヌ(一一二二〜一二〇四)だといわれている。彼女がルイ七世と結婚すると、高い教養を身につけたアリエノール王妃の宮廷には、ヨーロッパ中から吟遊詩人や学僧などが集まり、「雅びの愛」の愛の歌は、フランス北部だけではなく、北欧にも広まっていったという。

その後アリエノールはルイ七世と離婚し、一一五二年にノルマンディー公アンリ・プランタジュネと結婚したが、引き続き文学を奨励したので、彼らの宮廷には物語作家も多数集まり、ウェールズの吟唱詩人(バート)たちによって、ケルト系のトリスタンの物語やアーサー王伝説なども盛んに歌われたといわれている。

つまりアリエノールは、アンリと結婚した後、姦通をテーマとするトリスタンの物語やアーサー王伝説を知るわけだが、実はアリエノールのルイ七世との離婚とアンリとの結婚自体も「雅びの愛」の物語のようであった。デュビィはその間の事情について、こう指摘している。父親の死によって祖父譲りの広大な領地の相続人となった美貌のアリエノールは、一一三七年に十六歳のルイ七世と結婚する。結婚当時アリエノールは十三歳から十五歳の間で、それは政略結婚だったが、娘が二人生まれた後、ルイ七世との結婚生活に満足していなかったアリエノールは「騎士道物語に登場する若者」のようなアンリと姦通し、その直後にルイと離婚し、アンリと結婚した。この事件で、アンリは『騎士の愛』によって」国王の妻を奪い、「先祖の仇を討った」と賞讃されるが、アリエノールの方は修道士や後世の歴史によって、総ての罪の元凶だとして非難された。しかしこの事件は、「君主の家の中では、奥方に近づくのが容易で」、「遺産相続をめぐって展開される策略において、誘惑というものがひとつのメカニズムとして機能するようになった」ことを示している。というのは、ルイと結婚した後も、美貌で広大な領地の相続人だったアリエノールを得ようと狙っていた貴族たちは多かったからだが、アリエノールはアンリに惹かれていたという(20)。

この事件は、有夫の貴婦人への「雅びの愛」には、不純な欲望も混じっていたことを示しているが、アンリとアリエノールとの結婚は波乱も多かったが、二人の間には八人の子供が生まれており、そのなかの一人は獅子王リチャードである。そして英国の内戦を終わらすことにも成功したアンリは、フランスの全面積の三分の一を占める広大な領土を相続していたアリエノール妃の力もあって、一一五四年に英国王ヘンリー二世となり、英国の他に、大陸側のノルマンディーからピレネー山脈にいたる広大なアングロ・アンジュヴァン帝国の王となる。

それを機に、ヘンリー二世と妃アリエノール（英国名エレアノール）はロンドンに居住するようになり、アーサー王伝説やトリスタンとイズーなどのケルト系の物語を、グレート・ブリテンの征服王朝である自分たちの統治を正当化するための政治的プロパガンダとして広めていったという(21)。特にヘンリー二世は、内戦を終わらせて英国に平和をもたらした自分を、六世紀初めの英国に平和をもたらしたと信じられていたアーサー王の再来だと吹聴して、英国国民の信頼と忠誠を獲得しようとし、美貌のアリエノール妃はグィネヴィアに譬えられた。またヘンリー二世とアリエノール王妃は「物語作家を後援し、アーサー王と騎士たちの物語を、イギリスの宮廷作法を洗練するのに利用した」(22)という。その過程で、宮廷に集められていた物語作家や吟遊詩人たちによって、断片的だったアーサー王伝説やトリスタンとイズーの物語は、首尾一貫した雅びな騎士道物語に作り変えられたのだが、そうした文芸活動の中心となっていたのは、やはりアリエノール王妃であった。アリエノール王妃は自らも「雅びの愛」によって、第二の夫アンリと結婚したので、「雅びの愛」の物語や叙情詩の創作と伝搬に熱心だったのかもしれない。

なおアリエノール妃がルイ七世との間にもうけた皇女マリ(一一四八〜一一九八)も、母親と同じく高い教養を身につけていて、「雅びの愛」の物語の創作と伝播にも大きく貢献した。マリは富裕なシャンパーニュ伯爵と結婚してマリ・ド・シャンパーニュとなり、シャンパーニュの貴婦人とも呼ばれていたが、彼女の宮廷では後にふれるランスロットとグィネヴィア王妃との姦通の物語や、多くの円卓の騎士たちの物語を書き加えた偉大な物語作者クレティアン・ド・トロアや、「雅びの愛」についての『恋愛論』を書いたアンドレ・ル・シャプランなど、多数の文人や学僧が、彼女の援助を受けて活躍していた。そしてマリは既に指摘したように、「雅びの愛」に関しての権威者としての発言もおこなっている。

このようにフランス最初のトゥルバドゥールとして名を馳せたギヨーム九世を祖父に持つアリエノー

ル王妃とその娘の伯爵夫人マリなどは、自ら創作はしなかったけれども、十二世紀における文学の有力なパトロンであり、宮廷風の雅びの愛を主題にした叙情詩や物語の普及や制作に大いに貢献した。これは平安時代に、天皇家の女性たちが文学のパトロンとして重要な役割を果したことを思わせる。

付け加えておけば、この時代に雅びの愛／宮廷風恋愛詩を通して広まったロマンティックな愛の理念は、文学だけでなく、男女関係のあり方自体にも影響を与えた革新的な思想であり、その影響は現代でも続いている。「レディー・ファースト」の概念も、「雅びの愛」から生まれたものである。このように雅びの愛／宮廷風恋愛は、ギリシャの女性蔑視の思想と違って、女性の価値を高めるものであり、騎士たちに女性を欲望のおもむくまま強姦や略奪などで得るのではなく、自制心を養い、敬意と愛を持って女性に接することを教えるものであったことを考えるなら、アリエノール王妃や娘の伯爵夫人マリ、そしてさまざまな貴族女性たちが「雅びの愛」の叙情詩や物語の創作や伝播に貢献したことは、不思議ではないといえよう。ただし女性蔑視の思想も、西欧社会に根強く生き残っていくのだが、それはこの論文の範囲外である。

2　トリスタンとイズーの物語

成立過程

トリスタンとイズーの物語は、十一世紀の半ば頃から、バート呼ばれた吟唱詩人やトゥルバドゥールたちに唱われて人気を博し、十二世紀後半になるとアングロ・アンジュヴァン帝国内だけではなく、ドイツ、デンマーク、イタリア、イスパニア、チェコなどにも伝承されていった。しかし原典は失われていて、作者も不明である。したがって、佐藤輝夫訳で岩波書店から出版された『トリスタン・イズー物語』は、一八九〇年に中世の文献学者でもあったジョセフ・ペディエが、残っていた文献を再編成し、かつ加筆して仕上げた作品である。

では、どのような文献が残っていたのか。これについては、ペディエ編の序文のなかで、フランスの中世学の権威者ガストン・パリスが詳しく解説しており、また佐藤輝夫の『トリスタン伝説』にも詳しい解説があるので、両者の情報をあわせて簡略に紹介しておく。

「トリスタン物語」のテキストは、ヨーロッパ圏に広く拡散しているが、一一七〇年ごろアングロ・ノルマン語で書かれたトマの作品が一番古いものである。そして十二世紀末にフランス西北部のノルマンディーでベルールが書いたものと、ドイツのアイルハルトのものがペアをなすと考えられているが、ベルール—アイルハルト系のものの方がトマのものよりケルト的プリミティブな要素を多く含んでいて古態を残していると考えられている。一方トマとその流れを組むドイツのゴットフリートのものは宮廷的優雅さを持っている。

なおトマもベルールも当時の習慣にしたがって韻文で書いているが、十三世紀の初頭には、ヨーロッパ各地で無名の作家によって膨大な量の散文の「トリスタン」物語も書かれた。しかしどの文献も、基本的なプロットは同じである(23)。

それで原典となる作品、つまり祖本があったと考えられているが、それがどのようなもので、誰が書いたかはわかっていない。佐藤によれば、トマはヘンリー二世とアリエノール(エレアノール)王妃のアングロ・アンジュヴァン帝国の華やかな宮廷において、原作を「雅びの愛」を取り込んだ物語に書き改めたらしく、その最後に自分はブレリの作品を典拠にしたと記しているが、ブレリが誰だったかはまだわかっていないという(24)。

なおパリスの弟子で中世文献の学者としても有名なペディエは、「原著者ノート」のなかで、自分は『トリスタン・イズー物語』を書くに際しては、ベルールの作品をもとにし、トマの作品も部分的に用い、散文で書かれたものからも必要に応じて取り入れて書いた、それは欠損部分が文献によって異なっているからだといっている(25)。

トリスタン・イズー物語の概要

『源氏物語』の分析に参考にしたいので、ここではペディエの『トリスタン・イズー物語』をもとに、二人の物語がどのような内容のものか要約しておきたい。すでに指摘したようにペディエ編は現存する文献のモティーフを総合的に研究・分析したうえで、加筆されたものだからだ。登場人物の名もペディエ編のものを使用する。

主人公トリスタンに関しては、八世紀の終わり頃、スコットランドにいたケルト系ピクト族の豪族の息子で、海賊からある国のプリンセスを救い出したといわれている Drust（ドラスト）という歴史上の人物がモデルだったのではないかといわれているが、証明されてはいない。

ペディエの物語のトリスタンは、コルヌアイユ（コーンウォール）のマルク王の妹ブランシュフルールとフランスのブリターニュ地方にあった一王国の王リヴァランとの息子だとされている(26)。しかし母親はトリスタンを生むと同時に亡くなり、母の遺言で「悲しみ」を意味するトリスタンと名付けられる（英語ではトリストラムと呼ばれる）。トリスタンの父も戦いで死んだので、孤児となったトリスタンを、亡き王の忠臣が心をこめて養育し、七歳になると勇士ゴルゴナにあずけ、「公達たるものの必ず心得おかねばならぬ、諸芸の道をおしえ」(27)てもらう。その結果、トリスタンは芸術にも武術にも優れ、かつ慈愛の心も持つ理想的な騎士として育つ。

トリスタンはこのように理想化された人物であり、ガストン・パリスが指摘するように、「人間よりかむしろ半神に近く、未開のあるゆる技芸に長」じ、「狩りの獲物を見事に料理し、類い稀なる闘技家であり、跳躍家であり、大胆な航海者、わけても竪琴や三弦器を見事に弾じ」(28)る人物である。もちろん無類の美男で、トリスタンの美しさに誰もが感嘆せずにはいられなかった。

やがてコルヌアイユにわたったトリスタンは、身分を隠して楽士としてマルク王の宮廷へ行き、竪琴を弾きながら歌うと、王や騎士たちはその素晴らしさに魅了され、おまけに武芸の腕を発揮して国を救ったので、たちまち王の寵愛をえる。そしてトリスタンが妹の子だと知ると、王は自分の後継者にしようと考える。だが嫉妬した騎士たちは、王に結婚をすすめ、王はとうとう鳥が運んできた黄金の髪と同じ髪の持ち主が見つかれば、結婚するという。

王に忠実なトリスタンは、かつて自分の傷を直してくれたアイルランド王の王女イズーが黄金の髪を持つ美しい女性であることを思い出し、アイルランドへわたる。アイルランドではドラゴンが人びとを苦しめていたので、王は殺害したものに娘を与えると、御触れを出していた。そこでトリスタンはドラゴンを殺したので、王はトリスタンの望み通りに、王女イズーを、マルク王の花嫁にすることに同意する。

しかしコルヌアイユへ向かう船中で、トリスタンとイズーは、イズーの母親が娘とマルク王が愛し合うようになるために侍女ブランジャンに内密に持たせた愛の媚薬を、ワインと間違えて飲みほしてしまう。そのため二人は、自らの意志では制御できない運命的な愛にとらわれ、一時も離れていられなくなる。ブランジャンはそれを知ると、「あなたがたは恋と死とを飲んでしまわれた」と警告したが、トリスタンは「さらば、死よきたれ!」といい、二人は「恋にすべてを棄てて互いに身をまかせてしまった」(29)のである。

コルヌアイユに着いた二人は、王に忠実でありたいと願いながらも、媚薬によって離れられず、王を裏切って密会を続けた。それに気づいた騎士たちは、二人を罰するように、王をそそのかした。それで二人は奥深い森に逃げ込み、狩猟で何とか命をつなぐが、ある日王に見つかってしまう。しかし王はトリスタンとイズーが二人の間に剣をおいて眠っているのを見て、彼らの間に性的関係はないと信じ、また二人がやせ細っているのに哀れを覚え、殺さずに立ち去った。目覚めた二人は剣が王の剣に変わっていることなどから、王が来たことを知る。その時には、愛の媚薬の効果が少し弱まっており、敵の追跡も激しくなっていたので、二人は王と和解し、イズーは王のもとに戻り、トリスタンは国外に行くことに同意し、ブリターニュにわたる。

数年後トリスタンは、マルク王のもとにいるイズーから音沙汰がないのは、忘れられてしまったからだと悲観し、ブリターニュ王の娘の白い手のイズーの求愛を受け入れて結婚するけれども、黄金の髪のイズーが忘れられず、妻を愛することも性的関係を持つこともできず、やがて戦いで、毒を塗った敵の槍によって、瀕死の状態に落ち入る。そこで、死ぬ前にイズーに一目会いたいと願い、腹心の友に船で迎えに行ってもらうが、嫉妬した白い手のイズーが、船には黄金の髪のイズーは来ないという黒旗しか見えないと告げたので、絶望して息絶える。そこへ到着した黄金の髪のイズーも、絶望のあまり、トリスタンの死骸を抱きしめ、ぴったりよりそったまま絶命する。マルク王はそれを聞くと、二人の遺骸を引き取りにきて、寺院の奥の墓地に左右にわけて埋葬するが、トリスタンの墓からは花香るいばらが生えて、寺院の上を這いあがって、イズーの墓のなかに伸びていき、何度切っても翌日にはまた伸びていくので、哀れに思ったマルク王は、枝を断ち切ることを禁じたといわれている。

なおペディエの作品の訳者である佐藤は、断片として残っているトマの作品も訳しているが、宮廷風の雅びを持つ美しい韻文で書かれている。後で『源氏物語』の分析にも必要なので、トマ作のトリスタンの死の直前の言葉の一部を紹介しておきたい。

「神よ、イズーをお救い下され、そして私も！
いまこのわたしのところに、来てくれる意志がなければ、
そなたの愛ゆえに、わたしは死ななければなりませぬ。
もうこれ以上、生命永らえることはできませぬ。
イズーよ、美しき人よ、そなた故にわたしは死にます。
たとえこの身の衰弱を、哀れとお思召しにならなくとも
せめてわたしの死だけは、悲しんで下され。
この死を哀れんでくだされば、恋人よ、
それこそ、わたしへの何よりの慰めです」と。
それから「恋しいイズーよ！」と三度言って、

四度目に、魂を天に返した(30)。

トリスタンとイズーの死後までも続く永遠の愛の物語は、人びとの心を深くとらえ、アーサー王伝説にも組み込まれて、幾世紀にもわたってヨーロッパで愛され、シェークスピアもこの物語に刺激されて、『ロミオとジュリエット』を書いたといわれている。十九世紀になってロマン主義が起こると、ルネッサンス以前の作品にたいする関心が高まり、トリスタンとイズーの愛と死の物語は再び人気を得るようになる。

そのような風潮のなかで、ワグナーは、トマ系の雅びなゴットフリート版をもとにオペラの名作「トリスタンとイゾルデ」を創作し、絵画の分野では、前ラファエル派の画家たちが好んで画材にするようになる。また文献学者ガストン・パリスたちも現存していたさまざまなトリスタンとイズー物語の研究を開始し、パリスの愛弟子であったペディエは『トリスタン・イズー物語』を、一八九〇年に完成させたわけである。

その後もトリスタンとイズーの物語の人気は衰えず、二十世紀になると、何度も映画化され、最新作は二〇〇六年に製作されている。したがって、トリスタンとイズーの物語がヨーロッパの芸術に与えた影響は、日本の芸術にたいする『源氏物語』の影響に似ているといえるかもしれない。

なおデュビィは、この物語のモティーフである、王妃と夫の甥との姦通は、当時の領主は姉や妹の息子をひきとって、立派な騎士に育て上げるという慣習があり、そのためおじの妻は甥を慈しみ、「甥の教育に協力する」義務があったこと、一方甥の方もおじの妻にたいし、「臣下」(31)として仕える義務があったことを反映しているという。

3 アーサー王をめぐる二つの姦通

アーサー王伝説の生成

アーサー王伝説は、すでに指摘したように、アングロ・アンジュヴァン帝国の王となったノルマンディー公ヘンリー二世とアリエノール（エレアノール）妃をはじめとするプランタジュネ家の人びとによって、グレート・ブリテンの征服王朝である自分たちの統治を正当化するためのプロパガンダとして用いられた。それもあって、非常な人気を博し、さまざまの作家の手で加筆されたり、新たな物語が付け加えられたりして成長、発展していった物語である。

一般には、主人公のアーサーは、六世紀頃に実在したローマン・ケルト系のブリテン（英国）の王で、五世紀に西ローマ帝国が衰え、ブリテンからローマ軍が撤退し、ケルト系の人びとがたび重なるサクソン人の襲来に苦しむようになると、年若いアーサーが現れて、紀元五百年頃の戦いでサクソン人にたいし決定的な勝利をおさめ、イングランドとウェールズを治める権利を獲得し、その後半世紀にわたり平和をもたらしたと考えられてきた。今でもそう信じている人が多い。

しかし学者の間では、紀元五百年頃のサクソン人との戦いは史実だが、アーサーは実在の人物ではなく、ジェフリー・オブ・モンマスが一一三〇年代に書いた『ブリテン王列伝』のなかのアーサー王の記事も史実ではなく、ジェフリーは、ウェールズなどにあったアーサー王伝説をもとにして書いたとされており、それが定説となっている。

とはいえ、一般には『ブリテン王列伝』のアーサー王の偉業を讃える物語は、長い間史実だと信じられ、他のケルト系の伝説とともにフランスに伝わたって人気を博した。そして先に指摘したアングロ・アンジュヴァン帝国の統治者となったヘンリー二世とアリエノール（エレアノール）王妃が、アーサー王伝説を自分たちの英国統治に利用したこともあって、十二世紀の後半になると、アーサー王に憧れて集まってきたとされる円卓の騎士たちの武勇談や恋物語が次々に創作され、華やかな騎士道物語に成長していく。十三世紀前半には、トリスタンも円卓の騎士の一人に加えられ、イズーとの恋愛もアーサー王物語のなかに組み込まれていくわけである。

一四七〇年代になると、イギリス人のトマス・マロリーが、それまでの流布本の集大成ともいえる『アーサー王物語』を書くのだが、この本は印刷技術の発達で多くの読者に読まれ、判を重ねた。つまりこの時点で、吟遊詩人などの語りによる伝承から、印刷本による伝承へと変わるわけである。その結果、アーサー王伝説は、より広範な層の人びとに愛されるようになる。

十九世紀になると、指摘したようにルネッサンス以前の文学にたいする関心が高まり、マロリーの本も再出版されるようになった。それをもとに、アルフレッド・ロード・テニスンは『国王牧歌』（一八四二）と題する長大な叙事詩を書いたが、テニスンは別の物語から、「シャーロットの淑女」の話も加えている(32)。前ラファイエット派もアーサー王伝説を好んで画材にした。その結果、アーサー王と勇敢な円卓の騎士たち、そして彼らが集った華やかなキャメロットの宮廷、ランスロットとグィネヴィアの恋物語などが、英語圏の人びとの間に再び浸透していった。

アーサー王伝説は現在でも新しい解釈を加えて書き継がれており、何度も映画化され、トリスタンとイズーの物語同様今なお人びとに愛されている。ミュージカル「キャメロット」は、六〇年代の初め、リチャード・バートンのアーサー、ジュリー・アンドリュースのグィネヴィアで、ブロードウェイで大好評を博し、ジョン・F・ケネディもこのミュージカルを愛していた。それが死後明らかになると、ケネディをアーサー王に、ジャクリーン夫人はグィネヴィアに、そして弟ロバートをはじめ有能なスタッフが集まったホワイトハウスはキャメロットに譬えられるようになり、ケネディ神話の生成に一役かった。これは日本でも記憶している人が多いであろう。

聖なる姦通とアーサー王の誕生

まずアーサー王自身をめぐる姦通のテーマに焦点を当てれば、アーサーは、ジェフリーの『ブリテン王列伝』では、父王による一種の姦通・略奪婚で誕生したとなっている。

すなわち、ブリテンの王である父親のウーサーは、サクソン人に勝利したことを祝って祝宴を開くが、その席で、自分の忠実で強力な支持者であるコーンウォールの領主の一人ゴロイスが伴ってきた、ブリテン中でもっとも美しいとうたわれた妃イグライネを見ると、制御できない超自然な激しい情欲にとらわれ、イグライネに露骨に言い寄るので、ゴロイスは怒って妻をつれて領地に戻り、妻を難攻不落の城にかくまう。しかしウーサー王はイグライネが諦められず、魔術師マーリンからゴロイスと生き写しに変身できる薬をもらって変身し、イグライネのもとに行き、その夜イグライネはアーサーを懐妊した。同じ夜、ゴロイスはウーサーに決戦を挑むが、ウーサーはゴロイスを殺害し、イグライネを捕らえて妻にしたという(33)。

このアーサー王誕生の物語は、神と人間の女の間に生まれた半神という英雄伝説の影響をうけているといわれている(34)。しかしこれは、他の男の妻と通じたり、夫を殺害して、その妻を奪ったりしても容認する「雅びの愛」の理念が広まる前の社会の存在を窺わせる挿話でもある。

一方、十五世紀に書かれたマロリーの本では、ゴロイスは「ティンタジル公」と変えられているが、ユーサー(ウーサー)王がイグレイン(イグライネ)に恋慕して、軍隊をひきいてティンタジル公を攻めるというところまでは同じである。しかしマロリーは、ユーサー王がイグレインのいる城に着く前にティンタジル公は戦死していて、「公の死後、それも死後三時間以上もたって、ユーサー王はイグレインと結ばれ」(35)た、とわざわざ断っている。作者は、二人は姦通を犯したのではない、アーサーはまっとうな関係から生まれたのだと主張しているわけである。しかもユーサー王は、その後、礼をつくしてイグレインに求婚し、結婚するとなっている。これは、『ブリテン王列伝』の時代と違って、姦通や略奪婚を好ましくないとする道徳観が生まれてきていること窺わせる設定である。事実マロリーの時代には、姦通や略奪婚を厳しく排斥してきた教会の権力が、より強力なものとなっていた。

特筆したいのは、マロリーの時代の姦通にたいする否定的な物語が出現する前に、ウーサー王が超自然的な情熱にかられてイグライネと姦通し、ブリテンの救世主となるアーサーが誕生するので、この話はキリスト生誕の物語のひとつの変型だという説も広がっていたことだ。

キリストは神の精霊がマリアに宿って生まれるとあるので、それを一種の聖なる姦通と見なし、ジョセフを姦通された夫とし、人類の救世主となる“royal / divine bastard”（王家の／聖なる不義の子）のキリストが生まれたとする考えがかなり広く知られていた。それがアーサー王の誕生にもあてはめられ、ウーサー王が精霊、イグライネがマリアで、二人の聖なる姦通を通して、ブリテンの救世主となる「王家の／聖なるは不義の子」アーサーが生まれたと、変えられているという。そして魔術師マーリンがジョセフの役割を演じ、アーサーを育てた、という(36)。

つまりアーサー王の両親の姦通は、ブリテンの救世主を得るための聖なる姦通である、というわけである。このような考えは、アリエノール（エレアノール）王妃の宮廷で、ラテン語で書かれた『ブリテン王列伝』がノルマン訛のフランス語の韻文に翻訳された時に生まれた新しい解釈だと考えられている(37)。

このようなアーサーの誕生をめぐるキリスト教的な考えは、騎士たちが集う「円卓」にもあてはめられ、「『最後の晩餐』のテーブルとのつながりからも、『円卓』はキリストと十二使徒の同胞関係のしるし」(38)の一変型だと見られるようになる。

アーサー王の呪われた姦通

アーサーの誕生をめぐる聖なる姦通とは対照的に、アーサー王自身のロス王の妃との姦通は、アーサー王の死と王国の滅亡をもたらす呪われた姦通として描かれているのが特徴である。

十三世紀に書かれたロベール・ド・ポロンの『マーリン』および無名の作家による「異本マーリン」によれば、アーサーはロス王の妃に惹かれて結ばれることになっているが、この話は以後のアーサー王伝説の一部となり、マロリーの『アーサー王物語』にもあるので、以下その内容を記しておく(39)。

若年のアーサーがその功績によって王の位につくと、スコットランドのロス王は数人の領主たちと反旗を翻すが、アーサーが強力な討伐軍を送り込んだので、ロス王はアーサーと和平を結ぼうと決心し、妻のモルガイセを使節として送る。ところがモルガイセは非常な美人だったので、アーサーは一目惚れし、モルガイセと結ばれ、その夜彼女は懐妊し、モルドレッドという息子が生まれることになる。つまりアーサー自身も姦通で息子を得るのである。

だがロス王の妃モルガイセは、アーサーがこれまで愛した多くの女性たちと違い、イグライネとゴロイスの長女、つまり異父姉であった。二人は知らずして近親相姦を犯してしまったのである。二人が自分たちの関係を知らなかったのは、アーサーは、父王ウーサーと魔術師のマーリンとの約束で、生まれるとすぐマーリンに引き取られ、ウェールズの田舎にいるエクトールという騎士に息子として育てられたからであった。だから二人は、お互いをただ魅力的な異性だと思って性的関係を持ったのであって、近親相姦を犯したとは思っていなかった。しかしそれを知ったマーリンは、メーデーの日に生まれるその息子によって、アーサーと輩下の騎士たちは滅ぼされ、アーサー自身も殺されると警告し、アーサー自身も不吉な夢を見る。恐れたアーサーは、その日に生まれた男児を総て殺害させるが、モルドレッドは船の難破で助かり、見つけた田舎人に育てられることになる。

一方ロス王は、モルドレッドがアーサーの子だとは知らず、助かったとも知らないので、自分の息子が殺されたと思って怒り、アーサーに戦を挑むが、アーサーの盟友に殺害されてしまう。物語はアーサーに同情的に書かれているために、ロス王の悲劇についての言及はないが、ここには、妻を寝取られたことを知らず、他の男の子を自分の息子だと信じて、命を落とす不運な王がいる。

このアーサーとモルガイセとの近親相姦は、アーサーがカルメリーデの王の娘でこの世でもっとも美しい女性といわれたグィネヴィアと結婚する前に起こったことだとされており、モルドレッドが生き残ったために、アーサーはグィネヴィアにたいしても世間にたいしても暗い秘密を抱え込むことになる。

その後アーサーは、強力な王国を築き、平和をもたらし、最高の王だと賞賛されるが、モルドレッドがアーサーに破滅をもたらすという予言は繰り返し語られ、それが現実となる日がくる。アーサーはグィネヴィアとの間に子供がいなかったが、モルドレッドを自分の息子だと認めようとしなかったため、モルドレッドはアーサーを憎み、王国を乗っ取ろうと謀り、アーサーがフランスにいる間に、王妃グィネヴィアを奪って、自分が王だと宣言する。罪の子は、ついに父の妃と国を奪ったのである。ただしグィネヴィアは性的関係を持つことを拒絶したので、二人の間に姦通はなかったといわれている。

そのニュースを聞いたアーサーは急いで帰国し、モルドレッドと戦って殺害する。だが、多くの騎士を戦いで失ってしまい、自分もモルドレッドの手によって瀕死の重傷をおい、湖の貴婦人よって異界であるアバロン島に運ばれて行き、国の危機には戻ってくることを約束する。しかしマーリンの予言通りに王国は滅亡し、アーサーも現世では死ぬのである。十五世紀にマロリーが書いた『アーサー王物語』でも、同じ筋書きになっている。

歴史的に見れば、六世紀の初めから半世紀にわたって続いたブリテンの平和は、激しさをましてきたサクソン人の襲撃によって失われ、ケルト系の人びとはやがて征服民となる。『マーリン』やその異本の作者は、これを念頭にして、ブリテンから平和が失われたのは、アーサー王が他の王の妃となっていた異父姉と近親相姦を犯し、罪の子をこの世にもたらしたからだとしたのである。これはブリテンの歴史をアーサー王の物語に結びつけた巧みな構想だといえよう。

ただし王が知らずに近親相姦を犯して神の怒りをかい、国が滅び、王も罰されるという話は、ギリシャのオイディップス王の悲劇を想起させる。ジェフリーの『列伝』では、モルドレッドは甥となっているので、十三世紀の作者が、オイディップス王の物語を下敷きにして、アーサーの近親相姦を構想し、神の予言の代りに、魔術師マーリンが予言を繰り返すとしたのであろう(40)。

なおこの十三世紀の話からは、他人の妻と姦通したり、近親相姦を犯したものは厳しく罰せられるという教訓も読み取ることができる。事実十三世紀には、教会はきびしく姦通を断罪し、また近親相姦にたいする処罰も厳しく、いとこ同士の結婚でも近親相姦と見なされていたので、それが物語に反映していることがわかる(41)。

4　ランスロット卿と王妃グィネヴィアの愛

『ランスロまたは荷車の騎士』の創作

ランスロット（仏ランスロ）とグィネヴィア（仏グニエーブル）の物語は、もともとアーサー王伝説にはなく、一一七七〜一一八一年頃、フランス人の詩人クレティアン・ド・トロワによって、アーサー王伝説の一部として創作されたものである。

グィネヴィアはアーサーの妃として、クレティアンの作品以前の物語にも登場しており、有名な円卓も、グィネヴィアがアーサーと結婚したとき、彼女の父王がアーサーに結婚祝いに送ったことになっている。しかしランスロットは、クレティアン・ド・トロワがアーサー王伝説の一部として新たに書いた『ランスロまたは荷車の騎士』に、初めて登場し、ジェフリーの『列伝』やケルト系のアーサー王伝説には登場していない。だから王妃グィネヴィアとの宮廷風「雅びの愛」、すなわち姦通を描くために創出された人物であることがはっきりしている。

興味をひくのは、当時の慣習にしたがって韻文の詩として書かれたこの物語の冒頭には、「この詩はシャンパーニュ伯爵夫人の要請で書いたのであり、夫人が物語も扱い方も教えてくれた」(42)という断り書きがあることである。シャンパーニュ伯爵夫人とは、アリエノール王妃とルイ七世の長女マリであるが、クレティアンの言葉は、自分は夫人の考えを代筆したにすぎない、だから内容が気に入らなくても、自分を非難しないでくれ、と宣言しているにひとしい。事実クレティアンは、この作品が不満で、最後の千行は別な詩人に書かせている。

しかしクレティアンが不満であったにしろ、『ランスロまたは荷車の騎士』は、アーサー王伝説の一部として定着し、ランスロットとグィネヴィアの恋愛は、高貴な女性と騎士の恋愛を描いた「雅びの愛」の規範となる。

しかもランスロットとグィネヴィアの話は、「トリスタンとイズーの物語」をもとにして、別な作家たちによって書き継がれていく。そのためアーサー王伝説の一部として取り込まれた「トリスタンとイズーの物語」は気の抜けた単純な話に変えられてしまい、円卓の騎士の一人となったトリスタンの武勇伝で埋まっている。

では『ランスロまたは荷車の騎士』は、どのような話なのか。

『ランスロまたは荷車の騎士』

クレティアンの物語は、私は英語訳を読んだが、日本語訳がないので、C・S・ルーイスの『愛とアレゴリー』とキャヴェンデッシュの『アーサー王伝説』の日本語訳から必要な箇所を引用しながら、荒筋を述べることにする。なお名前は、他のアーサー王物語と同じように英語名を使う。

「キリスト昇天祭」の日、王妃グィネヴィアはゴルレの地に住むメレアガントという邪悪な王子に誘拐され、連れ去られてしまう。ゴルレは特別な場所で、そこの住民たちは自由に他の地に行けるのに、他の土地から来た者は、一端そこへ行くと決して戻れないといわれていて、そこにはすでにアーサーの騎士たちが何人も連れ去られていた。

ランスロットは、王妃が誘拐されたと知ると、ただちに救出に向かった。それは「男と女のあいだで生まれた騎士、そしてかつて馬にまたがった騎士の中で、この男に及ぶものは絶えてなかった」[43]といわれるランスロットは、アーサー王を心から敬愛し、王のためなら命を捨てる覚悟でいたが、美しい王妃グィネヴィアに魅了され、密かに熱愛するようになっていたからであり、ランスロットの王妃への愛は、さきに引用しておいた「希望」というシャンソンの内容ともよく似ている。

ところが救出に向かったランスロットは、途中で馬を失ってしまう。そこへ一人の小人が死刑囚運搬車を駆って現れ、王妃について情報の得られるところへ運んでやるから乗れという。ランスロットは、乗れば犯罪者だと思われる、と一瞬ためらうが、すぐその申し出に応じて、荷車に乗る。案の定、人びとは、どんな悪い事をしたのか、笞刑を受けるのか、絞首刑になるのかなどと大声で尋ね、ランスロットは何度も屈辱に耐えねばならなかった。騎士文化は恥や不名誉を厭う文化であったにもかかわらず、ランスロットは王妃を救うためなら、いかなる恥をも忍ぶわけで、『荷車の騎士』というタイトルは、ランスロットがいかに王妃を熱愛しているかを示すためにつけられている。

なおランスロットの王妃への愛がプラトニックな感情だけでないことは、途中で王妃の櫛を見つけると、櫛についていた王妃の黄金の髪を抜き取って接吻し、下着の下の胸のあたりに、王妃の髪の毛がじかに自分の肌にふれるように押し込むことによって示されている。

ランスロットは屈辱に耐えただけでなく、困難な戦いにも勝ち、やっとゴルレの地に通じる剣でできた橋にたどりつくが、橋番の騎士に、不名誉を犯した騎士には剣の橋を渡る勇気などあるはずはないとまたしても馬鹿にされる。しかしランスロットは、両手、両腕、両足血だらけになりながら、鋭い剣の刃でできた橋を這って渡る。

ゴルレの地では、メレアガントの父の老王がランスロットを迎え、気高い王は、自分は息子が王妃を犯さないよう守っていると告げたので、ランスロットはただちに剣をとってメレアガントに挑戦し、負傷して弱っていたにもかかわらず、塔から見守る王妃の姿に鼓舞されて、メレアガントに勝つ。メレアガントは、そこで一年後ランスロットがアーサーの宮殿で自分と一騎打ちをすること、という条件をつけて、王妃と他の捕虜たちを解放することに応じる。

こうして王妃と、その前から捕われていた人びとは、ゴルレを出て、キャメロットへ帰ることができた。（実はアーサー王の宮殿のある地がキャメロットと呼ばれるのはこの物語が最初である。）だがメレアガントは罠を仕掛けてランスロットを捕らえ、最初はある人物の家に監禁するが、ランスロットが自由に出入りしていることがわかったので、窓もない塔に閉じ込め、入り口も漆喰でふさいでしまう。ランスロットが一年後の試合に出られないようにし、再び王妃を奪うためである。しかしランスロットの親切に感謝していた少女が、ランスロットを塔から救出したので、ランスロットはキャメロットでのメレアガントとの一騎打ちの試合に間に合い、メレアガントを殺害する。それによって、王妃はゴルレの地に戻らなくてもよくなり、王をはじめ、皆がランスロットを祝福する。そこで物語は終わっている。

さて、この話ではゴルレの地は異境であることが明らかで、一端そこへ連れていかれれば戻れないともあるので、ゴルレが冥土であることを示している。そしてゴルレの王子メレアガントに誘拐されて連れ去られたグィネヴィアをランスロットがゴルレへ行って救出するという物語には、寓意性があることがはっきりしている。

ルーイスもこの話にはアレゴリー性があるというが、どの様な寓意かは説明していない。キャヴェンディッシュは、グィネヴィアの誘拐と救出は、「ケルト伝説の一挿話で、もともと冬と夏の抗争という自然神話に拠り、また統合される話」であり、ランスロットは「結果的に死の形相としての冬を表すメレアガントをうち負かし、生命の源泉をあらわすギネヴィア《(ママ)》が永遠に連れ去られてしまう脅威を取り除く。つまり英雄は死の宣告から世界を救い、生命と生活の続行を保障するのである」という(44)。

しかし王妃グィネヴィアが、メレアガントに誘拐されて異界へ連れていかれ、一年後の同じ時期に再びメレアガントが彼女を取り戻しにくるというのは、ギリシャ神話で、冥土の王プルートンに誘拐された農業の女神デメテールの娘ペルセポーネが、毎年冬にはプルートンに冥土へ連れ戻されるという話によく似ている。ローマ神話にも同じ話がある。

実はアーサー王伝説にはグィネヴィアが誘拐されるという話は、他にもあり、グィネヴィアは大地の豊穣や国土の象徴だともいわれている。だからグィネヴィアはケルト版ペルセポーネと見るべきであろう。十五世紀に『アーサー王物語』を書いたマロリーもそれに気づいていたに違いない。彼の話では、クレティアンの原作にあった冥界のイメージは一掃されてしまっているが、グィネヴィアは緑の服を着た若い騎士たちと儀式のための春の花を摘みに森に出掛ける途中で、メリアガントに誘拐されるとあり、これは野原で花を摘んでいるところをプルートンに誘拐されるペルセポーネを思わせる描き方となっている。

なお、一一三六年頃カラドックという作者が書いた『聖ギルダス伝』にも、夏の国の王メレワスがグィネヴィアを誘拐したので、アーサー王がただちに救出に向かい、実在した高僧ギルダス（四九四生まれ?で五一六年没）がメレワスとアーサーの間の調停をおこない、グィネヴィアは無事アーサーのもとに戻れたという話が記されている。これは創作であろうが、クレティアンが『ランスロ』を書いたのは、一一七〇年代だった。したがって、この話を読んでアーサーの役をランスロットに変え、ペルセポーネの略奪の話と組み合わせたのであろう。

ただしクレティアンはこの物語は、シャンパーニュ伯爵夫人のアイデアにもとづいていると記しているので、カラドックの本を読んだのは、伯爵夫人だった可能性が強い。カラドックはノルマンの貴族に援助されていたが、伯爵夫人は、アリエノールの長女であり、アリエノールの夫ヘンリー二世もノルマン貴族であり、その所領はノルマンディーも含んでいたからだ。

しかしなぜマリとクレティアンは、アーサー王の役割を、ランスロット（ランスロ）という騎士に変えたのであろうか。

それは、この物語を宮廷風の「雅びの愛」の物語に変え、グィネヴィアの物語に、高貴な騎士の愛の奉仕という新しい要素を加えるためであったといえよう。

とはいえ、なぜマリとクレティアンは、グィネヴィアとランスロットの「雅びの愛」を、冥土の王プルートンによるペルセポーネの誘拐、そしてオリンポスの最高神ゼウスの命を受けたヘルメスによるペルセポーネの救出という神話を使い、アレゴリー的に描いたのだろうか。

それはグィネヴィアとランスロットの姦通を擁護し、かつ祝福するためだと考えられる。すでに見たように、トリスタンとイズーの姦通もアーサーの姦通も、悲劇的な結果に終わる。もっともアーサーの姦通は十三世紀の加筆なので、考慮には入らないが。マリとクレティアンは、トリスタンとイズーの悲劇は知っていた。そこで祝福される騎士と王妃の愛の物語を描こうと考え、ヘルメスによるペルセポーネの救出と祝福の物語を借りたのであろう。というのは、彼らが共同で創作した物語では、メレアガントを殺して王妃グィネヴィアを救ったランスロットが、アーサー王をはじめ宮廷中の人びとに祝福されている場面で終わっており、これは王妃とランスロットの愛も、宮廷中の人びとに祝福されているという隠れたメッセージとなっているからである。

ただしクレティアンはこの最後の部分が気に入らず、執筆を放棄し、他の執筆者が書き終えたので、グィネヴィアとランスロットの愛が祝福されるというアイデアは伯爵夫人マリのものであったと見なければならない。マリはギヨーム九世の孫のアリエノールの長女であり、それで「雅びの愛」の理念を、祖々父の作品と同じく肯定的な形で描いた物語を生み出したいと願ったのであろう。

ランスロットの愛の試練と至福の愛

実は『ランスロまたは荷馬車の騎士』は、先に言及した、「若い騎士が主君の奥方など自分より身分の上の女性を〈意中の奥方〉と決め、その礼讃を通してその奥方にふさわしい騎士になるよう自己完成をめざし、冒険に挑み、試練に耐え、刻苦勉励する」という文学上の理念ができあがっていくのに、大いに貢献した物語である。言い換えれば、この作品は、騎士道精神と高貴な女性への愛と献身とが同じ価値観をもとにしていることを示している。そこで、この点に焦点をあてておきたい。

まずランスロットは、王妃を救い出すために、死刑囚などの犯罪者を運ぶ荷車に乗ることも厭わず、数々の辱めを受けても耐え、素手と素足で剣の橋を渡り、切り傷だらけになる。また傷が直るまで待てというメレアガントの父王の親切な助言も断って、ただちにメレアガントと戦い、傷のために弱っていたので、殺されそうになるが、塔の窓に王妃の姿を見ると、勇気を取り戻し、メレアガントを負かして、王妃の釈放を約束させるわけで、王妃のためなら、命もおしまないのである。これは騎士が主君のために命をかけて戦うことと同じ価値観にもとづいた行動だといえる。

ただしランスロットの試練はまだ続く。というのは、それほどの犠牲を払ったにもかかわらず、親切な老王がランスロットを王妃に会わせると、王妃は「陛下、この者の時間はすべて浪費というもの、絶対に私から礼をいわれたり親切をかけてもらうにあたいせぬものなのです」と冷たく言い放ち、ランスロットと口をきくことを拒否したのである。だがランスロットは弁解もせず、「悲しそうな表情を浮かべた。しかし恋する男らしく、すべてを素直にうけとり、慎み深くいった。奥さま、私は深く悲しんでおります。しかしあなたの叱責の原因にはついては、あえて何も尋ねますまい」(45)と答えるだけであった。後で王妃は、死刑囚運搬車に乗る時彼が一瞬ためらったことを知っていたと告げる。

ランスロットは王妃への愛よりは騎士としての自分の名誉を考えて、ほんの一瞬、二歩歩くほどの間、ためらったが、それを王妃は非難したのである。王妃はランスロットに、王にたいするのと同じく絶対の忠誠を要求したわけである。原野昇がいうように、このエピソードを通して、「奥方の愛を得るためには男性側がいかに大きな犠牲をはらわなければならないかということが、読者／聴衆の間に浸透していった」(46)に違いない。

とはいえ、王妃も心からランスロットを愛していた。だからランスロットがメレアガントの家来に殺されたと聞くと、自分が冷たくしたのは不当だったと自分の愚かさを嘆くと同時に、ランスロットを永遠に失ってしまった悲しみで、食事も断ち、衰弱していった。そこで王妃は死んだという噂がたち、それがランスロットに伝わると、ランスロットは絶望感にとらわれて自殺を企てるが、近くにいた味方側の騎士が気づいて、一命を取りとめた。だがランスロットは王妃が死んだのに、自分が死ななかったことを嘆き続けるのである。つまりトリスタンとイズーの物語のように、愛する相手が死ねば、生きていられないという愛と死のイデオロギーがここにも見られる。

しかし王妃は生きていたので、老王の取り計らいで、ランスロットは王妃に会うことができた。王妃は夜になったら密かに自分に会いにくるように命じたので、ランスロットは庭に忍び込むのだが、王妃が閉じ込められている部屋の窓には鉄格子がはめられて、入ることができなかった。王妃に恋焦がれるランスロットは、この機会を逃したくないと、満身の力をこめて両手で鉄格子をまげて、そこからなかに入り、初めて王妃と結ばれる。ランスロットの忠誠と愛はついに報われ、二人は至福の一夜を過ごすのである。ここには姦通こそが「フィナモール」（至福の愛）なのだという「雅びの愛」の理念が表明されている。

夜があけると、ランスロットは別れを惜しみながら王妃の元を去るのだが、自分が忍び込んだことがわからないように、再び鉄格子を元に戻す。そのために剣の橋で傷ついた手は再び血まみれになるのだが、自分が忍び込んだと知れば、メレアガントが王妃に害を加えるのでは、と恐れたからである。

このようにランスロットは何事にもまず王妃の身を思って行動するが、王妃にたいするランスロットの絶対的忠誠を示す挿話は、もうひとつ描かれている。メレアガントの策略で貴人の館に幽閉されていたランスロットは、キャメロットで馬上試合がおこなわれ、王妃も出席すると聞くと、どうしても出場したく、試合が終われば必ず戻ってくると約束して、その家の騎士の鎧兜を借りて変装して出場し、たちまち並みいる騎士たちを屈服させた。王妃はもしその騎士がランスロットなら自分の言葉に従うに違いないと思い、伝言を送り、もっともぶざまなやり方で負けろと命令した。ランスロットは王妃の指示通りにしたので、他の競技者や見物の群衆に臆病者と笑われる。翌日も負けるようにと命令されたが、最後に勝つよう命令されたので、ランスロットは雪辱を果たすことができた。王妃はこうして騎士がランスロットであること確認し、また彼の愛と忠誠心が本物であることを知る。

その後ランスロットは約束を守り貴人の館に戻るが、怒ったメレアガアントに窓も入り口も塞いだ塔に幽閉され、最後に脱出したランスロットは王妃を連れ戻しにきたメレアガントを一騎打ちで殺害する。

このようにランスロットは、王妃のためならいかなる試練や屈辱にも耐え、王妃に絶対的忠誠と服従を示すのである。しかも王妃が寝ているベッドの傍へ来る時には、まず膝まずいて、彼女をいかに崇めているかを示すのである。このようなランスロットの王妃への献身と奉仕は、宗教的献身にも似ている。

最後にランスロットは、王を含め、宮廷中の人びとから王妃を救ったことを祝福され、賞讃されるわけで、彼の王妃への愛と忠誠と服従は報われて、物語は終わる。以後ランスロットとグィネヴィアの恋愛は、高貴な女性と騎士との恋愛のモデルとなり、それは現実の男性の行動にも影響を与えていくのである。

なお当時は騎士の叙任の際には、主君に絶対的な忠誠と服従を約束する儀式がおこなわれたが、このようなランスロットの行為は、騎士道精神にもかなったものである。しかもランスロットは王妃に愛されるために、数々の武勲をあげ、それはアーサー王の利益となるし、ランスロットの王にたいする忠誠心も変わらない。だから封建領主や貴族が、そのような「雅びの愛」の物語を支持したのも、理解できないことではない。

クレティアンのために付記しておくと、彼はランスロットとグィネヴィアの恋愛は気に入らなかったが、その後『エレックとエニード』や『クリジェヌ』では、主従の関係を恋愛にあてはめた支配する女性と服従する求愛者の愛を描くのではなく、夫婦間の愛を描いた。指摘したように、当時の貴族や騎士階級の結婚は、恋愛感情ではなく、利害関係にもとづく契約結婚であり、教会も、夫婦の間の生殖以外の性関係を非難した。だからこそ、姦通でなければ恋の情熱は生じないとする宮廷風恋愛の理念が生まれたわけだが、クレティアンはそういう流れに反して、夫婦の間の愛と情熱を描いた。これはやがて誕生する恋愛にもとづく結婚の理念と実践を先取りした革新的な行為であり、クレティアンの名はやはり記憶されるべきであろう(47)。

破滅的な愛

最後に、ランスロットとグィネヴィアの恋愛がアーサー王の理想の王国の崩壊をもたらす、という物語の存在についても簡略に見ておきたい。

『ランスロまたは荷車の騎士』は、ランスロットがメレアガントを殺し、アーサー王をはじめ、宮廷中の人がランスロットを祝福する場面で終わっているが、その後、作者の名はわからないが、トリスタンとイズーの物語を下敷きにして、ランスロットとグィネヴィアの物語を書き、それはマロリーの『アーサー王物語』にもくわえられている。そのためにアーサー王伝説中の、トリスタンとイズーの恋愛は、つまらない物語に変えられていることは、すでに指摘した通りである。

では、無名作家によって描かれ、マロリーの『アーサー王物語』につけくわえられた物語の内容はどのようなものなのか。

ランスロットは聖杯探求の旅で自分がいかに深くグィネヴィアを愛しているかを改めて知り、旅から戻ると、トリスタンとイズーがそうであったように、王の目をぬすんでグィネヴィアと密会を続け、それに気がついたランスロットに批判的な騎士たちに謀られて、王妃とベッドに一緒にいるところを見つかってしまう。アーサーはそれまで二人の関係については何もいわなかった。これは封建領主や貴族たちが妻の姦通にたいしてとった態度を反映して描かれているのかもしれないが、騎士たちが処罰を要求するので、アーサーも二人を罰せざるを得なくなり、ランスロットにキャメロットを去ることを命じた。

ランスロットがいなくなると、グィネヴィアを快く思っていなかった騎士たちが、グィネヴィアが毒りんごをある騎士にあたえたように仕組み、騎士は死ぬ。それでアーサーはグィネヴィアを殺人の罪で、火あぶりにより処刑しなければならなくなるが、もし誰かがグィネヴィアのために一騎打ちの試合で戦って勝てば、グィネヴィアの罪を許すというふれを出す。だが彼女のために戦おうというものはいなかった。ランスロットはそれを伝え聞いて、殺されるのを覚悟でキャメロットへ戻り、グィネヴィアを助け、グィネヴィアと去る。円卓の騎士たちも、ランスロット側とアーサーの側に別れてしまい、ランスロット側についた騎士たちはランスロットにしたがって、キャメロットを出て行ってしまう。

そこでアーサーはランスロットに戦いを挑むが、ランスロットはグィネヴィアの姦通の罪が世間に知られて、グィネヴィアが恥をかくことになれば、自分は耐えられないと、グィネヴィアにアーサーのもとへ戻るように説得する。グィネヴィアはランスロットの意をくんでアーサーのもとへ戻るが、アーサーはランスロットを許さず、ブリテンには二度と戻るなと命じたので、フランス出身のランスロットはフランスに戻り、円卓の騎士の半数も一緒に去り、ランスロットはそれらの騎士に広大な自分の領地を分割して与え、余生をフランスで送ろうとする。

しかしアーサーは好戦的な騎士たちにそそのかされて、国をモルドレッドにまかせ、フランスに渡り、ランスロットと戦い、双方とも多くの騎士を失う。その間に、モルドレッドは謀反を起こし、グィネヴィアを奪い、自らが王だと宣言する。それを聞いたアーサーは英国に戻り、モルドレッドを殺害するが、モルドレッドから受けた傷で死に、王国は消滅するわけである。

『ランスロまたは荷車の騎士』は、ランスロットの祝福の場面で終わったが、それ以後の作者たちは、このように二人の姦通が理想の王国の崩壊を招くという話を創作したのである。

それがどの時代であったかは不明だが、十三世紀後半にはアーサーが異父姉であると知らずに、ロスト王の王妃モルガイセと姦通し、近親相姦を犯したために、二人の間に生まれた罪の子モルドレッドに殺されるというストーリーが書かれたこと、また十三世紀には教会が厳しく姦通を非難した。だからランスロットとグィネヴィアの姦通が円卓の騎士団を分裂させ、アーサー王の王国を破滅させるという話が創作されたのも、十三世紀後半、ないしはそれ以後だと考えられる。

そして十五世紀に書かれたマロリーの作品では、アーサー王の死後グィネヴィアは罪を償うために尼僧院に入り、懺悔と祈りの毎日を送るというキリスト教的な話となっている。一方モルドレッドと戦うアーサーを助けようとフランスから戻ってきたランスロットも、アーサーが亡くなったことを知ると、グィネヴィアを尼僧院に訪れ、一緒にフランスへ戻ろうと説得するが、グィネヴィアは断って祈りと懺悔の暮らしをすると告げる。そこでランスロットも近くの僧院で僧となり懺悔と祈りの日々を送り、グィネヴィアが亡くなると、ランスロットはグィネヴィアを埋葬した後、水も食も断ち、祈りながら死ぬ。つまりトリスタンとイズーの役割を逆にした死であるが、作者はそこで初めて、二人はまことの恋人になった、最後は立派であったと、讃えるのである。そこにはトリスタンとイズーの物語や、『ランスロまたは荷車の騎士』にはなかったキリスト教的倫理観が強く打ち出されている。

　王妃グィネヴィアとの姦通で、このような大悲劇をもたらすランスロットは、「裏切りの騎士」と呼ばれたりもするが、しかしアーサー王と同じか、それ以上に、後世の人びとに愛されてきた。それはなぜなのだろうか。

王妃を愛する資格

　王妃と姦通するトリスタンも、アーサー王も、ランスロットも王族の出とされ、超人として神話化されている。

　トリスタンはブリターニュの王の息子で、マルク王の甥というように、王家の血をひく者とされる。そしてパリスが指摘したように「半神」と呼ぶにふさわしく造型されていて、比類のない美貌の持ち主であり、ドランゴンを殺害する一方で、諸芸に秀で、特に竪琴を弾きならして歌うと、皆心を打たれて、感嘆の声をあげた。そして最初のアイルランド訪問で、イズーに傷を直してもらうと、そのお礼として竪琴の弾き方を、乞われて教えるなど、トリスタンはあらゆる面でロマンティックな恋愛のヒーローにふさわしく造型されている。一方夫となるマルク王は、イズーの親の世代の人間である。したがってトリスタンの方が年齢的にもイズーにふさわしく、二人は絶世の美男・美女でもある。そのためか、散文で書かれた作品では、二人は愛の媚薬を飲む前から愛しあっていたとなっている。

おそらく読者は、ロマンティックヒーローにふさわしい資質をそなえた勇敢で美しい騎士トリスタンと、輝く黄金の髪を持つ王妃イズーが、愛の媚薬を飲んだにしろ、飲まないにしろ、熱烈に愛しあい、愛のために悲劇的な死を迎えることに、心を打たれたのであろう。

一方アーサーは、『列伝』によると、トロイの王子アイネイアースの子孫であり、ローマのコンスタンティン王の息子であるウーサー王を父に持ち、ブリテン中で一番美しいといわれたコーンウォール侯の妃イグライネが母親であった。だからその美貌をうけついでいた。そこで十三世紀にロベール・ド・ポロンの『マーリン』とその異本では、異父姉のモルガイセも美しかったので、二人は惹かれあうという話を創作したのであろう。二人が姉弟だと知らないのは、アーサーが生まれるとすぐ魔術師マーリンの手で育てられたからだとあり、アーサーが王家の正当な後継者だとわかるのは、ある日大理石のような石の真ん中にはめ込まれた鉄床にささっていた誰も抜くことのできない「エックスカリバー」と呼ばれる魔法の剣を、難なく引き抜いたからである。その剣が戦いで折れると、彼を幼いころから庇護してきた「湖の貴婦人」と呼ばれる女神／妖精が、より立派なやはりエックスカリバーと呼ばれる剣を与え、アーサーが王国を築くのを援助する(48)。このようにアーサーも、やはり半神の英雄の一人である。

一方ランスロットは、『ランスロまたは荷車の騎士』では、「男と女のあいだで生まれた騎士、そしてかつて馬にまたがった騎士の中で、この男に及ぶものは絶えてなかった」とだけあり、王族でも、半神のような存在でもない。しかしその後に創作された理想の王国を滅亡にみちびくことになるグィネヴィアとの姦通を描いた物語では、ランスロットは西フランスのバンという王の息子とされ、バン王は「ダビデ王の子孫」なので、「ランスロットはキリストにつながる極めて華々しい先祖を」(49)持つとされている。しかも父王が死ぬと、一歳のランスロットは、妖精の国で「湖の貴婦人」に育てられ、「湖の貴婦人」はランスロットが十八歳になると人間界に戻して騎士にするために、アーサー王の宮廷に連れていったことになっている。

このように「湖の貴婦人」に育てられるランスロットの背景は、魔術師マーリンに後見され、やはり「湖の貴婦人」から魔法の剣エックスカリバーを与えられるアーサーに類似している。それでこの二人はもともと同一人物から造型されたのではないかという説もある(50)。

いずれにしろ、ランスロットも、トリスタンとアーサーのように、王家の出身であり、同時に半ば神である英雄とされ、もちろん誰よりも美しく諸芸にすぐれていて、戦いでは負けたことがないので、騎士中の騎士だと賞賛されている。つまり彼もまた完璧なロマンティックヒーローとして造型されているのである。

ランスロットが礼節を重んじ、卑劣な行為は許さず、自分に不利な約束も必ず守り、女性に乱暴したりする騎士は必ず懲らしめるというのも、読者に愛される要因であったと考えられる。理想的な騎士であり、生涯ただ一人の女性を愛し続けるランスロットは、トリスタンのように理想的な恋人でもあり、「女を愛した罪深い男で、あなたほど誠実な恋人はいなかった」(51)とも語られている。

このようにランスロットは理想的恋人であるがゆえに、理想的な騎士ではあり得なくなり、その葛藤に苦しみ、それでもなお愛する女性を選ぶわけで、これは王にたいする裏切りではあるが、そこに真の英雄としての強さがあると見なされていて、ランスロットは男性の生き方のひとつの理想像として、今なお多くの人びとに愛され続けている。

一方アーサーとモルガイセとの姦通は、王国崩壊の悲劇を演出するためにのみ描かれたものであり、そこには雅びさはあまりなく、呪われた姦通である。そのためか、アーサーにはロマンティックヒーロー的要素は少なく、王としての偉大さに焦点があてられている。ただし好戦的な騎士たちにそそのかされて、潔くフランスへ去ったランスロットを追いかけて無益な戦いを挑むアーサーには偉大な王の面影はなく、復讐心の醜さだけが浮き彫りになっている。そういうことも相まって、ロマンティックヒーローを好む読者には、ランスロットの方が愛されるのかもしれない。

第2章

『源氏物語』と姦通——源氏と藤壺

はじめに

『源氏物語』は、十一世紀の初めに書かれたとは思えない素晴らしい心理小説である。だが構造的には、叙事詩に似ている。叙事詩は、非凡な能力を持つ主人公の誕生で始まり、主人公が困難をのりこえ偉業を達成する過程が描かれ、最後は主人公の死で終わることが多い。『源氏物語』も、『トリスタン・イズー物語』や『アーサー王伝説』と同じく、源氏誕生前の両親の話から始まり、須磨・明石での蟄居の後、理想の王国ともいうべき六条院の建設とそこでの栄華が語られ、源氏の死までを含んでいる。そして宇治十帖では源氏と関係のある人びとのその後が描かれているというように、全体的にはやはり叙事詩的形態をそなえている。

とはいえ源氏には叙事詩の主人公たちと異なる点がひとつある。叙事詩の主人公たちは自らの政治的手腕や戦闘能力によって偉業を達成するが、源氏の栄華は、父桐壺帝の妃藤壷の宮との姦通の結果もたらされるからだ。もちろん源氏も優れた政治手腕を発揮する。けれども准太上天皇の地位も、藤壷との息子が即位して冷泉帝となり、実父を臣下にしておくことを嫌って、贈った位である。言い換えれば、藤壷との姦通こそが、源氏が成し遂げた偉業に他ならないのである。

ところが王妃との姦通は、アーサーやランスロットの場合は、理想の王国の崩壊や死につながっている。また叔父であるマルク王に愛され後継者にと望まれていたトリスタンも、叔父の妃イズーとの姦通によって、苦難の人生を送らねばならなかった。

それゆえ源氏が帝王の妃との姦通で栄華を手にするのは、特異な構想だといわねばならない。もっとも源氏も准太上天皇になった後は、正妻女三宮と太政大臣の長男柏木の姦通を経験し、彼らの息子薫を自分の子として認めざるを得ないという屈辱を体験する。

しかし紫式部は、なぜ帝王の妃藤壷との姦通が源氏に栄華をもたらすとし、さらには源氏の正妻女三宮と柏木の姦通まで描いたのであろうか。その意図を知るために、まず藤壷と源氏の姦通がどう描かれているのかを見ていきたい。

1 「桐壺」巻の意味

長恨歌と姦通のテーマ

『源氏物語』の冒頭の「桐壺」の巻を読み直してみて、驚いた。そこには、この長編のなかで起きるさまざまな出来事についての伏線が多数含まれているからである。

まず目につくのは、『長恨歌』を通して、桐壺帝と桐壺更衣の愛だけではなく、源氏と藤壷の姦通——これは中世ヨーロッパ風にいえば「雅びの愛」だが——の可能性も暗示されていることである。

作者は冒頭では、桐壺帝が後宮にいる数多くの女御・更衣には目もくれず、あまり身分の高くない桐壺更衣ばかりを溺愛し、その溺愛ぶりは日をますごとに激しくなっていき、その結果人びとが玄宗帝と楊貴妃のようだ、政変が起きなければよいがと懸念する様子から描いている。そして楊貴妃に譬えられた桐壺更衣は、政変で殺される代わりに、他の女御や更衣たちにいじめられ続けた結果、玉のように美しい男の子を産むと、間もなく心労で亡くなってしまった、とする。

いじめによる死という、驚くほど現代的なテーマが、ここにあるが、後に第一皇子の母弘徽殿が源氏を迫害するので、桐壺更衣をいじめた首謀者も弘徽殿だったと推察できるように描かれている。

この挿話のもうひとつのポイントは、両親の常規を逸した激しい恋愛の結果誕生した主人公は、将来両親のように盲目的な愛に身を焦がすことになるだろうという示唆である。このような設定は、アーサー王伝説で、アーサーの父ウーサー王が激しい情熱にとらわれ、他の男の妻イグライネと結ばれてアーサーが生まれるというのに似ており、トリスタンも、深く愛しあっていた両親から生まれたが、誕生と同時に母が亡くなってしまうとある。だから源氏の誕生の仕方も、姦通劇の主人公にふさわしいものだといえる。もちろん作者の紫式部は、そういう西欧の姦通劇の主人公たちの存在を知らないわけだが、姦通劇の主人公には、やはり持って生まれた激しい情熱が必要だと考えていたことがわかって興味深い。

そして作者は、桐壺更衣を失った桐壺帝の悲嘆にくれる様子を、やはり楊貴妃を失った玄宗帝の悲しみに譬えながら描いていく。付言しておけば、秋の物悲しい風物に託して桐壺帝の心情を語る筆の冴えは、源氏と六条御息所の別れの場面に似ており、『源氏物語』が一人の作者によって描かれたことを示唆している。

そこから物語は数年後に移り、桐壺帝の淋しみも時がたつと少しは薄れたので、先帝の四の宮が桐壺更衣に似ていると聞いて入内させると、宮が亡き更衣にそっくりだったので、帝は宮を寵愛するようになる、この宮が藤壷だ、というふうに展開していく。

一方母の記憶がまったくなかった源氏は、人びとから藤壷は源氏の母にそっくりだといわれて、若く美しい藤壷を心から慕うようになる、とある。

物語はこのように進展していくわけだが、ここで重要なのは、桐壺帝にとっても、また息子の源氏にとっても、藤壷は桐壺更衣の形代／身代わりに他ならないことである。そして亡き桐壺更衣は、日本版楊貴妃に譬えられていたので、桐壺更衣の形代である藤壷は、新しい楊貴妃だということになる。これが『長恨歌』が引用された理由のひとつだと考えられるのである。

なぜなら楊貴妃は、父と息子の両方に愛された女性だったからだ。

もともと楊貴妃は、玄宗帝の息子寿王の妃だった。ところが玄宗帝は寵愛していた寿王の母武恵妃が亡くなると、息子の妃である美貌の楊貴妃に目をつけて通じ、息子から妃を奪ったのである。もっとも体面を保つため、一時女道士にし、その後還俗させて自分の妃とした。この時玄宗は五十六歳、楊貴妃は二十二歳であった(1)。

漢文学者川口久雄は、この事実は白居易の『長恨歌』では隠されているが、陳鴻の『長恨歌伝』には記載されていて、紫式部が『長恨歌』だけではなく、『長恨歌伝』も「読み親しんでいたことは疑えない」(2)という。

おそらくそれで紫式部は、玄宗帝と寿王の関係を逆にして、源氏が父の愛妃藤壺と結ばれる話を考えたのであろう。

なお中国には、息子が父の妃と通じるという話もあった。玄宗帝が最初に愛した武恵妃の一族の即天武后は、まだ太宗の妃であった時、後に高宗となる義理の息子李治と通じていたといわれている。即天武后は、高宗の死後に、周朝の創始者となり、武即天と呼ばれ、中国ではただ一人の女帝であった。この話は『唐書』などの歴史書にもあるが、日本では奈良時代の孝謙天皇の頃から、即天武后のことは知られていたので、紫式部も知っていたはずだ(3)。

もっとも楊貴妃には子供はなく、即天武后も太宗の妃であった時代には、義理の息子李治との間に子供はいなかった。

では紫式部は、妃の姦通によって男児が生まれ、その子が帝王の位につくというテーマをどこから得たのであろうか。

「桐壺」の巻にはそのヒントはないが、冷泉院が「薄雲」巻で夜居の僧から出生の秘密を聞き、父源氏へのとるべき態度、自己の進退について思いめぐらして、さまざまな書物を読む箇所にはこう書かれている。「唐土にはあらはれてもしのびても乱りがはしき事多かりけり」(五八頁)と。

これは〈中国では、正統ではない血統の者が即位することが多々あり、記録にも残されている〉という発言である。清水好子は、もろこしの事例というのは、河海抄があげた『史記』のなかの始皇本紀や呂不韋伝にある始皇帝の話のことであろう、そこには、始皇帝は荘王の子として皇位についたけれども、実は始皇の母太后が臣下の呂不韋と密通して生まれた、とあるからだという(4)。たしかにこれは適切な指摘であろう。始皇帝は清水がいうように、呂の息子だといわれ、呂秦と賤しめられたりした。中国ではこの話はよく知られていて、最近でも陳凱歌監督の「荊軻」(「刺秦」と呼ばれることもある)などのように、始皇帝をテーマとした映画ではよく取り上げられる。

実は日本でもすでに五、六世紀頃には、『史記』その他の中国の古典が読まれるようになっていたことが確認されている(5)。この伝統は紫式部の時代にも続いたようで、式部も日記のなかで、中宮彰子が生んだ若宮の御湯殿の儀の内容について、次のように記している。

文読む博士、蔵人弁広業、高欄のもとに立ちて「史記」の一巻を読む。(中略)御文の博士ばかりやかはりけむ。伊勢守致時の博士とか。例の「孝経」なるべし。また、挙周は「史記」文帝の巻をそ読むなり(6)。

漢学者を父に持つ紫式部も、博士たちのように『史記』に精通していたはずである。それゆえ、そのなかの始皇帝の出生に関する情報をもとに、藤壷と源氏の姦通と冷泉帝の即位というテーマを考えたのであろう。式部は「賢木」の巻でも、『史記』に記された燕の太子丹が、始皇帝を暗殺するために刺客荊軻を送った際、白い虹が太陽を貫くのを見て暗殺が失敗するだろうと怖れたという記事のなかからとった「白虹日を貫けり。太子畏ぢたり」(一八一頁)という言葉を、麗景殿女御の兄の藤大納言の頭弁に引用させている(7)。また式部は同じ「賢木」の巻で『史記』の周公旦の故事をふまえて、源氏に「文王の子武王の弟」(一九四―一九五頁)云々といわせている。このように『史記』を典拠とする叙述が多いのは、当時の読者は『史記』をよく読んでいたので、源氏と藤壷の姦通による冷泉帝の誕生も、始皇帝の話を典拠にしていることを示すためだったのではないだろうか。

もちろん日本でも天皇の妃との姦通はあった。『伊勢物語』には、有原業平と二条天皇の皇后との恋愛が描かれている。紫式部も「若菜」巻の下巻で、女三宮と柏木の姦通を発見した源氏に、「帝の御妻をも過つたぐひ、昔もありけれど」といわせいる(8)。しかし『伊勢物語』には、不義の子が帝位につく話はない。

とはいえ紫式部は、第一章の「桐壺」巻では、王妃と臣下の男性の姦通と不義の子の誕生という『史記』の始皇帝の話はあからさまには出さず、代わりに『長恨歌』、『長恨歌伝』の玄宗帝と息子寿王の妃であった楊貴妃の関係を通して、亡き桐壺更衣の形代である藤壷をめぐって、政変が起きるような不義の関係が生じるかもしれないと示唆するにとどめている。

高麗人の「相人」

「桐壺」の巻でもうひとつ目立つのは、「長恨歌」を通して藤壷と源氏の姦通というテーマを提示すると同時に、作者は高麗の使節団の一員だという「かしこき相人」を登場させ、このテーマを一層複雑な形で示していることである。
桐壺帝は幼い源氏の将来をどうするか思案したあげく、高麗人の「相人」に見てもらいに行かせた。すると「相人」は源氏の身分を知らないにもかかわらず、こういった、とあるからだ。

国の親となりて、帝王の上なき位にのぼるべき相おはします人の、そなたにて見れば、乱れ憂ふることやあらむ。おほやけのかためとなりて、天の下輔弼くる方にて見れば、またその相たがふべし（一一六頁）

桐壺帝は、亡き桐壺更衣の遺児である源氏を東宮にたて、自分の後継者にしたいと考えていたが、母方に強力な後見のいない源氏を天皇にすれば、第一皇子の母である弘徽殿を中心とする右大臣方が怒り、謀反を起こして源氏を失脚させるのではないかと懸念していた。だから源氏が皇位につけば「乱れ憂ふることやあらむ」という高麗人の「相人」の言葉を聞くと、桐壺帝は（今まで便宜上源氏と呼んでいた）第二皇子を臣下に降し、一世源氏にすることを決めるのである。

桐壺帝の懸念や、高麗人の「相人」が正しかったことは、桐壺帝の死後、朱雀帝が皇位を継承すると、朱雀帝の母の弘徽殿や右大臣家の人びとが待ってましたとばかりに、源氏を迫害し始めたことによって明らかにされている。言い換えれば「賢木」の巻は、もし源氏が天皇になっていれば、右大臣家の人びとが必ずや源氏を失脚させ、追放したであろうことがわかる箇所であり、桐壺帝が源氏を臣下に降下させたのは賢明な策であったと、改めて告げているわけである。

源氏は、朱雀帝側の外戚たちの陰謀で流刑を言いわたされる前に、すみやかに都を離れ、須磨、明石へ退居し、難を逃れる。この点については、改めて言及するが、ここでは、桐壺帝の懸念や高麗人の予言に注目すれば、作者が「桐壺」巻を書いた時点で、すでに「賢木」、「須磨」、「明石」の巻まで視野に入れた構想をたてていたことがわかることを指摘しておきたい。これは『源氏物語』が一人の作家によって書かれたことを示唆している。

では、高麗人の「相人」の予言にある「おほやけのかためとなりて、天の下輔弼くる方にて見れば、またその相たがふべし」というのは、どういうことなのか。この意味は、「藤裏葉」の巻になって、冷泉帝が実の親である源氏に「太上天皇」に准ずる位を贈ることによってはっきりするわけである。

むろん作者は「桐壺」の巻では、そのことを伏せているので、読者は臣下に降った源氏が、どのようにして「臣下ではない」位を得るのかという疑問と期待を抱くことになる。

そこで、作者はいち早く『長恨歌』などを通して、源氏は父帝の妃であり、亡き桐壺更衣の形代である新しい楊貴妃の藤壷の宮との姦通を通して、その地位を得ると示唆しているのである。

光る君と輝く日の宮

「桐壺」の巻でもうひとつ明らかなのは、源氏と藤壷は結ばれるべき運命にあるカップルであることがさまざまな形で示されていることである。

その第一歩は、桐壺帝が源氏と藤壺を寵愛し常にそばに侍らしていたので、人びとは、源氏を「『光る君』ときこゆ。藤壺ならびたまひて、御おぼえもとりどりなれば、かかやく日の宮と聞こゆ」（一二〇頁）と、記されている箇所である。

この叙述は従来あまり注目されてこなかったが、藤壺の「かかやく日の宮」という呼称を、漢字になおすと「輝く日の宮」となり、源氏の「光る君」と一対をなす形容語であることが、はっきりする。しかも源氏と「藤壺ならびたまひて」というように、「ならびたまひて」という語があることによって、「光る君」源氏と「輝く日の宮」の藤壺が、あたかもカップルのような印象を与える文となっている。

私は学生時代、ハーヴィット教授と最初にこの場面を読んだ時、「藤壺ならびたまひて」という表現に、オヤっと思って、何度も読みなおしてみた。「ならびたまひて」という語は、「光る君」と藤壺が一対となった男女であると読ませてしまうからである。仏教学者のハーヴィット教授は、自分は文学のことはわからないが、「ならびたまひて」とあるのは、やはり二人をカップルだと演出するためのレトリックとして読むべきであろうという意見だった。

もちろん藤壺の夫は桐壺帝であり、帝は藤壺を妃として寵愛しており、それは性愛を含む夫婦の関係である。一方桐壺帝の源氏にたいする愛情は、息子への愛情である。しかし「藤壺ならびたまひて、御おぼえもとりどりなれば」とすることによって、帝の藤壺にたいする愛情は、あたかも息子である源氏への愛情と同じ種類のものであるかのように語られている。そのために、「光る君」の父親である帝が、光り輝くように美しい息子夫婦を、慈愛深く見守っている様子が浮かびあがってくるのである。

事実年齢的には、藤壷と桐壺帝との間には親子ほどの差があるが、息子の源氏と藤壷の間には五歳の差しかなく、藤壷は源氏の正妻となる葵上より一歳上なだけにすぎない。だからカップルとしてふさわしいのは、年齢的には源氏と藤壷である。むろんそういう設定をしたのは作者であり、ここでは巧みな修辞法を用いて、この三者の間に男君の父親と若夫婦という隠れたイメージを作り、源氏と藤壷こそが結ばれるべきなのだと示唆しているのである。写本の書き手の間違いという問題も、むろん考えに入れねばならないが、だ。

しかも次にある文は、源氏が「十二にて御元服したまふ」（一二一頁）となっている。つまり源氏が大人になったことを告げる文である。

このような構図、すなわち源氏と藤壷とをカップル化した直後に、源氏は大人になったと告げる文があることは、あたかも藤壷が源氏の妻、または〈そいぶし〉、つまり最初に性の手ほどきをする相手であるかのような印象を与える。

その後の描写では、源氏にしっかりした後見人をつけたい帝の配慮で、源氏は元服の夜、左大臣家の婿となり、源氏の最初の〈そいぶし〉となるのは、左大臣と桐壺帝の妹にあたる北の方の愛娘葵上だとある。しかし源氏と藤壷をカップル化して描いた直後に、源氏が元服したという文がくるのは、明らかに計画的である。

しかも新婚間もない源氏は、葵上に馴染めず、「藤壷の御ありさまを、たぐひなしと思ひきこえて、さやうならむ人をこそ見め、似る人なくもおはしけるかな」（一二五頁）と、藤壷のことばかり考えている、と続く。

このような源氏の藤壷への思慕は、すでに二人を「光る君・輝く日の宮」とカップル化した文によって示唆されているので、なるほど、とは思うけれども、意外ではないわけである。

源氏と藤壷が肉体的に結ばれるのは、それから数年後、源氏が十七歳くらいの時である。しかし作者は、二人を「光る君・輝く日の宮」として一対の男女であるかのように描き、二人が結ばれることをいち早く暗示し、葵上と結婚した直後の源氏が藤壷を妃にしたいという強い願望を持っていることを明らかにしているのである。

光る君・高光る日御子・日本紀の御局

さて源氏の「光る君」という呼称は、二つの意味を持っている。ひとつは藤壷とカップルだと示すものである。それと同時に、「光る君」という呼称は、源氏こそが天から地上統治を命じられたニニギ（ホノニニギ）の後裔であり、新しい天皇となるべき能力を持っていると告げているのである(9)。つまり日嗣の御子とも呼ばれる東宮の地位にあるべきなのは、現東宮（後の朱雀帝）ではなく、源氏なのだと示唆する呼称である。これは桐壺帝の潜在的欲望を反映した呼称であるともいえよう。

最近では、源氏が「光る君」と呼ばれていることに注目し、かぐや姫と比較する研究が多くなった。しかし「君」は天皇家の御子という意味を持っている。それゆえ「光る君」という呼称は、皇祖神天照大神に地上統治をゆだねられて降臨してきた皇孫で「高光る日御子」と呼ばれるニニギを想起させる形容である。

西條勉は『古事記と王家の系譜学』のなかで、地上の統治者として天降ってきたヒノミコのニニギにはどのような枕詞が使われているかを調べた結果について、こう述べている。万葉集ではヒノミコには、「タカテラス（高照）あるいはタカヒカル（高光・高輝）の枕詞を冠して用いられ」、古事記にも〈タカヒカル―ヒノミコ〉のかたちが四例ある、日本書紀にはそのような用例はないが、しかし〈タカヒカル―ヒノミコ〉という「フレーズは古くから宮廷歌謡に用いられていた伝統的な成句である」、一方「〈タカテラス―ヒノミコ〉は天武と持統および天武直系の皇子にだけ用いられ」「その用例も人麻呂作歌を中心にした白凰に集中し」、「宮廷歌謡に用いられていた〈タカヒカル―ヒノミコ〉を改訂したもの」(10)だと。

ここで注意を喚起したいのは、『源氏物語』を女房に読ませて聞くという形で楽しんでいた一条天皇が、紫式部は「日本紀」をよく知っているといったので、自分に悪意を抱いていた女房に「日本紀の御局」と呼ばれたと式部は日記のなかで文句をいっていることである。「日本紀」とは『日本書紀』以下の六国史であるから、『古事記』も含むわけだが、一条帝は自らも〈タカヒカル―ヒノミコ〉ニニギの体現者として天皇の位にあった。だから「光る君」が、〈タカヒカル―ヒノミコ〉ニニギの後裔を意味することがわかって、一条帝は、紫式部は「日本紀」をよく知っているという感想をもらしたのではないだろうか。

歴史的にみれば、天皇が皇祖神に地上の統治をゆだねられたニニギの体現者だという思想は、天武天皇の代に確立している。それは壬申の乱で天智天皇側から皇位を奪った天武天皇方が、自分たちの統治を改めて正当化するためであったが、ジョウン・R・ピジョーは「『ヒメヒコ』と『ヒメ王』」で、こう指摘している。

六九七年に持統天皇が譲位して、太上天皇となり、「天武よりの理想的父子孫継承の最初の例」である草壁の子の軽皇子が十四歳で文武天皇として即位する時、その即位を正当化するために出された宣命のなかで、持統と文武の共同政権は、「天照大神から『現御神』たる共同統治者への、いわば聖なるマナーの受け渡しに基づくものであると規定」し、「加えて文武の先祖たる天照大神や持統、その子孫としての邇邇芸命と文武、という構図」(11)は、持統天皇崩御後間もなく完成した『日本書紀』にも描かれていると。

つまり紫式部が精通していたという六国史のひとつ『日本書紀』には、皇位を継承する皇子が正当な統治者だと強調するために、天照大神の命で天降ってきたニニギの後裔／体現者だとする構図があったわけである。そしてニニギにたいする『古事記』や宮廷歌謡などの呼称は、「タカヒカル─ヒノミコ」であった。

それゆえ、紫式部は「光る君」という呼称を冠することによって、源氏は皇位継承権のない「ただ人」になったけれども、彼こそが「(高)光る日御子」ニニギの後裔であり、天皇に必要な統治能力の持ち主だと示唆したと考えられるのである。そして自らが高光る日御子ニニギの体現者であり、『日本書紀』などを読んでいた一条帝は、式部の意図を的確に理解したに違いない。

さらにいえば、天皇家では、皇統がかわるたびに、新しい天皇には「光」という言葉の入る号を付ける習慣があった。たとえば天武系から再び天智系にかわった時の天皇の名は「光仁天皇」であった。このような伝統は、新しい天皇も「高光る日御子」ニニギの体現者であり、正当な統治者だと強調するためであろう(12)。

一条天皇だけではなく、他の宮廷人も、そういう伝統を知っていたであろうし、彼らは宮廷歌謡も知っていたはずだから、やはり「光る君」イコール「高光る日御子」だと理解したのではないだろうか。

なお紫式部は、源氏が光り輝くような美貌であり、その美が人間の限界を超えた「神など、空にめでつべき容貌」(「紅葉賀」四八頁)の持ち主であることや、ただ人とは異なる才能、すなわち神才の持ち主だとたびたび強調しているが、これも源氏が統治者として天上の世界から降臨してきた聖なる「(高)光る日御子」ニニギの後裔であるというイメージ造りの一環であろう。小島菜温子は源氏誕生の際の「世になくきよらなる玉の男皇子さへ生まれたまひぬ」の「玉」という形容は、古代では「聖なるレガリア(神器)」を意味し、源氏は「地上の聖王」(13)だという示唆だとする。これも源氏が皇祖神に地上統治を命じられて降臨してきた「(高)光る日御子」ニニギの後裔/形代だという示唆と矛盾しない。

実は、このような源氏の神格化がもっとも顕著なのは、「紅葉賀」の巻である。桐壺帝が、朱雀院の行幸でおこなわれる歌舞を藤壺たちが見られないことを残念に思い、特別に試楽の宴を開いた時、源氏は青海波を舞うが、「詠などしたまへるは、これや仏の御迦陵頻伽の声ならむと聞こゆ。おもしろくあはれなるに、帝涙を拭ひたまひ、上達部、親王たちも、みな泣きたまひぬ」（四七頁）と記されている。そして舞い終わった源氏の「顔の色あひまさりて、常より光ると見えたまふ」（四七頁）ので、さすがの弘徽殿の女御も、「神など、空にめでつべき容貌かな」（四八頁）という。もちろん弘徽殿の女御にそういわせているのは、作者である。そして本番の朱雀院の行幸の折りに、青海波を舞う源氏は、「今日はまたなき手を尽くしたる、入り綾のほど、そぞろ寒く、この世のものともおぼえず」「すこしものの心知るは涙落としけり」（五〇頁）と叙されている。

このような描写は、現代人から見れば過剰で、コミカルにも見えるが、柏木由夫は、「古代の物語で主要な登場人物は」「天女の行く末の子」などのように、「天界との結びつきが強いとされていて、そうした超人性は望ましい理想を表すものだったと思われる」(14)という。

紫式部はそういう伝統を利用して、源氏は天界から舞い降りてきた神の子だと強調することで、源氏が天下った「高光る日御子」ニニギの後裔であることを強調し、源氏こそが桐壺帝の後を継ぐべきなのだ、だから朱雀帝の皇位継承はふさわしくないのだと告げているのである。これは摂関家が、統治能力ということを無視して、自分の娘の生んだ皇子を皇位につけたことへの批判だといえよう。

聖なる姦通

源氏が「桐壺」の巻で、「高光る日御子」ニニギとして神格化されているもうひとつの理由は、もちろん藤壺の宮との姦通を聖なる結びつきだと主張し、冷泉帝の誕生を擁護するためである。

一章で、中世ヨーロッパの宮廷騎士道物語で王妃と姦通するトリスタンやランスロットは半ば神として描かれていて、トリスタンは愛の媚薬を飲んだので、叔父のマルク王の妃イズーを愛するのだとして擁護されていること、また『ランスロまたは荷車の騎士』では、ギリシャ神話の冥土の王のペルセポーネの略奪とオリンポスの最高神ゼウスに命じられたヘルメスによるペルセポーネの救出の話に結びつけることで、ランスロットとグィネヴィアの姦通も神話化され、肯定されていることを指摘した。またウーサー王とイグライネの姦通からブリテンの救世主となるアーサーが誕生するという話は、キリスト生誕神話と同じく、ブリテンの救世主となる“royal／divine bastard”（王家の／聖なる不義の子）アーサーを得るための聖なる姦通であると考えられていたことも紹介しておいた。このなかで、もっとも『源氏物語』に近いのは、最後のアーサー王生誕の物語である。

というのは、紫式部も、天皇家の統治神話をアレゴリー的に用いることによって、藤壺と源氏の姦通を聖なる姦通だとし、冷泉帝の誕生を擁護しているからである。

これは式部が、源氏を「光る君」と呼び、「タカヒカルヒノミコ」ニニギの後裔として神格化し、同時に帝王妃の藤壺も「輝く日の宮」と呼んでいることを見ればわかる。

「輝く日の宮」という呼称は、天上に輝く太陽、すなわち皇祖神天照大神を思わせる形容である。もちろん『古事記』や『日本書紀』に記された天皇家の統治神話では、「タカヒカルヒノミコ」ニニギと、皇祖神「アマテラス」は夫婦神ではない。しかし「アマテラス」は皇祖神となる前には「ヒルメ」という神の妻を意味するイメージも持っている。

西村によれば、「アマテラス大神という神格」は、「ヒルメの皇祖化によって形成されたと考えられる」、そして「ヒルメの天上統治＝皇祖化と相関してヒノミコの降臨＝現神化を語るその神話は、記紀においても律令的な王権神話のもっとも基本的なモチーフとして表現されている」(15)と指摘している。

そこで紫式部は「アマテラス」の二重のイメージもふまえて、源氏に「光る君」、藤壷に「輝く日の宮」という枕詞的呼称をあたえ、それによって、彼らが天皇家の統治神話につながる聖なるカップルだというイメージを作り出そうとしたと考えられるのである。そして紫式部の意図を、もっとも良く理解したのが、ニニギの体現者の一条天皇だったのではないだろうか。

また紫式部は、指摘したように、「紅葉賀」の巻では、懐妊中の藤壷を前にして源氏が青海波を舞う姿を、「神など、空にめでつべき容貌かな」などと最大限に神格化している。それは読者に、源氏が天上界で正統な統治者と認められた「タカヒカルヒノミコ」ニニギの後裔であることを再確認させ、生まれてくる息子（冷泉帝）は、皇統を乱す者ではなく、正当な統治者の系譜に属すのだ、と告げるためだといえるのである。

では紫式部は、なぜが源氏と藤壷の姦通を聖なる姦通とし、冷泉帝誕生を擁護したのであろうか。

それはひとつには、王妃と臣下の呂の姦通によって生まれたといわれる始皇帝が「呂秦」と賤しめられたことが念頭にあったからであろう。そしてその究極の目的は、やはり源氏と藤壷の姦通と冷泉帝の誕生を、天の神々によって決められたことだとして神聖化し、読者の批判を予め封じるためだったと考えられるのである。

中世ヨーロッパの「雅びの愛」の文学では、両親の姦通によって生まれたアーサーの統治を正当化するために当時もっとも神聖であったキリスト生誕の神話が援用されたが、紫式部は天皇家にとってもっとも神聖な統治神話を援用することで、冷泉帝の誕生と、帝王としての統治を擁護しようとした。むろん東西のこの二つの物語に関連はないが、不義の関係から生まれた王を擁護するために、似た手法がとられたのは、大変興味深い。

「桐壺」巻の最後のメッセージ

天皇家の統治神話を導入して源氏と藤壺の関係を神格化した作者は、「桐壺」の巻の最後をこう描いている。

元服して妻帯者となった源氏は、藤壺の居る御簾の内には入れてもらえなくなったが、亡き母の住いを桐壺帝に里殿として改築してもらうと、「かかる所に、思ふやうならむ人を据ゑて住まばやと、嘆かしう思しわたる」(一二六頁)と記されており、源氏が藤壺と一緒になって暮らしたいという強い願望を持っていることが明らかにされている。そしてその直後には、「光る君といふ名は、高麗人のめできこえてつけたてまつりけるとぞ言ひ伝へたるとなむ」(一二六頁)とあり、この巻はこの文で終わっている。

このような設定は、読者にこう告げている。これから高麗人が予言したように、ニニギの後裔の「光る君」源氏が、帝王のような位につく過程を描いていく、しかもそれは源氏の藤壺への思慕と深くかかわっているのだ、と。

指摘する必要はないかもしれないが、この高麗人についての叙述には、作者の嘘が混じっている。源氏を「光る君」と形容したのは、高麗人ではないからだ。作者は先に源氏と藤壺を聖なるカップルとするために、「世の人」（一二〇頁）が、源氏を「光る君」と呼び、藤壺を「輝く日の宮」と呼んだとした。しかし最後の場面では、あえて高麗人の言葉だったと主張することによって、源氏と藤壺の姦通は宿命であって、二人の意志では変えられず、その結びつきを通して、源氏は臣下でも天皇でもない位を得ると改めて示唆したのである。

なおこのように超能力の持ち主によって、主人公の将来が予言されるという設定は、叙事詩にはよくある。

アーサー王伝説でもそうである。十三世紀に、アーサーの前半生について新しい物語を創出したロベール・ド・ボロンや「異本マーリン」の無名の作者は、魔術師のマーリンに、メーデーの日に生まれるアーサーとモルガイセの間の罪の子は、アーサーの王国を滅ぼし、アーサーの死をもたらすと予言させている。そこでアーサーは、メーデーに生まれた国中の男児を皆殺しにするが、モルドレッドだけは助かり、マーリンが予言した通り、父の王国を滅ぼし、父を殺す、とした。

紫式部も、高麗人の「相人」という異境の人物に、源氏の未来を予言させ、これから彼の身に起こることは宿命／運命であって、変えることができないのだと改めて告げて、第一巻を終わっているのである。

2 予言の成就

空蝉事件の意味

次の「帚木」の巻では、予言通りに、源氏と藤壷の姦通の事実が語られている。もっともまだこの段階では、二人が一緒にいる場面を描くことは避けられていて、方違えで、紀の守の自宅へ泊まることにした源氏の心の動き、ならびに空蝉との姦通を通して間接的に描かれている。

源氏は紀の守に案内された部屋の近くで、その家の女性たちが自分の噂をしているのを聞いて、耳をすます。すると女性たちは「さるべき隈にはよくこそ隠れ歩きたまふなれ」（一七一頁）といったので、藤壷のところへ隠れて通っていることが、皆に知られてしまったのかと思って、「胸つぶれ」る思いをする、と記されている。

なお、これまで引用に用いてきた「古典文学全集12　源氏物語一」に付記された現代語訳では「あの秘密を」（一七〇頁）をとのみあるが、しかし次ページの註十九では、「自分と藤壺の間の秘密を」とあり、註では、二人の間に姦通があったことを認めた解釈となっている。

いうまでもなかろうが、「隠れ歩きたまふなれ」というのは、女性の所へ通うことだが、当時は男が女のもとへ通うのは、性的関係を持つことを意味していた。それゆえ、紀の守宅での挿話は、源氏と藤壷の関係は、源氏が藤壷のところに「隠れ歩きたまふ」段階、つまりすでに姦通していることを明らかにするために挿入されたと読むべきであろう。

「桐壺」の巻の最後では、源氏が藤壷と一緒になりたいという強い願望を抱いているが、二人の姦通は宿命的なものであり、これからそれを明らかにしていく、と予告されている。だから源氏が藤壷と姦通するのは、時間の問題だったのである。

では、なぜ紫式部は二人の最初の密会から描かなかったのか。

おそらくそれは、息子が父帝の愛している妃と通じるというのは、雅びな筆致では書きにくいので、まずほのめかすだけに止めようと考えたからであろう。

かわりに式部は、源氏が自分の噂話にびくびくしていて、紀の守の家の女性たちが「さるべき隈には」「隠れ歩きたまふなれ」といっただけで、藤壷とのことを知っているのかと、ぎょっとする様子を描いたわけである。恋をしているだけなら、そうびくびくしたり、仰天するわけはない。紫式部は、そういう人間の心理の機微をよく理解して、この場面を描いているのである。

そして藤壷との秘密が知られていないことに安心した源氏は、年取った夫伊予の守に不祥事があったので、義理の息子の紀の守のところに身を寄せていた空蝉が寝ているところに忍び込む。

空蝉は以外な出来事に仰天し、夫に知られたらと思って恐れたり、自分の身分が低いので、源氏はあなどって大胆なことをするのかと思ったりして、なかなか心を開かないのだが、源氏は巧みに空蝉を口説いて、思いを遂げるのである。

この場面は、現代から見れば、駒尺喜美が指摘したように、レイプに見える(16)。だいたい『源氏物語』には似た話が多くあるが、貴族社会では、宮仕えの女性以外は家に引きこもって顔を見せず、男が通うという男女関係だったので、今から見ればレイプ型の関係が多かったのだろう。

ただしこの挿話のポイントは、姦通する意志のない人妻を、源氏が若さに似ず巧みに懐柔し、性的関係を持つにいたるところにある。彼の美しさが女性を懐柔し、魅了するのに大いに役立つこともわかってくる。しかも源氏の空蝉への態度には、過去に人妻を口説いて成功したらしいと思わせる自信と慣れが随所に表れている。

それゆえ、年取った夫を持ってはいるが姦通する意志など毛頭なかった空蝉と源氏の姦通は、藤壷と源氏の関係を彷彿とさせ、いかに源氏が藤壷をかき口説き、若さと美貌で藤壷を魅了したかが見えてくる場面である。空蝉が、源氏の求愛がせめて結婚前であったらと嘆くのも、藤壷の嘆きを思わせる。ただし空蝉の夫は、桐壺帝の面影がちらつかないように、身分を低くし、醜く描かれてはいるが、である。また空蝉が故衛門の督の娘で、衛門の督の生前には桐壺帝に入内する予定があったことや、空蝉の義理の息子の紀の守が彼女に懸想しているという設定も、藤壷、桐壺帝、源氏の関係を暗示したものであろう。

言い換えれば、式部は、藤壷と源氏の密会を直接描くことは避けたが、紀の守の家の女たちの噂話を聞いた源氏が、藤壷に通っていることがばれたのかと、ぎょっとしたこと、そしてばれていないとわかると、別な人妻空蝉と姦通するという場面を描くことによって、源氏と藤壷の姦通場面を読者に想像させるという方法をとったのである。源氏の数多い愛のアバンチュールの最初に、年老いた夫を持つ、意志が強く優れた人柄の若い人妻との姦通を描いた意図も、そこにあったはずである。

そして空蝉が、源氏を愛していながら避け続けるのも、藤壷との未来を暗示するものであろう。もっとも資力のない空蝉は夫の死後、源氏の庇護を受け、二条院に住むわけであり、資産のある藤壷が出家し、源氏との男女の縁を切るのとは対象的で、資産の有無による女性の弱さと強さが対照的に描かれているが、この点については後に改めて言及したい。

次に描かれる頭の中将の愛人だった夕顔との挿話も、源氏が情熱にかられて、破滅的な行動にでやすい性格の持ち主であることが明らかにされており、その後に描かれる源氏の藤壷への熱にうかされたような行動を理解する手掛りが与えられている箇所である。

もうひとつ留意すべきなのは、空蝉は人妻、夕顔は頭の中将の愛人というように、源氏はこの時点では、他の男性と関係のある女性にしか惹かれていないことである。これは、源氏が父帝の妃である藤壷に焦がれていることを暗示しており、両者とのアバンチュールは、藤壷に会えないことからくる飢餓感を満たそうとする行為だと読めるのである。

源氏と藤壷の密会

源氏と藤壷の関係が露見しないのは、年長で、自分の身分をわきまえた賢く自制心の強い藤壷が、常に源氏にブレーキをかけるからであった。「若紫」巻では、初めて二人の密会が描かれるが、そういう二人の性格の相違がよく描かれている。

藤壷は健康がすぐれず里に下った。それを知った源氏は、父帝が藤壷の健康を心配しているのを見て、いたわしく思いはするが、藤壷に会う絶好のチャンスだと、「心もあくがれ惑ひて」(三〇五頁)、御所でも自宅でも、藤壷のことばかり考えて、日が暮れると、藤壷つきの女房王命婦の後をついてまわり、藤壷と会わせてくれるようにせがむのである。

ここで注目されるのは、源氏が父帝にたいして、まったく罪悪感を抱いていないことである。父帝が藤壷の健康状態を憂うのを、「いとほしう見たてまつり」(三〇五頁)はするが、父の寵愛する妃と密通することと自体を悪いとは思っていず、この機会を逃さずに会わねば、としか思わない。源氏には恋にはやる若者のエゴイズムと、自分の方が藤壷に愛されているという奢りだけがある。

高麗人の予言通りになるには、藤壷が懐妊するまでは、二人は密会を続けねばならない。それを知っているのは、作者だけであるが、帝の妃と密会するには、盲目的な情熱や無鉄砲さだけが必要だ、と描いているわけである。このような源氏の情熱は、父帝の桐壺更衣への盲目的な熱愛を思わせ、親子の性格的な類似を示している。なお源氏の罪悪感の欠如については四章で改めて論じることにする。

ともあれ、王命婦の助けで、源氏は今度も思いを遂げることができた。藤壷の方は、後悔が先立ち、もう会うのをやめようと決心した矢先なので、馴れ馴れしい態度はとらなかったが、「心ふかう」「御もてなし」(三〇五頁)したとある。つまり作者は、藤壷も源氏を深く愛していることを示しているのである。

そしてその夜、藤壺はついに懐妊する。ただし、藤壺が里に下ったのは、「なやみたまふことありて」（三〇五頁）とあるので、すでにそれ以前に懐妊していたとも読めるが、いずれにしろ、高麗人の予言は半ば達成されたのである。

3　准太上天皇への道

藤壺の懐妊

藤壺は懐妊したことがわかると、恐れおののいた。源氏の子であることがわかっていたからだ。源氏にとっては、やがて栄華の始まりとなる事件であったが、藤壺は「あさましき御宿世のほど心うし」事件であり、命婦も「のがれがたかりける御宿世をぞ」「あさまし」（「若紫」三〇七頁）と思うのである。夫の息子の子供を懐妊するのはスキャンダルであり、身の破滅にもつながる恐れがあるので、藤壺の反応は当然だと納得できる。ここで藤壺に関して、「宿世」という言葉が繰り返し用いられているのは、藤壺はそういう星のもとに生まれてきたのだから、彼女の意志ではどうにもならなかったのだ、という藤壺にたいする免罪の言葉として機能している。宿世という仏教観念を、紫式部はなかなか巧みに用いている。

以後、藤壺は絶対源氏と性的関係は持たない。源氏を愛おしく思う気持ちはかわらないが。王命婦も源氏の懇願を拒む。

源氏には、藤壷が会ってくれないのは、むろん辛いことであった。しかし懐妊によって、予言は現実化されたのである。言い換えれば、将来藤壷と性的関係を持つ機会がなくとも、源氏には栄華を手にする道が開けたということである。

源氏は藤壷の懐妊を知る前に、「おどろおどろしう、さま異なる夢を見」（「若紫」二〇八頁）、夢占いにその夢を分析させると、夢占いは、思いもよらぬ幸運な事が起きるというお告げだという。幸運の内容は明かされていないけれども、高麗人の予言を思い出せば、源氏が見た良い夢の内容は容易に推測できるように描かれている。ここも作者がいかに緻密に構想をたてていたかがわかる箇所である。

なおアーサー王も、モルガイセが懐妊したことを知る前にまがまがしい夢を見、その夢の通りの不運に見まわれた。だから式部に限らず、物語の作者にとっては、未来の出来事を告げるのに、夢は便利な手段だったことがわかる。ただしアーサーの場合と違って、源氏の場合は、良い夢だったわけである。しかもこの夢は、源氏が藤壷の子の父親であることを、読者にいち早く告げている。

しかし作者は、なぜ父帝の妃と姦通し、子まで得る源氏を罰するかわりに、栄光を約束するのか。それは源氏こそが天皇家の正統な統治者、すなわち「タカヒカルヒノミコ」ニニギの後裔なのだと主張し、摂関政治を否定しようとする作品の意図と関わっている。

繰り返すが、アーサー王伝説では、中世で重視されていたキリスト生誕の神話を想起させることで、ウーサー王とイグライネの姦通をアーサーをえるための聖なる姦通だとした。

紫式部も、源氏と藤壷の姦通を当時の皇室にとって重要な統治神話をアレゴリー化することによって、こう告げている。すなわち、源氏は東宮（朱雀帝）のような強力な後見者を持たなかったため、皇位につけないが、「タカヒカルヒノミコ」ニニギの系譜に属する者として、天の神々にその聖なる系譜を伝える役割を課せられている、その目的のために必要な高貴なパートナーが「輝く日の宮」である藤壷なのだ、と。そして、高麗人の予言を通して、それが源氏の宿命なのだと示唆し、二人の姦通を擁護し、冷泉帝の誕生を正当化しているのである。

源氏と藤壷の雅びの愛

作者は、しかしアレゴリーのレベルだけでなく、現実的なレベルでも、源氏と藤壷が愛し合うのは人情として自然だと思えるように描き、読者が二人を断罪しないように工夫していることがわかる。

「桐壺」の巻で、作者は、最初は母の面影を藤壷に求めていた源氏が、元服の頃から藤壷を一人の女性として熱愛するようになったことを描いたが、それが父帝の配慮で結婚した葵上との生活への不満からでもあることがわかるようになっている。葵上も源氏も、性格的な相違から打ち解けることができず、二人は冷えた関係にあった。そのために、源氏は逆に強い飢餓感をいだくようになり、藤壷への想いをつのらせるわけで、これは人情として自然だと理解できる設定となっている。

一方藤壷も、十四歳くらいの時、桐壺帝の要望と周囲からの圧力で、父親ほど年の違う帝と結婚させられた。桐壺帝にすれば、それは亡き更衣の形代を得ることであったが、藤壺の側には、恋愛感情はまったくなく、桐壺帝の一方的な愛から成立した結婚であった。しかも桐壺帝はすぐれた人物ではあっても、藤壺には父の世代の人であり、敬愛はしていたが、恋愛感情は抱きにくい相手であったと、容易に推測できる。

留意すべきなのは、「若菜」巻の下で、柏木の女三宮への手紙を発見した源氏が、帝の后であっても、帝の寵愛が薄く、ほとんど公的な奉仕に終止している場合は、他の男性と「心通ひそむらむ仲らひ」(二〇三頁)になっても、同情の余地があるといっていることである。そういわせているのは作者だが、この発言は、桐壺帝は藤壺を寵愛していたけれども、源氏は藤壺の側はそうではないと理解していた、という示唆である。したがって藤壺が自分と同じ世代の、しかも美青年の源氏が命がけで求愛してきた時、つい情熱に身を委ねてしまった、という設定も納得できるのである。

実はトリスタンとイズーの場合も、トリスタンは若くて美しく、マルク王は父親の世代である。だからイズーの母親であるアイルランド王妃は、娘がマルク王を愛すように愛の媚薬を用意する。これは王妃が、愛の媚薬なしに、娘が年長のマルク王を愛することは不可能だと考えていたことを意味している。

また十九世紀の姦通小説である『赤と黒』のレナール夫人、『アンナ・カレニーナ』のアンナなども、年長者の男性に求められて、恋愛感情を持つことなく結婚し、愛のない暮らしを不服とも思わずにいたが、自分の年齢に近い情熱的で美しい青年が現れ求愛したので、彼女たちは生まれて初めて激しい恋に落ちるとされている。また『緋文字』でも、年取った学者と愛のない結婚をしていたヘスタも、若い牧師と出会って姦通する。二人がどのような経緯で姦通したのかは描かれていないが、ヘスタにとってはそれが初めての恋であったことがわかるように描かれている。このような設定は、年長の男性と恋愛感情もなく結婚した若い妻が、自分と同年代の若くて美貌の男性に求愛されて恋に落ち、姦通を犯すのは人情として自然なことだと、読者も納得できるようにするためであった。

紫式部も、藤壺を父のような年長者の桐壺帝に乞われて、恋愛感情なしに結婚したとした。それはやはり藤壺の源氏との恋が、読者に受け入れられやすくするための配慮であろう。もうひとつ考えられるのは、式部自身、父親と同年齢の藤原宣孝に求愛されて結婚したが、宣孝にはすでに数人の妻がおり、熱烈な恋愛結婚とは言いがたい結婚であったうえ、娘が生まれた後は宣孝の夜離れを経験し、二年後には宣孝が亡くなった。そのような不満足な恋愛体験が、藤壺と源氏の恋愛を正当化した動機のひとつであったのではないかとも思われる。

要するに、源氏にとって藤壺は初恋の人であったが、藤壺にとっても源氏は初恋の相手であった。だから藤壺は、源氏にはもう会うまいと決心しながら、源氏が会いにくると、つい「心ふかう」「御もてなし」してしまうのも、読者は納得できるわけである。

藤壺は懐妊してからは、秘密が露見することを恐れ、源氏を徹底的に避けたが、源氏を嫌ってはいないことを、式部は「紅葉賀」の巻で明らかにする。

桐壺帝が、藤壺も朱雀院の行幸の時おこなわれる舞などを見ることができるようにと、予行演習的な催をおこなわせたとき、藤壺は、青海波を舞う源氏の美しさに、思わず魅了されてしまう。源氏も藤壺にこう書き送った。

「いかに御覧じけむ。世に知らぬ乱り心地ながらこそ。
もの思ふ立ち舞ふべくもあらぬ身の袖うち振りし心知りきや
あなかしこ」（四八―四九頁）

〔「どうご覧になったでしょうか。今までに味わったことのないつらい気持ちのままで舞いまして。

もの思いのために舞うことなどできるはずもない私が、袖を振って舞った心の中をおわかりになったでしょうか。

恐れ多い事ですが」(17)〕

この時藤壷は、源氏の子を妊娠していた。それはどちらにとっても初めての子供であり、喜びをわかちあいたいのが人情である。しかし二人はそれを隠し、他人行儀に振る舞わねばならない。その辛さを源氏は訴えずにはいられず、藤壷も、昨日の源氏の「目もあやなりし御様、容貌に」（四九頁）魅了されたことを隠すことができず、返歌してしまう。藤壷の歌は「から人の袖ふることは遠けれど立ちゐにつけてあはれとは見き、おおかたには」（四九頁）と、自分の感情を抑えたものになっているが、返歌をおくること自体に、源氏を想う気持ちがあふれ出ている。

紫式部は、藤壺と源氏の関係をこのように美しく哀切に満ちた「雅びな愛」といえるものとして描くことで、読者が二人の姦通を許し、同情するように工夫している。つまり式部は、アーサー王の両親の姦通物語を創作した無名の作者や『ランスロまたは荷車の騎士』の共同創作者のクレティアンやシャンパーニュ伯爵夫人が用いたようなアレゴリー化をおこなうと同時に、人情のレベルでも、読者が源氏と藤壺の姦通に同情するように、巧みに描いているのである。そして源氏と藤壺の抑制された感情を表明する手紙文も、宮廷風の洗練された「雅びな愛」の文学を思わせる。特に和歌を含んだ叙述は、韻文で書かれたトマのトリスタンとイズーの物語に似通っている。それゆえ読者は、源氏と藤壺の姦通を非難する気持ちを忘れ、トリスタンとイズーの場合がそうであったように、彼らの辛い運命に同情してしまうのだと思われる。

式部は、その後、朱雀院の行幸という大行事で、再び青海波を舞う源氏を、「この世のこととも（「紅葉賀」五〇頁）思われない美しさであったと記して、源氏を再び天から降臨した「タカヒカルヒノミコ」の後裔として強調している。それはすでに指摘したように、藤壺との間の子供が生まれてくる前に、源氏を改めて神性化し、冷泉帝が皇統を乱す者ではなく、ニニギの系統につながる正統な後継者なのだと暗示するためである。

若宮の誕生

藤壷は、無事男児を出産した。高麗人の予言が実現するには、誕生する子供は男児でなければならなかったから、むろんその通りになったのでる。

しかも子供は源氏にそっくりであった。あまりに似ているので、藤壷は「あやしかりつるほどのあまり、まさに人の思ひ咎めじや」(「紅葉賀」五九頁)と、思い苦しむ。しかし桐壺帝もまわりの者も、まったく不審を抱かなかった。

作者はいち早く伏線をはっていて、「桐壺」の巻で、藤壷は源氏の亡き母に驚くほどそっくりだと記した。だから帝との間に、源氏にそっくりな男児が誕生しても、誰も疑わなかったのだと、読者にはわかる。桐壺帝が自分の子と信じて疑わなかったのも、藤壷は亡き更衣の形代であったから、源氏そっくりの息子が生まれても当然だと思ったのだろう、と推察できるわけで、作者の伏線のはりかたは、なかなか巧みである。

そして、源氏を天皇の位につけられなかったことを残念に思っていた桐壺帝は、源氏にそっくりの美しい若宮をぜひとも天皇にしようと、自らの譲位とひきかえに、立坊させることに成功するのである。つまり源氏に似ていることが、子供には有利に運ぶのである。

清水は、桐壺帝の治世はさまざまな場面で理想化されていると指摘しているが、そのような理想化が、若宮誕生後の「花宴」の巻で顕著なのは、桐壺帝が、読者に、妻を寝取られたことを知らない愚かな老帝だと軽んじないようにするために、紫式部が配慮して描いているからだと思われる(18)。

そして桐壺帝は、若宮を守るために藤壷を中宮にし、源氏を若宮の後ろ見にする。弘徽殿は、むろん不満だったが、桐壺帝は、自分の譲位した後、弘徽殿の子の東宮が天皇になるので、大后となれるではないか、と不満をかわした。

弘徽殿は、藤壷が先帝の娘でもあったので、引き下がるが、弘徽殿の一連の行動は、桐壺帝が源氏を東宮にすることができなかったのはなぜか、よくわかるようになっている。

桐壺帝は、自分がいなくなれば、弘徽殿側が源氏を迫害し、若宮を東宮の地位から追いおとそうとするに違いないと予想していた。だから亡くなる前に、朱雀帝を呼んで、源氏に不都合なことがないように後見し、国政についても源氏と相談するように、と命じた。そして桐壺帝は源氏にも、若宮が無事皇位につけるように後見するよう遺言した。

紫式部は、権力欲の強い摂関家を上手く制御するというのはいかに難しい問題であるか、そして東宮の地位をめぐっていかに陰謀が張りめぐらされているかを、ここで明らかにしている。式部は傍系であっても藤原摂関家の近くにいたので、道長の横暴さや一条帝の心労をよく見ていたのではないだろうか。一条帝が『源氏物語』の愛読者であったのは、摂関家の横暴さにたいする桐壺帝の心労を、自分のこととして感じていたからだと思われる。

そして桐壺帝が案じた通り、朱雀帝が即位すると、弘徽殿側の暴政が始まり、源氏は冷遇される。だから源氏は自分の行動に細心の注意を払わねばならないのにもかかわらず、源氏は桐壺帝が亡くなると、堰を切ったように藤壷を求めた。

藤壷は、なんとか源氏を退けることができたが、藤壷は、朱雀帝の母弘徽殿やその一族が、出生の秘密が漏れなくても、我が子を東宮の地位から追い落とす可能性があることを熟知していた。

藤壷は、源氏を愛していないわけではなかったが、我が子を守り、源氏を守り、かつまた源氏が若宮の後見を放棄しないようにするためには出家するしかないと判断するのである。それは夫桐壺帝への贖罪でもあったわけだが、出家後藤壷はめぐまれない人びとに施しをするために、自分の出費も切り詰め、仏に祈りながら慎ましく暮らすのである。

もちろん藤壷をそう描いているのは、作者であるが、藤壷のように意志が強く、理知的で、かつ恋人への愛情をうちに秘めている高貴な女性が文学に登場してくるのは、これが最初である。もっとも日本文学では、藤壷のような女性は、以後描かれることはなかった。だが西欧では、十七世紀以後、ラファイエット夫人の書いた『クレーヴの奥方』の主人公クレーヴの奥方や、プーシキンの『エヴゲーニイ・オネーギン』のタチアーナ、オノレ・ド・バルザックの『谷間の百合』のモルソフ夫人など、藤壷に似た理知的で自制力が強く、相手の男性を愛していても愛に流されない貴族の女性たちが登場してくる。だから西欧の読者にとっても、藤壷は魅力的な女性であるといえよう。

源氏と姦通して子供まで生んだ藤壷が、これまで批判されてこなかったのも、彼女が非の打ち所のない理想の女性として描かれているからであろう。

そのような思慮深い女性が姦通の相手だったから、源氏がこれまで政治的失脚を逃れてきたという設定も、読者は理解できるわけである。

須磨・明石への退居

源氏の須磨への退居は、すでに「桐壺」の巻で、高麗人の予言を通して暗示されていたことであった。しかし作者は、源氏が自らの愚行によっても、須磨退居を余儀なくされる、と描いている。

源氏は、朱雀帝を擁する弘徽殿・右大臣家が、自分を失脚させようと鵜の目鷹の目でいることを熟知していた。にもかかわらず、藤壺の出家に衝撃を受けると、右大臣家の娘で、朱雀帝の寵愛していた朧月夜のもとへ通いつめるのである。密会現場を見つかることは、正に時間の問題であった。

源氏のこのような破滅的な行動は、すでに紫上とも新枕をかわし、事実上の婚姻関係を持っていることからすれば、不可解である。しかし作者はすでに「桐壺」巻で、源氏は盲目的な情熱にかられる資質を両親から受け継いでいるとしており、夕顔の場合もそうであった。朧月夜との密会も、「桐壺」巻で提示した源氏の性質を踏まえながら構想したようだ。言い換えれば、朧月夜との情事をふくむ「賢木」の巻は、すでに「桐壺」の巻を書いた時から、作者の構想にあったことを示している。

朧月夜との密会を見つけた右大臣家はむろん怒り、弘徽殿は、源氏にたいする報復を実行する絶好の機会だと思い、あれこれ案をねる。

そこで源氏もやっと自分の軽薄さや驕りを理解し、若宮や藤壺を守るためにも、都を離れて、須磨、明石に退居する。

ところで、この朧月夜との挿話は、『伊勢物語』に描かれた業平と二条の后と斎院との関係を典拠としているようだ。というのは、三段では業平は二条后が帝に入内する前の「たゞ人」の時から関係があるとされ、五段では「二条の后に忍びてまいりけるを、世の聞えありければ、兄たちのまもらせたまひけるとぞ」とあり、六十五段では二条の后と思われる人物と若い時の業平の関係が描かれている。そして六十九段では、業平と伊勢の斎宮との関係を「帝聞こし召しつけて、このおとこをば流しつかはしてけれ」とある(19)。

ここで斎宮との関係を天皇が罰したのは、斎宮は皇祖「アマテラスの神威の地上的顕現を表徴する伊勢神宮」の巫女であり、天武朝以来「王権にとって、いわば祖神であり守護神でもあるアマテラスに対する『感謝の供犠』の贄」(20)でもあった。だから、天皇が斎宮と性関係を持った業平を罰したのは当然であったが、后は俗世の存在なので、后と姦通しても罪ではなかったのであろう。

「賢木」の巻が『伊勢物語』を典拠としていることは、朱雀帝が二条の后の夫である天皇のように、朧月夜の源氏との関係は自分の尚侍になる前からの関係だからと許すことからわかる。しかし朧月夜の父の右大臣は「罪」だと怒り、姉の弘徽殿は源氏を都から追放しようと考えているが、これは二条の后の兄たちが后を倉に閉じ込めて業平と合えないようにすることの域を越えた懲罰であり、作者はそこに右大臣側、特に弘徽殿の復讐心の強い過激な性格が表れている、というふうに描いている。付け加えれば、紫式部は『伊勢物語』の業平像を参考にして、源氏が色好みで、多くの女性と関係を持つという筋を考えたのだと思われる。

ただし『伊勢物語』とは違って、源氏は弘徽殿側が動く前に、自ら都を去る。これは清水が詳しく論証しているように、流刑などではない(21)。

源氏は藤壷懐妊のおり、夢占いに、幸運の「中に違ひ目ありて、つつしませ給ふべきことなむはべる」(「若紫」三〇八頁)といわれた。だから源氏は、若宮が無事天皇の位につくには、自分が都を離れた方がいいと気がつき、須磨に退居したと読むべきであろう。この夢が出てくるのも、明石入道の話があるのも同じく「若紫」の巻であることは、作者がそういう読みを要求していると思われる。

とすれば、源氏が須磨の海辺で禊をし、「八百よろづ神もあはれと思ふらむ犯せる罪のそれとなければ」(「須磨」五五頁)と詠じると、突然海が荒れ、大暴風雨になり、ついには落雷で仮住まいの廊下が炎上するのは、なぜなのか。

その理由は、源氏の行動を見るとよくわかる。というのは、源氏は父帝に若宮をよく後見して、反対勢力から守り、無事皇位につけるようにと遺言されたことを忘れて、藤壷に性的関係を持つよう迫り、藤壷と若宮の立場を危うくしそうになったこと、しかも朧月夜に溺れて、右大臣・弘徽殿側に攻撃の機会を与え、若宮の後見を放棄して須磨に下り、若宮を危険にさらしていることを忘れてしまっているからである。にもかかわらず、源氏は、自分が犯した罪は何もない、だから憐れんでくれといった。だからさすがの天の神々も、源氏にたいし怒りを爆発させたのだと推測できるのである。

天の神々も桐壺帝も、源氏の血をうけたニニギ系の若宮が皇位につくことを望んでいたのに、源氏は自分に与えられた若宮後見の役割を果たしていない。これは、「須磨」の巻で、改めて説明されていなくても明白である。そして作者は、宇治十帖で、弘徽殿側が現実にも若宮を廃位して、八の宮を東宮にたてようと企てたことを、読者に明らかにするわけであるが、そこまで読まなくとも、源氏が若宮と藤壷を危険にさらしていることが、よくわかるように描かれている。

ところが源氏は相変わらず自己中心的で、「犯せる罪のそれとなければ」、自分の今の状況を何とかしてくれと頼むので、源氏を寵愛していた神々もついに怒ったのだ、とわかる。言い換えれば、この嵐の場面は、源氏の贖罪を描いた箇所である。

そして天の怒りを象徴する落雷があり、源氏の住居の一部が焼けた後、すなわち火による罪の浄化があった後、源氏の夢に亡き父桐壺帝が現れて、須磨を去ることをすすめるわけだが、この構図は、天による罰が終わり、桐壺帝も源氏を許したのだと告げている。

だからこそ翌日源氏が、やはり夢のお告げで自分を小舟で迎えにきた明石入道の船に乗り込むと、不思議に穏やかな追い風が吹いて、船はたちまち明石の浜へ着いたのである。つまり贖罪が済んだので、「八百よろづ神」も、再び源氏を寵愛し始めたわけである。そして明石では、入道の娘と契り、姫君をもうけることになり、源氏には将来の繁栄を一層確かなものにする道がひらけてくる。これはなかなか論理的に組み立てられた場面である。

一方、桐壺帝は朱雀帝の夢にも現れ、自分の遺言を守らず、源氏を追放したことを責めた。以来朱雀帝は眼病を病み、母妃も病み、朱雀帝は天地異変が起きたのも、源氏を失脚させたからだ後悔し、源氏を呼び戻し、自分は譲位し、東宮に位を譲る。かくて源氏と藤壺の子が即位して冷泉帝となる。

そのような桐壺帝の霊の出現なくして、若宮が冷泉帝になることはなかったかもしれない。そこから源氏と藤壺が姦通するようにしむけたのも含めて、総てが桐壺帝の計らいによるという読みもある(22)。

しかし桐壺帝が源氏と藤壺の姦通を計画したとは言いがたいのではないだろうか。たしかに桐壺帝にとっては、最愛の源氏を母方の後見がないために天皇の位につけることができなかったことは、最大の痛恨事であった。だから藤壺という高貴な母から生まれた源氏とそっくりの若宮の立坊を切望し、そのために譲位までしたわけであるが、しかし本文には、桐壺帝が藤壺と源氏の姦通まで計画したことを示す設定はない。この問題は次の項で、朱雀帝のあり方と共に改めて考えていきたい。

4　皇統と冷泉帝

冷泉帝の即位

「桐壺」巻で高麗の相人の予言した「帝王ではないが、臣下でもない」というのは何か。その謎は、「藤裏葉」の巻で冷泉帝が四十の賀を前にした源氏に「太上天皇になずらふる御位」(二二三頁)、即ち「准太上天皇」の位を贈ることに依って解明する。冷泉帝は、源氏が実父だと公言できないので、表向きは、源氏の長年の功績に報いるためにという理由で「准太上天皇」の位を与えた、とある。

清水好子は、「准太上天皇」という位は、作者の創意になるものであり、源氏はすでに臣下として最高位にあたる太政大臣という地位にあったので、「冷泉帝が光源氏を実父であると承知していることが絶対に必要なのであって」、「藤壷密通事件の不可欠さ」、つまり「藤壷との恋が恋愛生活と栄華の生活の両方を左右する、源氏物語の核心だということがいよいよ明瞭にみえてくる」(23)という。的確な指摘であろう。しかし先に言及した天皇家統治神話の成立と関わりの深い持統天皇が「太上天皇」であったことも、紫式部が源氏を「准太上天皇」としたことと関連があるかもしれない。

なお冷泉帝は、源氏が自分の父だからだというだけではなく、統治能力に優れていたにもかかわらず冷遇された前帝の時代の誤りをただすためにも、源氏にふさわしい地位おくったとも読める。この方が「桐壺」巻での、高麗人の予言とも符合する。

源氏に批判的であった朱雀院の外戚が「准太上天皇」の地位を源氏におくることに反対しなかった理由ははっきりしている。右大臣は源氏が明石から帰京するまでに亡くなっており、弘徽殿も年老いて病いを得ており、朱雀院自身は、亡き桐壺帝の遺戒を破り自分の身内が源氏を排斥したことを後悔していたからである。

もうひとつ考慮しなければならないのは、源氏はこの時、朱雀院の皇子の東宮に明石の姫君を入内させていたので、朱雀院側と源氏はより親密な親戚関係となっていることだ。作者はそういう状況もわかるように、実に丁寧に描いている。

かくして、高麗人の「相人」の予言の通り、源氏は天皇にはならなかったけれども、臣下を脱して、天皇に准じる位につくわけだが、この事件が政治的なのは、藤壷との姦通によって誕生した不義の子が天皇になり、源氏にその栄誉を与えたことである。これは正に姦通を肯定する文学である。

ただし現実の歴史でも、光孝天皇の皇子は、一端臣下に下り源定省と呼ばれていたが、他に後継者がいなかったので、選ばれて立太子し、宇多天皇となったという例もある。紫式部はそれを知っていて、主人公に源氏という名を与えたのかも知れない。しかし宇多天皇の場合は、姦通という問題は含まれてない。

したがって、紫式部が描いたのは、きわめて大胆な姦通賛美の物語であるといわねばならない。

冷泉帝正当化の論理

『源氏物語』に仕掛けられたもっとも政治的な事件は、藤壷と臣下に降った源氏の子が、冷泉帝として皇位につくことである。これは源氏が准太上天皇になるよりも、政治的である。

というのは、当時は皇位につくのは、天皇の直系の皇子、つまり父子一系に限られていたからである。宇多天皇のように臣下に降っていた皇子が皇位につくことはあったが、臣下に降った皇子の息子が皇位につくことはなかった。だから政権争いでは、ライバル勢力が、天皇の別な御子を擁して、東宮の地位にある御子を追い出して、天皇の位をつがせるという形でおこなわれた。

もちろん紫式部は、そのような制度を十分承知していた。その証拠に、桐壺帝の別な皇子八の宮を宇治十帖に登場させ、冷泉帝が東宮の時、弘徽殿側が代わりに八の宮を東宮にしようと謀ったと記している。それが失敗したのは、亡き桐壺帝の霊が現れて朱雀帝を諫めたので、朱雀帝が退位し、源氏も帰京したからだと推察できる。もしかしたら式部は、天皇の位というものは天皇の御子の間で動くことを自分も知っている、と読者に示すために、八の宮の事件を書き加えたのかもしれない。

畢竟、臣下に降った源氏と藤壷の不義の子が帝位につくという設定は、天皇制そのものにたいする挑戦であったといわねばならない。

つまり冒頭の「桐壺」巻で『長恨歌』を通して示唆された政変というのは、このことだったということが明らかになる。

しかしそれ以上に挑戦的なのは、「薄雲」の巻に記された冷泉帝の述懐である。

藤壷の女院の四十九日の法要の後、冷泉帝は老僧から、自身の出生の秘密を告げられた。しかも老僧は、昨今の天変地異はここに由来するのに、帝が知らないのはなお罪深いことだとまでいう。

冷泉帝はこの老僧の言葉に強い衝撃をうけ、実の父源氏を臣下として召し使っていることを心苦しく思い、源氏を招いて、譲位をほのめかす。しかし源氏は厳しく帝を諫めた。実の父の諫めであるから、帝は従わざるをえないわけだが、自分の身をいかに処すべきか知るために、昔の歴史書なども調べた冷泉帝は、こう述懐する。

唐土には、顕れても忍びても乱りがましきこといと多かりけり。日本には、さらに御覧じうるところなし。たとへあらむにても、かやうに忍びたらむことをば、いかでか伝へ知るやうあらむとする（五八頁）。

冷泉帝は、老僧に自分の出生の秘密を告げられた時は、十四歳くらいである。だからこのような結論に達するのは、数年後と見るべきであろうが、年若い冷泉帝がこのような発言ができるであろうか、という疑問もある。しかし逆に、作者が冷泉帝に与えた役割の大きさが、はっきりする箇所である。なお清水のこの場面の解説は卓越していると思うので、清水の解説をここに記しておきたい。

作中人物冷泉帝は史記の記事を思い浮べ、我が国史にはさようのことなしと考えたあげくには、たとえ、あったにしても、さような不祥の秘密は誰が記しておこうとかんがえつく。ということは、冷泉帝のような不義の子もあるいは皇位を汚していたかもしれぬが、げんに彼の不正の即位も世間の人々は知らぬように、ひた隠しにされたのだ。また権力者がどうして自己に都合のわるい記載を永久に刻みつける事を許そう。だから、いまこのはなしも正史にはのらぬことなのだ……ここで虚構の物語を正史と同じ次元にのせて比較することによって、たくみに物語の真実性を印象づけることになる(24)。

畢竟作者は、冷泉帝という架空の天皇を通して、正史には記録されていないけれども、天皇家でも妃の不義によって臣下の息子が皇位についたことがあったかもしれないない、と示唆しているのである。『源氏物語』は、フィクションだとはいえ、現実の天皇家の系図そのもののあり方に疑問を投げかけているわけであり、その政治性は明白であろう。

源氏・朱雀帝・冷泉帝

「桐壺」の巻のところで指摘したように、作者はいち早く源氏を「光る君」と呼称し、源氏は天界から舞い降りてきた神の子、すなわち皇祖神から地上を統治するよう命じられて天下ってきた「タカヒカルヒノミコ」ニニギの形代、ないしはその系譜に属す皇子だと示唆した。つまり作者は、天皇家の統治神話を導入して、源氏こそが正当な統治権を持つことを強調したわけだが、しかしなぜそうしたのだろうか。

それは統治能力に欠ける当時の東宮、すなわち後の朱雀帝との対比のためであったと考えられる。朱雀帝の母弘徽殿は、強力な政治権力を持つ右大臣家の出身であり、母方の後押しで、当時朱雀帝は東宮の地位にあった。しかし彼自身は病弱で性格も弱く、総ての点で源氏に劣る人物として描かれている。しかも重要な場面で、源氏とペアを組むのは、左大臣家の長男の頭中将であって、東宮ではなかった。青海波をペアとなって舞うのも、源氏と頭の中将である。「花宴」で、源氏の即興の舞につられて舞うのも頭中将である。

東宮職にあるものは、見る側にしか回らなかったのかも知れないが、しかし公の場で、母弘徽殿の行動についてはは言及されているが、朱雀帝の名があがることはない。これは朱雀帝が人に抜きん出るところを持たない凡庸な人であることを、意図的に示したものであろう。

政治的手腕も、源氏の方が朱雀帝より優れていた。花宴などの重要なイベントを企画担当し、成功させたのも年下の源氏であった。桐壺帝の治世に華をそえ、帝を補佐しているのは、常に源氏であって、東宮に選ばれていた朱雀帝ではない。清水は、「花宴」巻は、「聖主たる父桐壺帝の愛顧に支えられた政治家としての光源氏、公の場における光源氏の声望がいかなるものかを」「示さんとしている巻であり」、源氏の姿は「儒教的な理想によって彩られて」いて、「それが、桐壺帝亡きあと、光源氏を政界から失わしめる朱雀帝の世の反理想性、反儒教性——具体的には弘徽殿大后の専横——と対比をなすことになってくるのである」(25)と述べている。これは的確な指摘であろう。

桐壺帝は、しかし強力な外戚のために、統治能力を持たない朱雀帝の方を皇位につけざるを得なかった。したがって、源氏に与えられた「タカヒカルヒノミコ」ニニギの後裔ないしは形代というイメージを持つ「光る君」という呼称は、桐壺帝自身の思いを具象化したものだとも解せるのである。須磨で、落雷の後源氏の夢に現れた桐壺帝が「我は位に在りし時」、「おのづから犯しありければ、その罪を終ふるほど暇なくて、この世をかへりみざりつれど、いみじき愁へに沈むを見るにたへがたく、海に入り」「いたく困じたれど、かかるついでに内裏に奏すべきことあるによりなむ急ぎ上りぬる」(「須磨」六四頁)という。これは源氏が皇祖神の意にもかなう正統な統治者だという認識を持ちながら、強力な右大臣家、特に弘徽殿側の圧力に屈し、統治能力のない朱雀帝を皇位につけ、源氏を苦境に立たせる原因を作ったことを後悔し、源氏に謝罪した言葉だと解すべきだと思われる。

というのは、その後桐壺帝の霊は、天の怒りを象徴する嵐のなか、朱雀帝の夢に現れて、源氏のことで怒ったからである。朱雀帝は桐壺帝が心配した通り、まったく無能で、「御心なよびたる方に過ぎて、強きところおはしまさぬ」（「賢木」一六九頁）ので、母をはじめとする外戚に操られて、統治者であってしかるべき源氏を須磨に追いやってしまった。だから天も亡き桐壺帝も怒りを爆発させ、朱雀帝に〈お前は統治者として失格だ〉と告げたのだ、と読むことができる。だから朱雀帝は譲位するのである。

朱雀帝を通して権力を握った右大臣家一門は、源氏を過酷に扱っただけではなく、他の宮廷人にたいしても、露骨に贔屓したり、疎外したりした。頭の中将は右大臣家の出である正妻に疎遠だったというので、罰として昇進させなかったし、他の人びとも自分たちの意のままにならないと、厳しく扱われたので、人びとはびくびくして暮らしていた、と描かれている。彼らは暴政をおこなって、皇室の権威も貶めたのである。桐壺帝の時代が聖代であったのとは大違いであり、悪しき摂関政治の典型であることがわかるように描かれている。

ではなぜ、桐壺帝は藤壺の生んだ若君を皇位につけようとしたのか。

それは若君が、源氏と同じく光輝くように美しいのは、源氏のように天皇にふさわしい統治能力を持っている印だと見たからだといえよう。作者が若宮にたいして、源氏の場合とおなじく光り輝く玉のような御子だと強調しているのは、桐壺帝は、若君も「タカヒカルヒノミコ」ニニギの後継者だと考えているという示唆であろう。

また桐壺帝は、若宮の母親の藤壷は高貴な宮家の出身なので、若宮を東宮にたてても、弘徽殿は反対しないと判断した、とある。

そして桐壺帝の期待に違わず、冷泉帝は若くして即位したにもかかわらず、困難をのりきって、朱雀帝の代に失われた皇室の権威を取り戻し、栄光ある時代を再びよみがえらせたというふうに描かれている。

「若菜」巻の始めでは、冷泉帝に譲位して朱雀院となった朱雀帝自身に、「かく末の世の明らけき君として、来し方の御面をも起こしたまふ、本意のごと、いとうれしうなむ」(一五―一六頁)〈今の帝は、末の世の明君として、これまでの不面目を取り返してくださるのは、わたしの本望でもあり、まことにうれしいことです〉といわせている。これは女三宮に関する項であるせいか、今まで描かれることのなかった朱雀院の人柄の良さを示しているが、冷泉帝を明君として印象づけようとする作者の意図は明らかであろう。冷泉帝が十八年間皇位にあった後、退位した時も、人びとは「飽かず盛りの御世」が終わったことを「惜しみ嘆」(「若菜」一三〇頁)いたとある。

冷泉帝に出生の秘密を告げた老僧は、昨今の天地異変は、皇位を継ぐべきではない者が皇位を継いでいるからだと非難したが、冷泉帝は老僧の非難がまちがっていたことを、こうして証明したのである。いうまでもなかろうが、冷泉帝をそのような賢帝として描いたのは、むろん作者である。

そして源氏と藤壷という聖なるカップルの姦通によって賢帝が生まれて聖代を築くという設定は、いち早く「桐壺」巻で示唆されているわけだが、言及したようにこれはキリスト生誕神話の変型といわれるウーサー王とイグライネの姦通からブリテンの救世主となるアーサーが誕生するという話にも似通っている。

むろんそれは偶然だが、しかし姦通によって生まれた不義の子の統治を正当化するために、それぞれの社会でもっとも神聖だとされている神話が利用されていることは、文学的想像力という点からもなかなかおもしろい現象である。

紫式部の意図

紫式部は、「桐壺」の巻で、統治者として優れた能力を持つ皇子源氏を、母親の身分が低くて強力な後見を持たないために帝位につけることができない桐壺帝の苦悩を描き、以後統治能力に欠ける皇子が強力な外戚の力で朱雀帝として帝位にのぼる姿を描いた。そして朱雀帝の外戚による恐怖政治といえる暴政を描き、天の神々や亡き桐壺帝の怒りにあい、愚帝朱雀帝は譲位し、一方藤壷と源氏の姦通によって生まれた冷泉帝は賢帝とし、聖代を築くとした。

このような構想は、外戚の横暴によって誰が皇位を継承して天皇の位につくかが決められていることへの批判であるだけでなく、父子一系の世襲制による天皇制のありかた自体にたいする批判であることが明白である。

当時は、藤原摂関家が外戚として権力を欲しいままにし、皇位継承も、皇子の能力ではなく、摂関家の意志によって決められた時代であった。紫式部が仕えた中宮彰子（後に皇后）の父道長は、一条帝の遺志を守って、亡き定子中宮の生んだ敦康皇子を東宮にたてようとした彰子をまったく無視して、彰子の生んだ皇子を東宮にしてしまった。式部は彰子のもとへ出仕する前に『源氏物語』をかなり書いていたともいわれているので、『源氏物語』の「桐壺」巻を書いた時点では、まだこの事件は起きていなかったかもしれないが、藤原氏の傍系の出身である式部は、外戚が皇位を自分の利益のために利用して憚らないことを知っていたはずである。もちろん道長の独善的なやり方は、宮仕えの間にいやというほど見たであろう。

とはいえ紫式部は、『源氏物語』では、摂関家の家長たちを直接批判することはさけ、外戚の代表も男性ではなく、女性の弘徽殿とし、しかも彼女を極端な悪役に描いた。おそらくそれで、道長をはじめとする摂関家の人びとは、これは架空の物語であり、自分たちとは無関係な話だと思ったのではないだろうか。

また式部は、時代も「桐壺」巻の冒頭では、「いづれの御時にか」とし、これから述べるのは、過去を題材とした架空の物語だと強調している。が、その一方では、多くの研究者が指摘したように、過去に実際にいた天皇を、彼らの皇位継承の順序にしたがって登場させ、総てが史実であるというメッセージも同時に送っているのである。

このような二重構造は、天皇の妃と姦通を犯す源氏の造型にも見られる。式部は、読者の批判をさけるために、源氏を希代の「色好み」の皇子として登場させて、多くの女性達との恋愛を表面に押し出し、藤壺との関係だけが浮き上がって見えないようにした。しかもしばしば誇張とわかるように源氏を誉めそやし、人びとに感涙させ、現実の話を描いているのではないというメッセージを送っている。その一方では、天皇家の統治神話を取り込むために源氏を「光る君」と名付けて神格化し、それによって、源氏こそが皇祖神の認める正当な統治者であると示唆している。もちろんそれは最終的には、冷泉帝の統治を正当化するためであった。

つまり式部は、源氏の神格化も、フィクションであることを示す手段として使うと同時に、源氏を天皇家の統治神話のなかの「タカヒカルヒノミコ」ニニギと結びつけるための手段として使うというように、複数の目的に使っているのである。

そして式部は、源氏と藤壷の不義の子である冷泉帝を、朱雀帝とは異なって、賢帝とすることで、天皇の直系の皇子だけが皇位にのぼれる世襲制の天皇制を批判し、ひろく人材を求めるべきであると示唆したのである。

『源氏物語』を現代語訳した円地文子は、これは「おそろしい話」(26)だと何度か発言しているが、なぜ「おそろしい話」なのか、説明していない。それは『源氏物語』に含まれる天皇制批判のメッセージを理解していたこともあったのではないかと思われる。円地がなぜ「おそろしい話」か説明しなかったのは、当時は戦前「現人神」として神格化されていた昭和天皇がまだ健在で、天皇制を批判するような発言をすれば、右翼から制裁を受ける危険があった時代だったからではないかと思われる(27)。

のだろうか。

おそらくは中国の歴史書、特に『史記』からであろう。『史記』には、すでに言及したように、母妃と臣下との姦通によって生まれた始皇帝が強力な帝国を築くことが記されているからである。また式部は「賢木」の巻で、荊軻が死地に行くのを覚悟で、暴君となった秦の始皇帝を暗殺しに行き失敗し殺されるが、天が荊軻の誠実さに感応して「白虹日を貫けり」（一八一頁）という現象が起きたことを典拠に使っている。だから中国では、統治者に問題があれば、天変が起きると信じられていたことを知っていたことがわかる。

このようなことから、式部は中国では帝王の位は世襲制ではなく、皇帝が優れていなければ、天の意志で反乱が起き、優れた皇帝に代替わりすることを、『史記』や他の中国の歴史書から、知っていたと考えられるのである。

とはいえ、中国でもそれは書物のうえでの理想論であり、現実には暴力や陰謀で帝位につく者が多かったのだが、正史に記録される時は、天がその徳を認めたので皇帝になったと美化された。

中国の統治理念の影響

紫式部は、しかし世襲の父子一系の天皇制を批判するような考えを、一体どこから得た

中国を書物だけで知っていた式部は、そのからくりは見抜けなかったのだろう。それで、中国の帝王の統治理論にもとづいて、強力な後ろ盾を持たない源氏を天の認める統治者として描き、源氏が帝位に

つけないので、源氏の血を受け継いだ冷泉帝を賢帝としたと考えられる。

愚帝である朱雀帝が、天の怒りを象徴する暴風雨の最中、亡き桐壺帝の霊に叱咤され、退位し、冷泉帝が帝位につくという設定も、愚帝は天の意志によって罰され、賢帝が帝王の位につくという中国の帝王理論にもとづくことが明らかである。

しかし紫式部は、なぜ武力による政権交代を描かず、姦通による政権交代を描いたのか。それは平安時代には武力による政権交代はなく、摂関家が娘を天皇の妃として入内させ、生まれた男児を天皇とすることによって、政権交代がおこなわれたからであろう。そういう制度を揺るがすのには、天皇の妃の姦通という方法が有効だと、式部は考えたにちがいない。

皮肉なことに、『源氏物語』の天皇制批判をもっとも的確に読み取ったのは、昭和の国粋主義的な学者や軍人であった。

小林正明は、『源氏物語』が戦時体制のなかで危険視されたのは、明治、大正、昭和の権力当局が絶対的なものとして国民に信じさせようとした「大日本帝国憲法」第一条「大日本帝国ハ万世一系ノ天皇之ヲ統治ス」、第二条「皇位ハ皇室典範ノ定ムル所ニ依リ皇男子孫之ヲ継承ス」、第三条「天皇ハ神聖ニシテ侵スヘカラス」を脱構築するものであったからだと指摘している。そして小林は、昭和十三年に『小学国語読本』に『源氏物語』の一部が登載されることになった時、国粋的学者は「大不敬の書」として登載に反対し、その理由としてあげたのは、臣籍降下した光源氏が父帝の皇后と密通したこと、その関係から生まれた冷泉帝が帝位につくこと、冷泉帝が密事をしり光源氏を太上天皇に准じて待遇したことの三条であった、昭和八年には、『源氏物語』劇の上演も禁止され、谷崎潤一郎も、以上の三点に関する部分を現代語訳から削除するように、国粋的学者から指示されたという。小林はさらに、国粋主義的文学者は「薄雲」巻の冷泉帝の述懐に悩まされたと報告している(28)。

たしかに冷泉帝の述懐には、明治憲法の「万世一系ノ天皇之ヲ統治ス」という主張こそが、神話にすぎないことを暴露する要素を持っている。

十一世紀の初めに紫式部という一人の女性が、このように二十世紀の国家権力をも震撼させる作品を書いたことは、驚くべきことである。

『源氏物語』には、別な社会制度批判もあるが、それについては四章で改めて取り上げることにする。

第3章

源氏と柏木・女三宮の姦通

はじめに

紫式部は、前章で指摘したように、万世一系的な天皇観とは異なる中国の歴史を知っていた。そこで摂関家の権力によって統治能力を持たない皇子が帝位についたり、天皇の皇子しか帝王になれないという当時の天皇制を批判する目的で、臣下に降った源氏と帝妃藤壷の姦通で生まれた冷泉帝の即位を描いた可能性が強い。しかしそのような王権侵犯は、読者から批判される可能性もあると考えたのか、この三人を理想化し、桐壺帝も賢帝として描いている。

しかし式部は第二の姦通、すなわち准太上天皇となった源氏の正妻女三宮と柏木の姦通では、第一の姦通を扱った際には描けなかった人間の否定的な面も描こうと意図したようだ。当事者である三人の描写も、より現実的になっているからだ。そのため「若菜」巻、特に下巻は、心理小説として一層見事なものとなっている。そこでこの巻を中心に源氏、女三宮、柏木の造型について考慮したい。ただし源氏の女三宮との結婚と紫上との関係は、柏木と女三宮の姦通を招く要因となっているので、まずこの点から見ていくことにする。

女三宮が王妃に準ずる地位にあり、柏木との姦通は、源氏と藤壷の姦通と同じく「雅びの愛」ともいえることは、改めて指摘するまでもないであろう。

1　源氏の驕りと誤算

四十歳の欲望

柏木と女三宮の姦通は、源氏の驕りと誤算がなければ起きなかったかもしれないことが、まず源氏の女三宮との結婚を通して暗示されている。

朱雀院は、母親に早く死別した女三宮を寵愛していたので、健康を害して出家を考えた時、女三宮の降嫁問題に頭を悩ませていた。こういうふうに「若菜」巻は始まるわけであるが、その候補者として、朱雀院がまず打診したのは、源氏の息子、夕霧であった。

しかし夕霧は長年切望していた幼馴染みの雲居雁と結婚したばかりだったので、乗り気ではなかった。一方、柏木は、早くから女三宮に憧れていたので、つてを頼って、ぜひ結婚させて欲しいと願いでたが、朱雀院は身分が低いといって、柏木の求婚を拒絶する。当時夕霧は当時十八歳くらい、柏木は二十二、三歳であった。

作者が、源氏より先にこの二人を候補者として描いた理由は明らかである。世代的には、彼らこそが十三、四歳の女三宮の結婚相手にはふさわしい。そういっているのである。この時、朱雀院に仕えている若い女房たちが夕霧の美しさを誉めると、年取った女房たちが父の源氏の方が美しかったと反論するという挿話も、若い女性にとって、源氏は最早や過去の人であって、恋愛や結婚の対象とするには年を取りすぎているという、読者へのメッセージに他ならない。

ところがこの二人が候補者リストから消えると、朱雀帝は年齢より幼い女三宮を上手に後見し、教育してくれる相手として、四十歳になろうとしている源氏がふさわしいと考える。それは幼い紫上を立派に教育した手腕が周囲からも認められていたからだった。朱雀院も息子の春宮の「親ざまに譲りきこえさせたまはめ」(二九頁)、という意見に賛成し、源氏を親代わりにという形にして、結婚させようと考えたのである。これは結婚の通念からすれば異常であって、源氏は女三宮の結婚相手としては、年を取りすぎているという警告だといえよう。翌年四十歳になるといえば若いようだが、当時としては老境に入る年齢であり、今の還暦を迎える男性と同じだと見るべきであろう。

けれども源氏は、今でも皆に若々しいと騒がれるので、十三、四歳の女三宮の結婚相手として考慮されたことに自尊心をくすぐられ、不釣り合いな相手だとは毛頭思わない。それのみか、皇位の件で若い時くやしい思いをさせられた「朱雀院の信頼は、彼の自負心に快い刺激を与え、その胸おくにひそむ好奇心を無意識のうちに徐々に誘い出す」(1)ことが示唆されている。

源氏が女三宮に好き心をおぼえたのは、理想の女性であった藤壺の姪、つまり紫のゆかりであったからである。

と、ここまで読んでくると、作者の意図がはっきりする。

紫式部は、桐壺帝の場合は身分が高くて描けなかったこと、すなわち娘のような年齢の女性を妻にする男性たちの自惚れや、欲望に、改めて焦点をあてようとしているのである。これは源氏と父帝の結婚の類似を見てもわかる。

桐壺帝は、藤壷が亡き更衣にそっくりだと聞いて、自分との年齢差を無視して、藤壷を入内させたが、源氏も女三宮が藤壷の姪、つまり紫のゆかりなので、父帝と藤壷以上に年齢差のある結婚に乗り気になっていく。その背後にあるのは、自分は老いてはいないという自惚れ、そして生来の好色さだと示唆されている。

このような設定は、作者の紫式部が、年配の男性たちが娘のような若い女性と結婚することに批判的だったことを示している。式部は、数人の妻のいた父親のような年齢の藤原宣孝の求婚に応じて結婚したことを悔いていたようだ。

もっともほとんどの姦通小説で夫は妻よりはるかに年上だとされており、それが妻の姦通を擁護するために用いられているわけである。だから式部が自分の私生活への不満から、若い妻を持った夫が姦通されるというプロットを考え出したとは断定できないのだが。

そして式部は、自分の年齢を忘れた源氏の自惚れや好色ぶりを、朱雀院を見舞った場面では、一層明確に描いている。というのは、朱雀院が「権中納言などの独りものしつるほどに、進み寄るべくこそありけれ」、つまり夕霧が独身の間に、女三宮との結婚を切り出せばよかったのだけど、雲居雁の父の「大臣に先ぜられて、ねたくおぼえはべる」と述べると、源氏は「中納言の朝臣、まめやか」だが、「何ごともまだ浅くて、たどり少なくこそはべらめ」と、息子がふさわしくないことを強調し、その直後に、

「深き心にて後見きこえさせはべらん」（三八頁）と、自分が引き受けようと答えるとあるからだ。つまり源氏は何事にも「浅い」息子は女三宮には相応しくないないので、「深き心」の自分が結婚すると申し出るわけで、源氏が女三宮を正妻にしたい欲望がいかに強いかが暴露されているのである。

初老の域にとどいた源氏から見れば、息子の世代の男性たちが「何ごともまだ浅く」に見えるのは当然である。それを源氏にあえて口にさせるところに、源氏の自惚れや驕り、ひいては人間的な未熟さを描こうとする作者の意図がはっきり表れている。

皇女への欲望

紫式部は、源氏が虚栄心や政治的野心から、女三宮との結婚を望んでいることも明らかにする。というのは、紫上をはじめ、多数の女性たちに囲まれて暮らしていながら、源氏が自分の身分にふさわしい身分の高い正妻を迎えたいと思っていることがわかる設定となっているからだ。

特に准太上天皇になってからは、皇女ないしは皇女に近い正妻を迎えたいと望んでいることがはっきりするように描かれている。たとえば、昔求愛して拒絶された朝顔宮が斎院の任を終えたと知ると、さっそく求愛するが、朝顔宮は、桐壺帝の弟式部卿宮の娘で、若い時源氏が自分の身分にふさわしいので求愛した皇女にもっとも近い女性であった。が、結局は若い時と同じように、宮に拒絶されてしまう。

しかも源氏は、皇女か、それに准じるような高貴な身分の女性を正妻にしたいという自分の願望を、親しい女房に漏らしていたことも明らかになる。女三宮の乳母に源氏の意向を打診された六条院で働く女房の一人が、源氏と関係のある女性たちは、皆身分に「限りあるただ人ども」（二二頁）なので、源氏は女三宮との結婚を受け入れるだろうとほのめかすからである。

そして女房の予想通りに、朱雀院のもとを訪れた源氏は、自分が女三宮と結婚して、宮を後見しようと申し出るわけである。

だが源氏は、なぜまた別な紫のゆかりの女三宮を欲するのか。すでにもう一人の藤壷のゆかりである紫上を、彼女が十歳の時から略奪婚のようにして独占してきたではないか。

それは女三宮が、藤壷のように皇女であったからだ。

紫上は藤壷の姪だが、女房が暴露したように、「限りあるただ人ども」の一人であり、たしかな後見人もなく、財産もなかった。それゆえ准太上天皇の正妻としてはふさわしくないと、他人は見ていたわけだが、源氏自身もそう思っていることを、作者は女三宮への求婚によって明らかにするのである。

女三宮は、朱雀院側の莫大な資産と権力を背景にしていただけでなく、朱雀院は宮を他の子供たちとは別格にあつかい、裳着の儀にも、自分が相続した数々の貴重な唐物をおしげもなく与えている。しかも冷泉帝が譲位すれば、女三宮の兄である東宮が即位する。だから彼女を正妻にし、朱雀院側と結びつけば、資産的にも地位の点でも、源氏は得るものが多いのである(2)。

見逃せないのは、作者が、源氏を経済的な面では現実派として描いていることである。広壮な六条院も、「乙女」の巻では、六条の御息所の旧邸を改築し、周辺の土地も得て建築したものだとある。人びとに愛でられた御息所の家と土地は、当然一人娘の秋好中宮が相続したはずで、源氏は彼女を養女格にすることで、御息所の家と土地の使用権を手に入れたのである。円地文子は、御息所がもののけとして六条院にたびたび出てくるのは、源氏に財産をとられたことの恨みもあると読める、といっている(3)。

そのように経済的に抜け目のない源氏であるから、女三宮と結婚するのも、やはり天皇家の財力と地位も視野に入れたうえだと考えるべきであろう。女三宮の華やかな裳着の儀が描かれているのも、そういう読みを要求しているのではないだろうか。

考慮すべきことは、もうひとつある。源氏には皇女を正妻とし、皇室の血をひく子供が欲しいという欲望もあったと示唆されていることだ。それは源氏が、冷泉帝に後継者となる子供がいないことを嘆いていることによって表明されている。しかし源氏は、冷泉帝に後継者となる子供がいないことを自分の問題だとは公言できないわけで、だから自分の血統をつぐのは夕霧と明石君だけだと嘆くのである。

作者は、源氏は権力欲が強く、いち早く明石上との間に生まれた娘を東宮に入内させ、東宮の寵愛をうけた明石の君は、十二歳という異例な若さで、出産することになり、周りの者は無事出産できるか危ぶむほどであった、と記している。そこに源氏の野心がむき出しに表明されているが、外戚としての地位を強固にするためには、もっと娘が欲しいわけである。だが、紫上も他の女性たちも子供を産める年齢ではなくなっている。また一人娘の明石の君の母親は身分が低かったので、源氏は常に母親の身分を隠す工夫をせざるを得なかった。そういう状況を見ていけば、源氏が身分の高い妻を得て、娘を増やしたい欲望を持っていることがわかるように描かれている。

留意すべきは、源氏は外戚としての地位獲得に熱心で、冷泉帝には帝よりも九歳年長の秋好中宮を養女格にして入内させ、冷泉帝の後継者となる朱雀院の皇子の東宮には、十二歳の明石の姫君を入内させている。しかも頭の中将の娘玉鬘も養女格とし、朱雀院の皇子が天皇となった時、唯一人の外戚として右大臣となる鬚黒の大将と結婚させ、自分の勢力範囲を広げている。

このような行動をとるのは、冷泉帝から准太上天皇の位を贈られる前のことである。つまり源氏は、准太上天皇の位を贈られるとは思っていなかったので、外戚となることによって、自分の権力を確立しようとしていたことがわかってくる。

このような設定を見れば、紫式部が、当時の摂関政治、すなわち娘を歴代の天皇の妃にして権力を握るという方法を、摂関家の出身ではない源氏にもとらせ、権力への欲望が源氏を堕落させていく姿を描こうと考えていたことがわかる。式部は、中宮定子の父藤原道隆や自分が仕えていた中宮彰子の父道長のやり方を作品に取り込もうと思ったようだが、それを藤原氏ではない源氏にやらせることで、道長などからの批判を回避しようとしたのではないだろうか。

「若菜」の巻では、以上のように、准太上天皇となった源氏が、外戚としての権力拡大にも熱心な人間になってしまっていることが明らかにされている。それゆえ女三宮と結婚しようと望むのも、冷泉帝に跡継ぎがないので、朱雀院の婿となって朱雀系王朝の一員に食い込むと同時に、もっと娘を得たいと望んでいることがわかってくる。

源氏の誤算

女三宮と二月に結婚することになった源氏は、新年を迎えると、まず四十の賀を祝う。当時は四十歳から老境だったので、今の還暦のように、特別に祝うわけである。しかも作者は、源氏の養女格となっていた玉鬘が夫鬚黒の右大臣とともに源氏のために若菜を献上し、祝いの宴を盛大におこなう場面を描き、玉鬘は子供たちも連れてきたとする。つまり源氏の四十賀には、孫ともいえる子供たちが登場し、源氏は玉鬘に夕霧にも子供が生まれた話をする。

このように作者が女三宮との結婚の直前に、源氏が還暦に相当する四十の賀を祝い、すでに祖父となっていたことを強調しているのは、源氏が自分の老いを無視して、十四、五歳（新年が来たので）の女三宮と結婚しようとしているのは異常だと告げるためであろう。

そして月が開けると、女三宮が源氏の正妻として六条院に降嫁してくるわけだが、異常に年齢差のある結婚を異常でなく見せているのは、豪華な婚礼の儀と、准太上天皇としての源氏の身分であった。

准太上天皇である源氏は、豪華な六条院に、昔から馴染みのあった女性たちを集めて暮らしており、六条院はあたかも天皇の後宮のようである。女三宮はそこへ輿入れするのだが、朱雀院側の源氏の扱いは、天皇並みであり、女三宮はおびただしい量の豪華な唐物や家具調度を持って輿入れしてくる。あたかも朱雀院側は、女三宮の幼さや源氏との愛情の欠如を物量で補って、源氏の他の妻たちを威圧し、女三宮に正妻の位置を獲得させせようとしているかのようである。

一方源氏も皇女である正妻を迎えるに相応しい華やかな儀式をもって女三宮を迎え入れたが、二人の年齢差を見れば、源氏は父桐壺帝と藤壺との結婚を真似て、藤壺の姪と結婚しようとしていることが明らかである。これは女三宮も、藤壺のように若い男性と姦通し、子を生むだろうという示唆でもある。そして作者が、源氏と藤壺の姦通で描けなかった人間の否定面を描こうとしていることは、桐壺帝の場合と異なり、源氏の虚栄心や野心に焦点をあてていること、また女三宮も、藤壺よりは未熟な女性として描いていることから、ますますはっきりする。

興味深いのは、理知的で自制心の強い藤壺は結婚まで母親と暮らしていたとあるのにたいし、女三宮は早く母親に死別し、朱雀院に育てられたとされていることだ。つまり作者は、女三宮が年齢より幼く、女性としての常識もなく、躾もいきとどいていないのは、母親を早く亡くし、溺愛することしか知らない父親に育てられたからだと示唆しているわけである。このように作者は細部までおろそかにせず、きちんと構想をたてている。

さて、源氏は藤壺と女三宮との性格の違いなどについては何もいわないが、そのかわり、十歳くらいの時から奪って育てた紫上に比べても、女三宮は幼いと失望するのである。源氏と紫上の年齢差は八歳で、紫上を奪って育て始めた時、源氏は十八歳くらいで、結婚した時は二十二歳、紫上十四歳であった。ところが今は四十歳で、夕霧でさえ未熟だと思うのだから、十四、五歳の女三宮が幼く見えるのは、当然すぎるほど当然であった。源氏はそこで初めて自分が期待過剰であったことや、この結婚が間違っていたことに気づく、とある。

源氏の誤算は、もうひとつ描かれている。女三宮との結婚によって、紫上を傷つけてしまったことである。

正妻から副妻への転落

源氏は紫上が十歳のときから略奪するようにして引き取り、同居していた。そして三日夜の餅の儀式もおこなったので、紫上は長年源氏の正妻の地位にあり、六条院で季節の始まりを示す「春の寝殿」に源氏と住むのも紫上であった。紫上の名前に上とつくのも、葵上と同じく正妻であることを意味している。ただし明石上という女性もいるので、紫上は正妻格という方が摘格かもしれない(4)。しかし新たに皇女が正妻としてくれば、紫上の身分は、社会学者のいう副妻となることは明らかであり、権利も限られ、「春の寝殿」も女三宮にあけ渡さねばならなくなる。

にもかかわらず源氏は、朱雀院に女三宮との結婚を承諾すると申し出た時、紫上のことはまったく考慮しなかった。源氏が紫上を軽んじていたことが、作者の説明ぬきでわかる箇所である。夕霧が雲居雁のことを考えて、女三宮との結婚を断ったことを考慮すれば、源氏のエゴイズムは一層はっきりしてくる。

それでも紫上に女三宮との結婚を告げる時には、自分の欲望は隠し、いかにも仕方なく結婚するかのように説明し、おまけに「あいなきもの恨みしたまふな」(「若菜」四〇頁)、つまり〈むやみに嫉妬しないで欲しい〉という教訓までたれた。作者は、そこで語り手に、源氏の饒舌ないいわけを、「いとよく教へきこえたまふ」（四〇頁）と揶揄させるわけで、源氏に手厳しい設定である。

　紫上は、源氏のエゴイズムには気づかず、朱雀院の要請から逃れられず、仕方なく女三宮と結婚するのだという言葉を信じてしまい、これからは嫉妬することなく、矜持を持って生き、女三宮にも気詰まりな思いをさせないように努力しようと決心する、と描かれている。明らかにこの場面は、紫上の邪心のなさや寛容さ、そして源氏がいかに彼女を自分に都合の良い女性に育てたかが改めてわかるように描いた箇所である。

　一方源氏は、女三宮を得たい欲望に駆られて、皇女が新たに正妻として同居すれば、これまで正妻の地位にあった紫上を副妻の地位におとしめることだということには考えが及ばず、自分が見捨てさえしなければ、紫上は今まで通りに可愛い女でいてくれると思い込んでいると、描かれている。

　つまりここは、作者が源氏の醜さや弱点を描こうと意図していることが明白な箇所である。すでに指摘したが、作者が「若菜」巻で、源氏を理想化しなくなったのは、「藤裏葉」の巻で源氏と藤壷の不義の子冷泉帝が有能な統治能力を発揮して賢帝であることを証明し、源氏も准太上天皇となるという世襲天皇制批判のテーマを描き終えたからである。だから、源氏を「タカヒカルヒノミコ」、つまり「光の君」として理想化することをやめ、人間として赤裸裸な描き方をしようと意図したのであろう。したがって、「若菜」巻以後、源氏を「光」源氏と呼び続けるのは、作者の意図に反するといえよう。

　また「若菜」巻では、それまではやはり理想化されて人形のようだった紫上の心情も写実的に描かれており、源氏の愛情だけを信じて生きてきた紫上の苦悩に、読者は同情せずにはいられなくなる。

もっとも源氏は、紫上が病に倒れると、彼女がいかにかけがえのない伴侶であったかをやっと認識する。それまで紫上は、源氏にとっては藤壺の形代に過ぎなかった。しかしもう一人の藤壺の形代である女三宮に失望したことや、紫上が病に倒れ、早死にするかもしれないことに気づいた源氏は、やっと紫上を一人の独立した個性を持つ女性として愛し始めるのである。

しかし紫上の試練は続く。源氏が朱雀院や、冷泉帝のあとをついで天皇となった女三宮の兄の目が気になって、女三宮を大事にしているところを見せようとするからである。そのために紫上の立場は一層劣勢になっていく。

作者がこのように次々と紫上に厳しい状況をつくりだしていくのは、権力者を親や係累に持つ若い正妻が同居している年長の妻の立場の困難さを、よく理解していたからであろう。だから式部は、紫上が源氏を自分のところに引き止めておけるのは、もはや病気だけだ、と描いている。この点については、三田村雅子氏にすぐれた論文がある(5)。

紫上はかつては素直で明るく、源氏を信頼して生きていた。だが、源氏が生来の好き心や名誉欲などから、皇女女三宮を新たに正妻とし、紫上を副妻の地位におとしめたことによって、紫上はしだいに男女の愛情の頼りなさを身にしみて感じるようになり、生きる気力を失っていく。なお、これまではあまり注目されてこなかったが、女性史家の西村汎子が指摘したように、紫上の地位は正妻から副妻へと激変し、春の寝殿も女三宮の住居になっている(6)。これを見れば、彼女が源氏への信頼を失い、失意のうちに亡くなるのは、当然な成り行きだということがはっきりする。

紫上は苦しみから逃れるために、出家したいと望むが、資力がなく、源氏の庇護で生きているので、源氏に許可を貰わねばならないが、源氏が拒むので、出家もできないまま亡くなってしまう。残された源氏は、淋しい晩年を過ごすことになるわけだが、それは自らが招いた悲劇に他ならないことがはっきりしている。

作者はこのように源氏に手厳しいが、それによって源氏は理想化された英雄から、現実味を持った人間に変貌し、紫上との心理的な行き違いや断絶も、千年前に書かれたとは思えない生々しさで、読者に迫ってくる。

しかも作者の源氏への手厳しさは、そこで終わったのではない。柏木に女三宮と姦通する機会を与えたのも、源氏だとしているからだ。

源氏が二条院に移った紫上を看病している間に、柏木は女三宮のもとに忍び込み、長年の想いをとげるわけだが、それは源氏が女三宮にたいし、夫として、また後見人としての責任を放棄していたからだとわかるよう描かれている。

そして作者は、柏木が女三宮を直接見るきっかけをつくったのも、源氏だとしている。

源氏は、娘明石の君が無事第一子の出産を終え、御所へ戻った後、手持ち無沙汰にしていると、花散る里の住居の前庭で夕霧が他の公達をひきつれて、蹴鞠をして遊んでいる声が聞こえてきた。それで自分の方にきて、蹴鞠をするように誘うのである。そこは女三宮の居所にも近く、公達のなかには、柏木も弟たちと加わっていた。

このような設定は、桐壺帝が無意識のうちに源氏と藤壷を近づけてしまったことのヴァリエーションであり、源氏にとっても正妻の姦通は逃れることのできぬ宿世だという示唆であろう。

2　柏木（衛門督）

悲劇のヒーロー

『源氏物語』のなかで、もっとも悲劇的な男性は柏木であろう。女性の登場人物のなかには、男性たちの裏切りで悲劇的な生き方を強いられる人物が多数いる。しかし愛に苦しみ、愛のために死ぬ男性は、柏木だけである。

興味深いのは、作者はそのような柏木を、若い時の源氏に似て数々の美点を持つ好青年として描き、読者が柏木の運命に同情をいだくように造型していることである。

たとえば容貌も、源氏は神も愛でるほどたぐい稀なる美貌の持ち主とされているのでこの点では少し異なるが、しかし柏木も「容貌いときよげになまめきたるさましたる人」（「若菜」一〇九頁）と形容されており、病でやせてもかえって気品高く見えるほどの美貌だとある。この「なまめかし」は、「平安時代に於ける好尚美中の最高美である事」で、「成人女性の優美さ、みやびやかさ、上品さの形容として用いられるだけでなく、若さ、きよらかさからくる美」(7)をさし、男性で「なまめかし」と形容されているのは、源氏（「桐壺」一一五頁等）の他には、柏木だけである。後には父親の柏木似だとされる薫も「ただいとなまめかしう」（「匂宮」一八頁）と形容される。

なお源氏の実子である夕霧と冷泉帝には「なまめかし」とは形容されていない。冷泉帝については、「いますこしなまめかしき気添ひて」（「賢木」七九頁）とはあるが。

したがって、源氏のように輝かしい恋愛劇のヒーローになりうる「なまめかし」い美貌の青年は、柏木であり、後の世代では薫だということになる。事実、源氏の正妻の姦通の相手は柏木であり、「宇治十帖の主人公」は薫である。

また作者は柏木を、源氏と同じく、諸芸に秀でた青年だとしている。たとえば、源氏が柏木にも若い公達たちの蹴鞠の仲間に加わるようにすすめたので、「かりそめに立ちまじりたまへる足もとに並ぶ人なかりけり」とあり、「容貌いときよげになまめきたる」柏木が、衣服など少し乱れて蹴鞠をしている様子は、「をかしく見ゆ」（「若菜」一〇九頁）、すなわち、なかなか風情があって面白いとある[8]。

しかも柏木は音楽の才能においては並ぶものがない。「篝火」の巻などでも、見事な琴の腕を披瀝したとあるが、源氏の四十の賀で、源氏に乞われて即興で和琴を弾くと、人びとは和琴の名手である父（昔の頭の中将）を持つので上手いだろうと予期はしていたが、柏木（衛門督）の腕があまりにもすばらしいので、皆感嘆してしまった、と記されている。

何ごとも、上手の嗣といひながら、かくしもえ継がぬわざぞかしと心にくくあはれに人々思す（中略）心にまかせて、ただ搔き合はせたるすが搔きに、よろづの物の音調へられれたるは、妙におもしろく、あやしきまで響く（中略）これは、いとわららかに上る音の、なつかしく愛敬づきたるを、いとかうしもは聞こえざりしをと親王たちも驚きたまふ（「若菜」四五頁）。

〔名手の跡継ぎといっても、これほどまではとても手筋を受け継ぐことはできぬものよ、と人々は奥ゆかしく心をそそられ身にしみて感じ入っておられる（中略）興にまかせてただかき合せるすががきに、さまざまの楽器の音色が一つの調子にととのえられていくのは、不思議なくらい微妙に感興をすする響きをたてるものである（中略）この衛門督のほうは、じつに明るい上調子で、やさしく心をそそる感じであるのを、じっさいこれほどの上手とは噂にも聞いたことがなかった、と親王たちも感心していらっしゃる（二二五頁）。〕

ここでは柏木が天賦の音楽の才能に恵まれていて、人びとを深く感動させたことが、言葉を尽くして語られている。源氏の場合は、何をやっても人びとは涙を流したとあったが、こちらの方がより現実的で、柏木の見事な腕前が具体的にわかるように描かれている。もちろんここは、作者が音楽の鑑賞力にも優れていたことを示す箇所でもある。

そして源氏が玉鬘や女三宮に琴を教えるのにたいし、柏木も東宮に琴を教授しているとあり、琴の伝授でも、柏木が源氏に負けない才能を持っていることが明らかにされている。付言すれば、柏木は音楽の才能においては、悲劇的な死をとげるトリスタンによく似ている。

柏木は舞も上手い。紫上が催した源氏の四十の賀の祝宴で、夕霧と連れ立って入綾の一くだりを舞った時には、二人の父たちが昔青海波を舞った時の世にもまれな美しさにも劣らないと、人びとは感嘆したとある。柏木は書も上手く、源氏は明石の君が入内する時には、若い世代の代表の一人として、柏木にも書を所望している。

しかも柏木は式典などを企画する能力にも恵まれていた。朱雀院の五十の賀のために源氏が夕霧に用意させた楽人や舞人などの装束にも、柏木は乞われて新たな趣向を加え、さらに見事なものとしたとある。源氏が桐壺帝のために企画した花の宴に較べれば、規模は小さいが、柏木は若い世代を代表する優れた能力の持ち主であることが、ここでも強調されているのである。

だから柏木の病が重いことが知れると、「さる時の有職」(このような第一級の方が)、と「世の中惜しみあたらしがりて、御とぶらひに参りたまはぬ人な」(「若菜」二二六頁)く、天皇や朱雀院の手厚い見舞いをうけたりするのも、なるほど、と理解できるわけである。もちろん柏木は朱雀院の娘の二宮と結婚しているので、家族の一員であるが。

また源氏が開いた朱雀院の五十の賀でも、こういう時には欠かせない「やむごとなき上達部」(「若菜」二二七頁)の柏木の姿がないので、人びとは興をそがれたような気分になったと記されており、柏木がひときわ目立った存在だとわかる設定になっている。

このように柏木は容姿も源氏に近く、源氏が何か頼むと、柏木はきわだった才能を披瀝するわけで、源氏は柏木がいる時は、柏木の引き立て役に終止している。つまり作者は、若い世代のなかでは、柏木こそが源氏にかわって、輝かしい恋愛劇のヒーローになりうる人物なのだというメッセージを送り続けているのである。

柏木は、しかし源氏のようにいろいろな女性を追いかけることはせず、女三宮だけを愛し、彼女との結婚を熱望していた。

そのような柏木が女三宮と結婚できていたなら、宮を愛し、幸せな家庭をつくったであろうことは明らかである。柏木が亡くなった後、誰にでも思いやりがあったと妹の雲居雁なども回想し、また柏木が心ならずも結婚した相手である二宮にたいしても、常にやさしい心づかいを示していたとある。だから女三宮と結婚していれば、心をこめて世話しただろうし、女三宮も幸せになったかもしれない。そう推察できる設定である。

だが朱雀院は、柏木は「むげに軽びたるほどなり」(「若菜」二六頁)、すなわち身分が低すぎるとして、女三宮との結婚を拒絶した。柏木の父の太政大臣も、妻の妹である朧月夜の尚侍を通して、柏木に女三宮の降嫁を願う運動をしたのだが、朱雀院は、将来は重要な地位につくに違いないけれども、今は身分が低すぎると、断った。

それを契機に、輝かしい恋愛劇の主人公になりえたはずの柏木の人生は、悲劇的な色合いを強めていくのである。

その後柏木は昇進したが、熱愛する女三宮は、すでに源氏の妻となっていたわけである。代わりに柏木は、父親の望みもあって、朱雀院の皇女二宮と結婚するが、二宮を愛すことはできなかった。

柏木は、冷泉帝が譲位してからは、朱雀院の皇子である新しい天皇に贔屓にされ、中納言にもなり、「時の人」(「若菜」一七三頁)となった。しかし時すでに遅しで、柏木は女三宮を得るには、源氏の目を盗んで姦通するしかないところへ追い込まれていくのである。

柏木と源氏の恋愛観の相違

もうひとつ目立つのは、源氏と柏木は共に姦通劇の主人公ではあるが、恋愛にたいする態度や考えはまったく違う、と描かれていることである。これも二つの姦通を描き分けようとする構想の一部だといえよう。

たとえば、源氏は藤壺を熱愛したが、同時に多くの女性たちも愛した。そのために、源氏が真剣に藤壺を愛しているのかどうか、わからない時もある。おそらくそれが、作者紫式部の狙いであったのかもしれない。源氏を希代の色好みとし、源氏と他の女性たちの交情を描くことによって、王権侵犯をひきおこす藤壺との姦通が前面に浮き上がらないようにし、読者の批判をそらそうとしたのではないだろうか。そのような意図があったことを示唆するように、源氏は色好みの典型として、見事に造型されている。源氏のモデルが『伊勢物語』の色好みの業平だと思われることは、すでに二章で言及した通りである。

一方柏木は、ひたすら女三宮を熱愛する。父親の太政大臣（もとの頭の中将）は、「この衛門督の、今まで独りのみありて、皇女たちならずは得じ、と思へるを」（「若菜」二七頁）といっているので、皇女であれば、誰でもいいようである。しかしその後、柏木は朱雀院のところにも出入りしていたので、女三宮に憧れていて、皇女なら誰でもいいわけではなかったことが明らかにされている。

しかも柏木は、女三宮が源氏に降嫁した後も、宮に憧れ続けるわけだが、柏木の女三宮への恋を決定的にしたのは、すでに言及したように、源氏の誘いで、女三宮の住居の近くの庭で蹴鞠をした日であった。

夕霧と柏木が蹴鞠のあいまに休んでいると、走り出してきた唐猫の紐が御簾に引っ掛かって御簾がめくれ、女房たちに囲まれた女三宮の立ち姿を、柏木は見た。当時は高貴な身分の女性が夫や親以外の男性に直接顔を見せることはなく、兄弟でも御簾をへだてて会うことが多かった。そのため男性たちは、美人だという噂だとか、和歌や書が上手だというような抽象的なことがきっかけで、恋をした。柏木も女三宮を一度も見かけることなく、憧れを抱いていていた。

だから、柏木が直接自分の目で、桜襲の細長の衣をきた女三宮が「若くうつくしの人」（「若菜」一一一頁）であるのを確認する機会をえたのは、劇的な出来事であった。それゆえ、柏木が熱に浮かされたように女三宮のことばかり考え続けるのは、もっともなことだとわかる。

柏木は、源氏が出家したり、亡くなれば、女三宮と結婚できるのだが、と夢想するが、源氏にはそのような気配は一向になく、女三宮を再び見ることもできなかった。

切なくなって、柏木は例の唐猫を、東宮に女三宮から貰い受けるように仕向け、それを我がものにして、懐にいれたりして可愛がる。

この唐猫の話は、隔てられることによって、一層相手が恋しくなり、何でもいいから愛する人の持物を自分のものにしたいという恋愛心理を見事にとらえた印象的な挿話である。

なお源氏の場合も、藤壷と一緒にいられないために、藤壷を熱愛する気持ちが一層強まったことがわかるように描かれている。特に藤壷が健康を害して里へ戻ると、父帝の心配を気の毒に思いつつ、源氏が熱に浮かれたように、藤壷の近くを徘徊するところなどは、見事な設定である。

しかし源氏は藤壷への飢餓感を紛らわすために、多くの女性も愛した。藤壷が性的関係を持つことを拒絶すると、藤壷の形代として半ば略奪によって得た幼い紫上と新枕をかわして夫婦となるし、藤壷が出家すると、紫上がそばにいるにもかかわらず、朧月夜と逢瀬をかさねるというように、藤壷にたいする飢餓感を、別な女性を抱くことで忘れようとする。そのような設定は、藤壷との姦通が目立たないようにする効果を持っているが、しかしそのために源氏の藤壷への愛は純粋さを欠くように見えるわけである。

ところが柏木は、別な女性とのアバンチュールで自分の気持ちをごまかすことはせず、ひたすら女三宮を想い続け、「恋ひわぶる人のかたみ」(「若菜」一二五頁)の唐猫を可愛がる。

つまり柏木の可愛がる唐猫は、源氏の可愛がる幼い紫上と同じく、意中の人といられない飢餓感を和らげる役割を与えられているわけである。

女三宮ゆかりの猫を貰いうけて懐にいれたりして可愛がる柏木と、藤壷に似た幼い紫上を奪うようにしてつれてきて可愛がる源氏を、どのように判断するかは、読者の意見の分かれるところであろう。

柏木と「雅びの愛」の主人公たち

実は女三宮へ一途な愛を捧げる柏木は、一夫多妻的な平安貴族というよりも、むしろトリスタンやランスロットに似ている。

ペディエの『トリスタン・イズー物語』では、トリスタンは遠く離れていてもイズーを愛し続け、白い手のイズーと結婚しても、性的な関係を結べなかった。トリスタンは王妃イズーに身も心も捧げ続けたのである。それは「愛の媚薬」のためであったが、散文の物語では、愛の媚薬は出てこず、中世でこの物語が愛されたのは、一人の女性に愛を捧げることが騎士道にもかなっていると考えられたからである。

ランスロットも、クレティアンの『ランスロまたは荷車の騎士』以後に書かれた物語では、女性たちがあらそって彼の愛を得ようとするが、王妃グィネヴィア一人しか愛さなかったとされている。

マロリーの『アーサー王物語』では、ランスロットはある時、魔法をかけられていた美しいエレインを救出するが、エレインの父ペリーズ王は、「サー・ラーンスロットが娘に子を儲け、その子はサー・ガラハットと名づけられ、異国をすべて危機から解放してくれる立派な騎士となり、またその騎士によって聖杯探求は成就される」(9)と知っていた。そこで魔法使いの女性が魔法を使ってエレインをグィネヴィア王妃と瓜二つになるようにし、あたかも王妃がランスロットを招いているように仕組んで、無事ランスロットを娘と共寝させることに成功する。つまり魔法を使って王妃そっくりになって騙さねば、どんな美しい女性でもランスロットと共寝できなかった。

そしてエレインは予言通りにランスロットにそっくりの男児を得、キャメロットに連れていくが、ランスロットはエレインに冷たかったので、再び魔法使いの女性が魔法をかけ、エレインを王妃そっくりにし、エレインがランスロットとベッドを共にできるようにした。

グィネヴィア王妃はそれを知って怒り、「おお、この裏切りの似非騎士め！寸時もこの宮廷にとどまることなく、さっさとわたしの部屋から出てお行き！この裏切りの似非騎士よ、二度とずうずうしくその面見せるでないぞ」と罵ったので、ランスロットは「心底悲しみ、気を失って床に倒れた」(10)。アーサー王伝悦の人物たちは、男女ともにあまりに悲しい時は気絶する。その過激さは、何か感動する場面に出会うと、涙を流す『源氏物語』の人びとと似ているが、気絶から覚めると、ランスロットは気が狂っていて、下着のまま窓から庭に飛び出し、さまよい続け、二年後に聖杯を見ることで、やっと正気に戻り、自分が誰であるか思い出すのである。それくらいランスロットは王妃を愛していたというのが、この挿話のポイントである。

このようなトリスタンとランスロットの王妃への絶対的な愛と献身は、宮廷風の「雅びの愛」の典型であり、彼らの言動は、二章で引用した「希望」と題する歌で表明された感情に似ている。彼らはさらには、クレティアンのパトロンのマリ・ド・シャンパーニュの宮廷にもいたことのある聖職者アンドレ・ル・シャプランの書いた宮廷風『恋愛論』（デ・アモール）の内容にもよく似ている。アンドレ・ル・シャプランの『恋愛論』は、十二世紀半ばころからトゥルバドゥール（南仏）またはトゥルヴェール（北仏）と呼ばれた吟遊詩人たちが詠った宮廷風恋愛の内容を定式化したものである(11)。そのなかからトリスタンとランスロットの行動とも類似する部分をあげてみよう。

一　結婚は恋愛の妨げにならない。
三　同時に二人の女性に心を与えることはできない。
十一　愛する男は自分より高い身分の女性を愛さねば成らない。
十二　完全な恋人は恋するひとの抱擁以外の抱擁を望まない。
十四　愛をかち得ることは困難であらねばならぬ。それが愛を価値あらしめるからである。
二十三　恋心にさいなまれて、恋する者はほとんど眠らず、またほとんど食べない。
二十四　恋する者は意中のひとを思いつつ身を処しなければならない(12)。

柏木も源氏の正妻となった皇女の女三宮を愛し続けるので、彼の恋愛は、ここにあげられた宮廷風の恋愛によく似ている。柏木が二宮と結婚しているのは、立場上避けられないことであったから、誠意をもって二宮との結婚生活を維持するが、柏木はランスロットやトリスタンのように、唯一人の女性にしか心は与えないのである。

3　柏木と女三宮の悲劇

柏木の愛の行為の「雅び」の欠如

柏木の不幸は、いかに彼が愛しているかを、女三宮が知らないことであった。トリスタンとランスロットは、王妃も彼らを愛していたので、自分の想いを満足させることができた。

柏木は意を決して手紙を書き、小侍従に女三宮に渡してくれるように頼むが、返事は貰えなかった。それでも柏木は女三宮を諦めず、源氏が女三宮を大切に扱わず、病気がちの紫上の世話に没頭されていることを知ると、同情と怒りから、夕霧にも源氏を非難する発言をするようになる。

そして源氏が紫上の看病で長らく二条院にとどまっていることがわかると、小侍従を説きふせて、女三宮の寝所にもぐりこむことに成功する。蹴鞠の日以来、柏木はこのような日を六年も待ち続けたのである。これは「雅びの愛」の叙情詩に描かれた騎士たちのような忍耐強さである。

ところが柏木は、「雅び」とはほど遠い、ぶざまな口説き方をした。

源氏の方は、空蝉と姦通した時も、若かったけれども女性遍歴の経験があったので、恐れおののく空蝉に、懇願したり、甘い言葉をかけたりして巧みに口説き、想いをとげたわけである。つまり源氏は女性を扱い馴れており、愛の行為における「雅び」を心得ていたのでる。だから空蝉は、もし自分が結婚していなければ源氏の求愛はどんなに嬉しかっただろうと密かに思ったりした、とあるのも不自然には聞こえない。

しかし女性遍歴の経験がない柏木は、自分の長年の想いを訴えるのが精一杯で、女三宮の驚きを鎮めるような甘い言葉をかけることもせず、ただ「あはれ」(「若菜」一八二頁)と思って、自分を受け入れてくれるように懇願するばかりである。

作者は明らかに源氏と柏木を対照的に描いていて、柏木は女性遍歴がなく、女三宮だけを想ってきたので、恋の駆け引きができず、彼の真面目さが裏目に出るように描いている。なかなか鋭い着眼である。

作者はまた、柏木が大胆になれないのは、自分の身分の低さを気にしているからだとわかるように描いている。

源氏は身分が高いので、空蝉にたいしても、傲慢で大胆だった。藤壷にたいしても、臣下に降ったとはいえ、元服までは一緒に過ごしていたので、へりくだり方もほどほどであり、どうすれば、藤壷を説得できるかもよく知っていた。もっとも一端藤壷が性的関係は持たないと決心すると、源氏がいかに巧みに懇願しても、効き目はなかったが。

ところが柏木は皇族ではなく、しかも父親は太政大臣まで上った人だったが、自身はまだ中納言であった。おまけに女三宮との結婚の申し込みをした時に、朱雀院に身分が低いと断られたことが、今でも痛手として残っている。だから、自分を憐れと思ってくれと、ひたすら懇願することしかできなかった。

一章で見たように、王妃イズーと姦通するトリスタンも王族である。ランスロットも後に創作された物語ではフランスの王族だとされていて、王妃グィネヴィアを崇拝しているが、卑下してはいず、アーサー王にたいしても対等に振る舞う。同じように、皇子として生まれた源氏も、臣下に降ったとはいえ、藤壷に卑下した態度はとっていない。つまり王妃を愛するためには、対等な地位が必要だとされている。

女三宮は、王妃ではないが、准太上天皇である源氏の正妻であり、皇女でもあるので、王妃に准じる位にある女性だといえる。ところが柏木の出自は皇族ではなく、身分も中納言であった。作者がこのように二人の身分差を大きくしたのは、それが恋愛にどう影響するかに焦点をあてようとしているからであろう。

もっともランスロットは『ランスロまたは荷車の騎士』では、王族とはされていず、そのために王妃にたいし臣下としてへりくだった態度をとる。しかし騎士としては誰にも負けないという自信を持っていたので、王妃と一夜をすごすためには大胆な行動に出で、至福の夜をすごす、と描かれている。

ところが柏木はせっかくの機会に、自分の身分の低さを気にして萎縮してしまう。柏木に豊富な女性経験があれば、身分は低くても、もっと大胆になれたであろうし、そうすれば、女三宮ももう少し心を開いたかも知れない、と思わせる箇所である。しかし柏木は、あせるばかりで、上手い言葉は出てこない。源氏の空蝉への態度とは異なり、「雅びさ」はどこにもない。そう描いているのは、むろん作者である。

しかも女三宮が、柏木の想像とは違って、威厳があるというより、「なつかしうろうたげに、やはやはとのみ見えたまふ御けはひの、あてにいみじ」（「若菜」一八〇頁）いので、可愛さがつのって、理性を失い、女三宮をわがものにしてしまうのである。

すでに指摘したように、駒尺喜美は空蝉を源氏はレイプしたと批判しているが、柏木は女三宮を説得するまもなく、一方的に想いをとげるわけで、こちらは正にレイプである。そのために、女三宮はなかなか柏木に心を開かず、朝がきて、柏木が帰宅しなければならないことを喜んだとある。

つまり作者は、柏木があまりに真面目すぎて、女性との接し方を知らず、源氏のような「雅び」な行動がとれなかったことが、彼の悲劇の一因だと示唆しているのである。

とはいえ、作者は、すべてを柏木だけの問題に帰しているのではない。

実は柏木の不幸は、従兄弟であり、かつ親友である夕霧と較べながら読めば、一層はっきりするよう描かれている。

夕霧も柏木のように真面目な性格で、雲居雁に夢中なのに、父親の右大臣（頭の中将）は娘を東宮妃にと考えていたので、なかなか結婚を許してくれず、長い間苦しむが、ついに右大臣がおれて、無事結婚することができた。そして真面目な夕霧は、一端結婚すると、朱雀院が女三宮との結婚をほのめかしても、辞退する。ただし柏木の死後、その未亡人の二宮（落葉宮）に恋をし、乗り気ではない二宮を気長に説得し、ついに二宮を得る。つまり夕霧にとっては、恋愛に稚拙で、恋の「雅び」を欠くことは障害とはならないのである。

作者が、夕霧をこのように源氏ではなく、母方のいとこの柏木に似た性格の若者にしたのは、柏木の不運を際立たせるためであろう。柏木が、女三宮との結婚が許されていたら、夕霧以上に、やさしくて面倒見の良い夫として、宮の愛と信頼を勝ち得たであろう。しかし柏木は朱雀院に身分が低いと拒絶され、ついには女三宮の寝所に忍び込むという切羽つまった行動に出てしまうのである。そして束の間の逢瀬に、女三宮の愛を得ようとあせるあまり、レイプ同然の行動をとってしまい、女三宮に恨まれることになるわけで、彼の真面目さは全部裏目に出てしまうのである。もちろんそう描いているのは、作者である。

ところで夕霧と柏木の比較から明確になることが、もうひとつある。朱雀院の親としての愚さである。朱雀院は、柏木が女三宮を愛していることを知っており、将来性もあると認めながら、彼のその時の身分の低さを嫌い、女三宮を親子ほど年の違う源氏と結婚させる。しかも源氏には、紫上という愛妻がいることを知っていて、である。また朱雀院が最初に女三宮の結婚相手として考慮した夕霧にも、雲雁の他に、惟光の娘もいたが、柏木にはそういう女性もいず、女三宮との結婚だけを望んでいた。だから女三宮の幸せを考えるなら、柏木ほどふさわしい相手はいなかったのである。しかし朱雀院は物事を客観的に見る能力を欠いていた。それが統治者であった時の朱雀院の欠陥であったが、朱雀院は同じ欠陥を持ち続けたわけで、作者が朱雀院に統一的な性格を与えようとしていることがわかる。

そして朱雀院は、数年後に予想通りに柏木が昇格すると、二宮と結婚させる。これは柏木の父の太政大臣に乞われたからで、朱雀院だけの責任とはいえないが、しかし結局二人の娘を不幸にする原因をつくっている。つまり愚帝であった朱雀院は、親としても先見の明や思慮を欠き、娘たちの不幸の原因をつくる人物として描かれているのである。

柏木の悲劇の原因をつくったのも、朱雀院に他ならなかったことがわかるようになっている。

女三宮

では、女三宮の言動はどう描かれているのだろうか。

実は女三宮の描き方には、わからない部分がかなりある。突然自分の寝所に侵入した柏木に仰天し、レイプ同然の扱いに怒るのは納得がいく。だが、その後何度も柏木と会い、性的関係を続けながら、女三宮は、男性といえば、父の朱雀院と源氏しか知らず、しかも源氏があまりに立派なので、若い柏木には魅力を感じないことになっている。これは不可思議である。

実は女三宮は、蹴鞠をする若い公達を御簾のなかから長い間夢中になって眺めていたと描かれている。それも立ち上がって見るほどの熱中ぶりであった。そういう設定は、女三宮が若い公達たちに大いに興味を持っていたと告げている。しかもすでに指摘したように、そのなかで、目立って「容貌いときよげになまめきたるさましたる人」が柏木であり、鞠をけっても、「かりそめに立ちまじりたまへる足もとに並ぶ人なかりけり」とある。だから女三宮は、当然柏木に注目したと読める。周りの若い女房たちも、柏木の名前をあげて、その際立った美貌や蹴鞠の上手さなど、あれこれ噂したにちがいない。言い換えれば、蹴鞠の日の設定は、女三宮が柏木に無関心だったとは考えにくく描かれているのである。

なおたびたび通ってくる柏木と逢瀬を重ねながら、女三宮が柏木にまったく魅力を感じないというのは、不自然だと指摘したが、実はその前に、「院をいみじく怖ぢたまへつる御心に」（「若菜」一九四頁）はとある。だから女三宮は、とにかく源氏が怖くてしかたがないので、源氏だけが立派に見えるという矛盾した気持ちでいる。つまり女三宮は柏木の魅力がわからないのではなく、頑固にわかりたくないという複雑な心境なのだとわかってくる。

もし柏木が嫌いなら、女三宮が柏木と会い続けるのは、おかしな話である。会いたくなければ、小侍従に厳しくいえば、小侍従も手引きしないであろうし、戸締まりをきちんとして、柏木が入れないようにするとか、色々手段はあったはずだ。だから柏木が恨めしいとはいうけれども、女三宮は柏木に会いたいからこそ、何度も会ったのだ、と読者に思わせる設定である。『源氏物語』を現代語訳した円地は、女三宮は「やはり柏木を好きになっていると思うんですよ。いくら源氏がすばらしい男であったにしても、年齢的に言えば、柏木の方が近いし、そういう関係になってしまえば、かなり深い執着はあると思うのが普通ですよね」(13)といっている。たしかにそのように解釈できる設定になっている。

しかも作者は、女三宮が柏木を恨むのは、嫌いだからではなく、最初の夜懐妊してしまったからだと告げている。

妊娠させられたことは、女三宮にとっては、「わりなき」（「若菜」一九四頁）こと、すなわち不条理きわまりないことであるのは、納得できる。しかも女三宮がつわりに苦しんでいることも、明らかにされている。女性としては、女三宮は最悪な状態におかれている。だから柏木と会い続けながら、柏木を恨む気持ちもあるというのも、理解できる設定であり、式部の心理描写はやはり見事だといわねばならない。

柏木の子を妊娠した女三宮が、夫源氏を極度に恐れるのも、やはり論理的な設定だといえよう。なお藤壷の場合は、すぐ懐妊したわけではないので、二人は愛情を育てる時間もあったし、桐壺帝と結婚して以来源氏とは親しかったと描かれている。だから二人が細やかな情愛のこもった関係を保てたことが、読者もわかる。

ところが女三宮は初めての夜に懐妊してしまったので、柏木にたいして恨めしいと思う気持ちが強い。鬚黒の大将に忍び込まれて妻になった玉鬘も、ただちに懐妊はしなかったけれども、やはり不条理さを覚えたことが暗示されている。紫式部はそのような男性の側の一方的な求愛行為や暴力行為に傷つく女性の気持ちは、「若菜」巻以前にはただ暗示するだけで、明確には描かなかった。そこで女三宮を通して、女性の側の気持ちを描こうとしたのかもしれない。女三宮の恨みは、男性だけが行動の自由を持ち、女性はもっぱら受け身で弱い立場にある不条理さにたいする恨みだとも読めるからである。

作者は、しかしその後、女三宮が柏木を愛していることも明らかにする。柏木が自分の死期が近いことを知らせてくると、女三宮は「後るべうやは」(「柏木」一七頁)、すなわち、〈あなたが死ねば、私も遅れてはいません〉、一緒に死にたいというのである。トリスタンとイズーやランスロットとグィネヴィアの場合にも明らかなように、一緒に死にたいという願望は、愛していることの証に他ならない。

源氏の怒り

柏木と女三宮には、しかし真の愛の喜びはなかった。その責任の半ばは、柏木が真面目で一途ではあったが、愛の「雅び」を知らなかったので、女三宮を説得する前にレイプ同然な行為に及んでしまったことにあった。だがもっと大きな問題は、二人が夫である源氏を極度に恐れているからだと示唆されている。

源氏の場合は、父帝への罪悪感に苦しんだり、恐れたりすることはなかった。何も知らない父帝が若宮を自分の子だと思って、誇らしげに見せてくれた時は、さすがに罪の意識を持ったが。藤壺も懐妊してからは、帝にたいしてすまなく思うようになるが、女三宮のような恐れは抱いていなかった。作者が源氏と藤壺をそのように描いたのは、彼らが極度の恐れや罪の意識を持てば、彼らの姦通自体が否定的になると考えたからのようだ。

しかし作者は、柏木と女三宮の場合には、源氏にたいする彼らの恐れに焦点をあてて描いている。真面目な柏木が、長年自分を愛し、贔屓にしてくれていた源氏を裏切ってしまったことに罪悪感と恐れを抱くことは、納得できる設定である。一方女三宮の方も、年齢より幼く、夫というより父親に近い年齢で、常に自分を教育するという態度でのぞむ源氏に、結婚当初から威圧感や恐れを抱いていた。だから柏木とのことが露見すれば、と源氏をひたすら恐れるのもやはり納得できる設定である。

付言すれば、『アンナ・カレーニナ』でも『緋文字』でも、年長の夫は、妻にたいして教育者のような態度をとることで優位な立場を保っていたが、妻は自分に近い年齢の男性に出会って、夫の重圧的で権威主義的な態度や無神経さに初めて気がつくとされている。紫式部はすでに数百年も前に、そのような歪んだ夫婦関係を描いているわけである。

さて、二人の源氏への恐れは早々に現実のものとなる。女三宮が柏木から来た手紙を安全な場所に隠すという才覚がなかったので、源氏が二人の関係を知ってしまったのだ。トリスタンとイズーの場合も、ランスロットとグィネヴィアの場合も、彼らの関係が見つかることによって、不幸が始まる。紫式部も、源氏と藤壷との場合と違って、柏木と女三宮の関係が露顕するという設定をとることで、彼らの不幸を描こうとしていることを明らかにしている。

ただし手紙を見つけた源氏の反応は、なかなか興味深く描かれている。源氏は筆跡から、柏木からの手紙だとわかると、こう考えた。

「いとかくさやかには書くべしや。あたら、人の、文をこそ思ひやりなく書きけれ、落ち散ることもこそと思ひしかば、昔、かやうにこまかなるべきをりふしにも、言そぎつつこそ書き紛らはししか、人の深き用意は難きわざなりけり」と、かの人の心をさへ見おとしたまひつ（「若菜」二〇二頁）。

〔「じっさいこのようにはっきりと書くということがあってよいものか。あたらあれほどの男が、こんな手紙をよくぞ無分別にも書いたものよ。自分などは、万一散らばって人手に渡るようなことになってはとそれを恐れて、昔、このようにこまごまと書いてやりたいときでも、省き省きおぼめかして書いたものだったが、用心深く事を運ぶのは容易なことではないのだ」と、その人の浅慮までも見下げ果てたいお気持ちになられた（三五八頁）。」

これは、源氏と藤壷との関係が露見しなかったのはなぜかを知る鍵ともなっているが、注目すべきなのは、源氏がまず自分は用心深かったという優越感で自分の痛手を挽回しようとしていることである。源氏は誇り高い人間だから、そういう反応も成る程と思えるわけで、鋭い心理描写である。だが、怒りは抑えられず、二人の裏切りを非難しているうちに、逆に過去の自分の行為に思いいたる。「故院の上も、かく、御心には知ろしめてや、知らず顔をつくらせたまひけむ」と、初めて父帝は自分たちのことを知っていて知らぬふりをされていたのではないかと思う。

これは源氏と藤壷の姦通について、初めての否定的な発言である。そこで構成を見ると、世襲制天皇制を批判する役割を担っていた源氏と藤壷の不義の子冷泉帝はすでに退位したことになっている。だから作者は、ここで安心して源氏に昔の自分の行為を反省させるわけで、作者がいかに綿密に構想をたてていたかがわかる箇所である。

興味深いのは、柏木の手紙を発見した時、源氏が、帝の后であっても、帝の寵愛が薄く、ほとんど公的な奉仕に終止している場合は、他の男性と「心通ひそむなぬ仲らひ」(「若菜」二〇三頁)になっても、同情の余地があるといっていることである。そういわせているのは作者だが、この発言は、二章で指摘したように、源氏は、父帝は藤壷を寵愛していたが、藤壷の側はそうではなかったと知っていた、だから藤壷との姦通に罪悪感は持たなかったという示唆である。たしかに藤壷にとっては、父親のような桐壺帝よりは、若い源氏の方が魅力的だったはずだから、源氏は事実をいっているのだろうと、読者も思えるわけである。

前にも指摘したが、トリスタンとイズーの物語でも、夫のマルク王は、イズーと親子ほど年が違う。ランスロットとアーサーは、年齢が近いが。十九世紀の西洋の姦通小説でも、夫は年長者なのが特徴であり、それは姦通を擁護する手段に使われている。紫式部も年齢差を上手く利用し、源氏と藤壷の姦通を擁護し、さらには柏木と女三宮の姦通も擁護する。

では、源氏に自分の手紙が見つかったと知った柏木は、どうしたのか。

源氏を恐れるあまり外出しなくなり、しだいにやせ細っていく。正に病いは気からという状況が描かれているが、現代の医学も病いには気持ちの持ち方が重要だと指摘しているので、興味のある設定である。

だが、柏木はなぜ源氏をそれほど恐れるのか。作者は柏木に次のように述懐させている。

帝の御妻をもとり過ちて、事の聞こえあらむにかばかりおぼえむことゆゑは、身のいたづらにならむ苦しくおぼゆまじ。しかしいちじるしき罪には当たらずとも、この院に目を側められたてまつらむことは、いと恐ろしく恥づかしくおぼゆ(「若菜」一八三―一八四頁)。

〔かりに帝の御后を相手に過ちを犯し、それが表沙汰になったとしても、今の自分のように苦しい思いを味わわせられるのだったら、そのために命を捨てるようなことになってもつらくはあるまい。そのような大罪にはあたらぬとしても、この院の殿ににらまれ疎んじられ申すということが、じつに恐ろしくも面目なくも思われてならないのである(三四五頁)。〕

柏木は、女三宮との姦通は、帝の后との姦通のような不敬なことではないと知っていても、源氏は自分を許さないだろうと恐れている。たしかに恐れる理由はある。源氏は准太上天皇であるだけでなく、柏木を贔屓にしている今上帝の義父であり、柏木の直接の上役鬚黒大臣とも義父のような関係にあるので、柏木を社会的に葬り去ることができる立場にいる。だから恐れるのは当然だが、柏木は、源氏が自分を贔屓にしてくれている分、裏切れば、憎しみも激しいと予感している。

であれば、姦通などしなければよいわけだが、作者の目的は、恋の盲目さを描くことにある。そして父帝に愛されていた源氏は父帝を恐れなかったが、皇族ではない柏木は、源氏を恐れているというふうに描き、権力者と身分の低い者との私的な領域における力関係に焦点をあてると告げている。

作者はそして、柏木の予想通り、源氏は柏木を容赦しなかったと描く。

源氏は、最初は自分の過去を思い出し、「恋の山路」(「若菜」二〇四頁)は非難できないと考え、妻を奪われた自分の醜態を柏木に見せたくないとも思う。だが朱雀院の五十の賀の準備に柏木を招かないのは不自然だと思って、ついに招き、源氏も柏木も表面は何事もないような雅びな会話を交わすわけで、二人の心理的かけ引きは見事である。

特に柏木は、病んでやつれてはいるが、優雅な物腰をくずさず、年長者の源氏の矛先を巧みにかわして、自分の妻の二宮が朱雀院の五十の賀をおこなった時のことなどを謙遜して話す。これは読者に、もし姦通事件がなかったなら、柏木は優れた政治家になったはずだと思わせるための設定であろう。

言い換えれば、美貌の青年柏木は、物腰も優雅で気品があり、相手を思いやる洗練されたマナーも身につけていて、実子の夕霧よりは、源氏に似た青年として造型されているのである。

それで源氏も柏木を見ていると、「などかは皇女たちの御傍にさし並べたらむ」(「若菜」二一九頁)と思う。つまり皇女の婿君にふさわしい気品をそなえた若者だと、つい感心してしまうのである。

だが源氏は、やはり柏木の「罪ゆるしがた」(「若菜」二一九頁)いと、怒りを抑えることができず、試楽が始まり、酒がふるまわれると、酔ったふりをして柏木に手厳しい一撃を与えた。


「過ぐる齢にそへては、酔泣きこそとどめがたきわざなりけれ。衛門督心とどめてほほ笑まるる、いと心恥づかしや。さりとも、いましばしならむ。さかさまに行かぬ年月よ。老は、えのがれぬわざなり」（「若菜」二二三―二二四頁）。

〔寄る年波につれて、酔泣きの癖はどうにもとめられなくなるものですな。衛門督が目ざとく見つけて笑みをうかべておられるが、なんともきまりがわるいことですよ。なに、それも今しばらくのことでしょう。逆さまには流れぬ年月というもの。誰しも老いは逃れられないのだから」（三七三頁）。〕

作者が、柏木を源氏の恋の勝利者としての地位を奪いうる美貌で才能豊かな青年として描いてきたことはすでに指摘しておいた。作者はここでは、源氏が実際に柏木に正妻の身も心も奪われた無念さと嫉妬から、自分の地位を利用して、柏木をいびる様子を描き、そのような「雅び」を欠く行為こそが源氏の老醜の表れだ、と示唆しているわけである。

源氏はその前にも、女三宮に向かって、自分の老いを自嘲的に語っている。たしかにこの時源氏は四十六、七歳であり、四十の賀が還暦のようなものだから、当時としては老齢である。とはいえ、源氏が自分の老いを柏木と女三宮に笑われていると僻むのは、これまで皆に若いとほめられていたので、老いなど、自分とはほど遠いものだと自惚れていたからだということが、明らかである。

現実の社会にも、若い時美貌で多くの女性に愛されたために老いを受け入れられない男性は多数いるが、作者は、源氏は柏木だけではなく、夕霧にも手厳しいとしている。朱雀院が夕霧を女三宮の結婚相手として得られなかったことを残念がると、源氏は「中納言の朝臣、まめやか」だが、「何ごともまだ浅くて、たどり少なくこそはべらめ」、だから自分が女三宮をもらいうけるといったことは記憶すべきであろう。

実は夕霧も野分の日に紫上を見て以来、紫上に強い恋心を抱いている。作者はこのように若い世代の青年たちには、源氏が若く美しい女性たちを妻にしているのは、羨ましく、かつ不当に思える、と示唆しているのである。

「若菜」巻の構成という観点から見れば、上巻では自分は女性に愛されるという自信にあふれた源氏が、四十の賀を祝った後、息子より何歳も年下の幼さの残る女三宮と華やかな挙式をあげる様子が描かれ、下巻では、五十に手の届きそうな年齢になった源氏が、柏木に女三宮を奪われ、老醜をさらけだして、柏木を客たちの面前でいびる姿が、容赦ない筆致で描かれている。敬語は使われているが、だ。

このような「若菜」巻での源氏の造型は、紫式部が、若者たちに嫉妬深い老人たちをよく観察していたことがわかって、なかなか興味深い。

頭の中将家の負い目

源氏に客たちの前でいびられ、睨みつけられた柏木は、それ以後、生きる気力をなくし、病いも重くなる。そして「柏木」の巻の冒頭では、自分の人生をふりかえって、こう述懐した。

いはけなかりしほどより、思ふ心ことにて、何ごとも人にいま一際まさらむと、公私のことにふれて、なのめならず思ひのぼりしかど、その心かなひがたかりけりと、一つ二つのふしごとに、身を思ひおとしてしこなた、なべての世の中すさまじう思ひなりて、後の世の行ひに本意深くすすみにしを（後略）（「柏木」一一頁）

〔幼少のころから格別の理想を抱いて、何事につけても人よりは一段ぬきんでたいものと、公のこと、私のことにつけて、並々ならず高い気位を持していたのであったけれど、その望みもなかなか思うようにはならぬものであったと、一度二度とつまずきを重ねるうちに、だんだん自分の無力に気づかせられてからというもの、およそこの世の中がおもしろくなくなってきて、後生を願う修業に心が強くかたむいていったのだが（後略）（二三一頁）〕

このように述懐する柏木を夢想家とする批評もあるが、柏木の人生を見れば、その述懐の通りに描かれていることが判明する。

すでに指摘したように、柏木は彼の世代の青年の間では、何事にも抜きんでた才能を持っていた。そして誇り高く矜持をもって行動している様子も描かれている。たとえば、源氏が玉鬘を見出した時、柏木は姉と知らず心を奪われるが、一端姉とわかると、きっぱり態度を改め、父（昔の頭の中将、この時内大臣）の代理として玉鬘の所へ出向き、父の名誉を守りつつ、玉鬘に父の家の人びととも懇意にするよう頼み、難しい役割を見事にやりおおせるのである。

そのように性格も立派で、才能にも恵まれた柏木は、しかし昇進という面では、常に四歳年下のいとこの夕霧に遅れをとり続けているとある。

源氏を父に持つ夕霧は、天皇家にも認められ、朱雀院も柏木は身分が低いと拒絶したが、四歳下の夕霧は候補者にふさわしいと執心していた。また冷泉帝も、源氏が四十の賀を帝がおこなうことを断ったので、かわりに夕霧を大将に昇進させ、源氏を喜ばせようとするのである。冷泉帝は、夕霧が自分の弟だと知っていたから、夕霧を贔屓にしたことがわかる箇所でもある。

そして冷泉帝が譲位して、朱雀院の皇子である東宮が皇位につくと、夕霧の妹明石君を妃として寵愛している新帝は、大将であった夕霧を大臣につぐ位である大納言に任命する。そして源氏の養女格の玉鬘の夫、鬚黒が唯一人の外戚として右大臣になるが、夕霧は玉鬘の縁で右大臣とも非常に懇意にしていたとある。しかも夕霧の方は、華やかな係累にも恵まれていた。源氏は秋好中宮を養女格にしていたし、明石君（中宮）は妹であり、右大臣鬚黒の妻、玉鬘も、夕霧を弟のように親しんでいた。

ところが柏木は天皇家に直接つながる係累を持たなかったために、夕霧より才能があったにもかかわらず、冷泉帝時代には昇進も華々しくはなく、新帝の贔屓で、やっと中納言になる。権大納言になるのは、死に瀕した柏木を元気づけようと、新帝が特別な配慮をしたからであった。

柏木は私生活でも、天皇家につながる強力な係累がないために、苦労した。特に女三宮の場合はそうであった。柏木の父の太政大臣（頭の中将）は、妻方の妹朧月夜をたのんで、柏木と女三宮との結婚を願いでたが、朱雀院は、柏木は身分が低いと拒絶したわけである。柏木がもっと皇室に近い有力な係累を持っていれば、朱雀院も柏木を断らなかったかもしれないとわかる設定である。

一方夕霧は柏木の父が譲歩したので、めでたく雲居雁と結婚するわけである。

このように夕霧との対比で見ていけば、いとこ同士とはいえ、柏木の方は有力な係累がないために、昇進でも私生活でも不利な立場にたたされ続けてきたことが、一層明確になる。柏木が誰よりも才能に恵まれた青年であっただけに、失望も大きかったであろうことも、容易に推察できるのである。だから柏木が、だんだんと自分の無力さに気づかされたと述懐するのは、現実に立脚していることがわかる。

言い換えれば、作者は読者が柏木の心情を推察できるように、夕霧との昇進の違いなどをていねいに描いたのであろう。

ところで、このような柏木の無念さは、彼の父親の無念さも加わっていたことがわかるように描かれている。

身分がいろいろ変わるので、若い時の呼び方で頭の中将と呼称するが、若い時は、妹の年下の夫で、年齢も近い源氏と仲がよく、常に行動をともにしていた。舞も二人で舞った。もっとも中将は、すべての点で源氏には及ばなかったが。

とはいえ、まだ「紅葉賀」の巻までは、頭の中将も意気盛んで、皇女を母に持つことを誇り、源氏にたいして「帝の皇子といふばかりこそあれ」、自分も「何ばかり劣るべき際」（一七五頁）だと思っていた。

ところが源氏が須磨・明石から帰り、翌年朱雀帝が譲位して、源氏の不義の子の冷泉帝が皇位につくと、二人の昇進には大きな差がでてきて、源氏は一躍内大臣になり、頭の中将は権中納言になる。そして「藤裏葉」巻になると、冷泉院に准太上天皇の位をおくられた源氏は、太政大臣関白の位を頭の中将に譲る。譲られた頭の中将は、「おとゞ、そのをりは同じ舞に立ち並び聞こえ給ひしを、我も人にすぐれ給へる身ながら、なほこの際にはこよなかりける程思し知らる」（二二八頁）と、述懐する。

頭の中将は臣下としては最高の地位についたが、源氏は臣下の身分を脱して、天皇に准ずる地位にのぼってしまい、自分は源氏にはかなわないと、無念に思うわけである。むろん頭の中将は、冷泉帝が父を臣下にしておくことが心苦しくて、源氏に准太上天皇の位を贈ったことを知らなかった。だから敗北感も大きかったと推察できる。

ただし作者は、源氏が運だけで権力を手にするのではなく、頭の中将よりも計画的でどん欲に権力を追求する人間であることも明確に描いている。

たとえば、「澪標」巻で宿曜によって、「御子三人、帝、后かならず並びて生まれたまふべし。中の劣りは太政大臣にて位を極むべし」（二〇八頁）と告げられていたので、明石の姫君を身分の低い母親から引き離して紫上の養女にして育て、十二歳になるとただち東宮に入内させ、同時にさまざまな手段を使って姫君の母親の身分の低さが知られないようにする。

しかも六条の御息所に娘の前斎宮の後見を頼まれると、九歳以上も年上なのに、藤壷と謀って十三歳の冷泉帝の妃とした。これが秋好中宮である。それによって冷泉帝に愛されていた頭の中将（権中納言）の娘弘徽殿は力を失い、源氏の方が、外戚に近い権力を得る。しかも秋好中宮の土地などの使用権も得、六条院を建設するわけである。

また源氏は頭の中将と夕顔の庶子玉鬘を、先に自分の養女格にし、鬚黒と結婚させる。このようにして冷泉帝の後に皇位についた新帝のただ一人の外戚となる鬚黒とも親戚関係を結ぶのである。だから源氏の四十の賀も玉鬘と鬚黒の右大臣が催すわけだが、頭の中将は玉鬘の実の父親であることからは、何の恩恵も受けていないのである。

このように、常に源氏に先を越され、裏切られてきた父親の頭の中将の無念さを、長男である柏木は身近に見て育った。だから彼の無念さや、人生にたいする無情感は、父親から受け継いだものだと推測できる設定である。

源氏の方は、才能のある柏木を可愛がって贔屓にしていたが、柏木の父親頭の中将の源氏への敗北感も視野に入れて読めば、柏木が権力並ぶもののない源氏に睨まれて、世の中に自分の居場所がなくなったような無力感を覚え、生きる気力を失っていくのは、納得のいく設定である。

作者は、源氏が若い時は朱雀帝の外戚のいじめや権力の乱用に苦しめられたとして描いたが、「若菜」の巻では、逆に源氏が権力をかさにきて、柏木を死に追いやるようないびり方をする人間に変貌したことを明らかにする。

もちろん柏木が女三宮を奪ったことが原因であったが、源氏も父帝の妃と姦通した過去を持っていた。しかも父帝は藤壷を心から愛していたが、源氏を咎めなかった。それにたいし、源氏は紫上を愛し、女三宮は愛していなかった。にもかかわらず、恋の勝利者であった誇りを傷つけられ、自分の老いを知らされたために、客たちの面前で柏木をいびらずにはいられなかった、と作者は描いている。

丸谷才一は、『『若菜』の巻の源氏のあの冷酷さ、残酷さがないと、本当の男じゃないという感じがする」(14)といっているが、生身の人間を描こうという作者の試みは、見事に成功したといえよう。この時の源氏の年齢は、数人の妻を持っていた式部の夫、藤原宣孝とあまり変わらない。だから式部は宣孝をよく観察し、源氏の造型に生かしたと思えるほど、源氏は現実味を持っている。

柏木と鬱

今、日本では、いじめや鬱病で生きる気力をなくす人の増加が、社会問題となっているが、柏木の描写を見ると、作者は鬱病の症状を知っていたのか、と疑いたくなる。「柏木」の巻の冒頭部に描かれた柏木の心の動きは、鬱病の症状と似ているからだ。

たとえば、柏木は両親の嘆き悲しむ様子を見ると、親に先立つ罪は重いと心を痛めるが、しかし無力感にとらわれて、生きる気力がわいてこない。客観的に見れば、柏木は人びとに尊敬され、今上帝にも大事にされているので、近い将来父親のように太政大臣になることも可能であった。柏木にもやっと運が向いてきたのだった。しかし当人の頭には、過去の躓きしか浮かんでこず、それればかり後悔している。

その一方で、自分が否定的な気持ちしか持てないでいることも自覚していて、情けなく思い、涙をながしたりするが、肯定的な気持ちにはどうしてもなれなかった。

柏木がまったく外出せず、床についたまま、自分の失敗ばかり繰り返し考えて、世間が恐ろしくなり、しだいに気弱になっていくのも、引きこもりの症状に似ている。

むろんその原因は、女三宮との姦通で源氏の怒りをかい、試楽の日、源氏にいびられ、睨みつけられたことにあった。柏木は、自分が死んでしまえば、「なめしと心おいたまふらんあたりにも、さりとも思しゆるいてむかし」(「柏木」一二頁)〔不届き者よとお疎みになる方だって、いくらなんでも大目に見てくださるにちがいない(二三二頁)〕と思ったりする。

また柏木は女三宮とのことについても悲観的にこう考える。

かく人にもすこしうち偲ばれぬべきほどにて、なげのあはれをもかけたまふ人あらむをこそは、一つ思ひに燃えぬるしるしにはせめ、せめてながらへば、おのづから、あるまじき名をも立ち、我も人も安からぬ乱れ出で来るやうもあらむよりは(「柏木」一二頁)
〔こうしてあの女からは少しは懐かしく思い出してもらえそうなうちに身を果てて、かりそめの憐れみなりとかけてくださる方のいらっしゃるのを、一筋の思いに燃えた証にしよう。このうえしいて長らえていたら、おのずから、あるまじき浮名をも立てることになり、自分にとっても女宮にとっても容易ならぬ厄介ごとが起ってくることにもなろう（二三一―二三二頁）」

だから、死んでしまう方がいいと考えるわけである。

たしかに柏木と女三宮の愛には、将来がない。少なくとも源氏が生きている限り、二人は一緒になれない。

源氏は朱雀院や今上帝との体面上、女三宮と別れるわけにはいかないし、世間にたいしても、若い男に正妻を奪われて別れるなどという外聞の悪いことはしないことは、自明である。だから柏木は女三宮と自分の子供を、いつも遠くから見ていなければならない。実は源氏も藤壷との子供が自分の子供とはいえない苦しみをあじわった。柏木は、それは知らないが、自分はきっと何か醜聞の種になるようなへまなことをやるであろうと思う。そうなれば、自分だけでなく、女三宮にとっても厄介なことが起きる、だから宮に迷惑をかけないためにも、宮が自分に好意を寄せているうちに死んでしまおうと考えるようになる。

このように面々と綴られた柏木の心情の哀れさは、心をうつものがある。

作者の心理描写はここでも冴えており、恋愛のヒーローになりえたはずの才能ある青年柏木の弱さに焦点をあてることで、読者が柏木の源氏への不敬な姦通行為を許し、彼のために涙を流すように仕向けている。

柏木と女三宮の破滅的恋愛

作者は、女三宮も柏木を愛しているが、二人は相変わらず意志の疎通を欠き、破滅的な恋だと示唆している。それは柏木と女三宮が最後の手紙を交換するところを見ればわかる。

柏木は遺言のような思いで、次のような手紙を女三宮に送った。

「いまはとて燃えむ煙むすぼほれ絶えぬ思ひのなほや残らむ
あはれとだにのたまはせよ。人やりならぬ闇にまどはむ道の光にしはべらむ」（「柏木」一三頁）

〔「いまはとて（中略）（もうこの世の最後と私を葬る煙も燃えくすぶって、あなたをあきらめきれぬ思いの火はやはりどこまでもこの世に残ることでございましょう）せめてかわいそうにとだけでも仰せくださいまし。そのお言葉によって私の心を静め、自ら求めてさまよふ闇路を照らす光ともいたしましょう」（一二三二頁）〕

このような柏木の心情は、一章であげたトリスタンの最後のセリフ、「そなたの愛ゆえに、わたしは死ななければなりませぬ。もうこれ以上、生命永らえることはできませぬ。イズーよ、美しき人よ、そなた故にわたしは死にます。たとえこの身の衰弱を、哀れとお思召しにならなくともせめてわたしの死だけは、悲しんで下され。この死を哀れんでくだされば、恋人よ、それこそ、わたしへの何よりの慰めです」というのに似ている。

女三宮は、しかし柏木に愛の告白に近い返事を送ってきた。

「心苦しう聞きながら、いかでは。ただ推しはかり。残らむ、とあるは、

立ちそひて消えやしなましうきことを思ひみだるる煙くらべに

後るべうやは」（「柏木」一七頁）

〔おいたわしくは存じていますが、どうお見舞申せましょう。ただお察しするばかりで……お歌に『思ひのなおや残らむ』とおっしゃるにつけても、立ちそひて（中略）あなたの煙といっしょに私も消えてしまいたいくらいです。この情けない私の物思いの火に乱れる煙は、あなたのとどちらがはげしいかを比べるためにもあなたにおくれをとるようなことがありましょうか（二三五頁）〕

女三宮は、あなたに死に遅れたくない、つまり一緒に死にたいときっぱりといっている。

普通女三宮は、出産して出家する時に初めて強い意志を示すといわれている。しかしこの手紙の内容には、これまでにない強い意志と、柏木を想う気持ちがよく表れている。特に「後るべうやは」という言葉はそうである。だからこそ柏木はこの手紙を見て、悲しく、またもったいないことと思うわけである。

恋人たちが、この世では一緒に生きる道がない、だからせめて死ぬ時は一緒にと思うのは、古今東西に見られるひとつの愛の形であり、文学作品でもよく描かれる。イズーも、トリスタンの亡骸によりそったまま死んでしまう。ランスロットとグィネヴィアも『ランスロまたは荷車の騎士』では、お互いの死の知らせが誤報で届くと、死のうとするし、後に書かれたマロリーの『アーサー王物語』では、尼僧院に入ったグィネヴィアが亡くなると、ランスロットは彼女の亡がらを葬った後、食事を断ち、祈りながらグィネヴィアの後を追って死ぬ、と描かれている。

女三宮も、あなたが死ねば、私も生きていたくないというわけで、作者は女三宮が柏木を愛していることを、「後るべうやは」というたった一言で表している。見事な表現力である。

その一方で、作者は柏木と女三宮はお互いの気持ちを理解していないことも、この手紙を通して暗示しているのである。

柏木は相変わらず女三宮に「あはれ」と思って欲しいと繰り返している。明らかに柏木は、今でも自分の身分の低さにこだわり、宮には上に立つ者としてのやさしさと同情を示して欲しいと求めているわけである。

だが女三宮は最後まで「あはれ」とはいわない。これは「あはれ」を抜きにした男女関係を求めているという示唆であろう。女三宮は、父親のような源氏しか知らないわけで、当然柏木にも自分を引っ張ってくれる強さを求めているはずだ、と推察できる。

だが柏木は、なぜ女三宮が「あはれ」とはいわないのか理解できず、へりくだってばかりいる。つまり作者は、二人の恋愛には、柏木の身分差にたいするこだわりが障害になっていると、示唆しているのである。

このように柏木と女三宮の関係は、二人の性格や意識が変わらない限り、悲恋に終わるしかないことが自明であり、作者が第二の姦通では、身分差のある恋愛の困難さを描こうとしていることがますます明確になる。

また作者は、源氏と藤壷には困難を乗り越える強さを与え、柏木と女三宮の方は、困難を乗り越えるのに必要な強さを欠く人物として造型している。だから破滅型の恋愛を描こうとしていることも明白である。

柏木が、源氏の強さを持たないことは、源氏に睨まれると生きる気力をなくすという設定によって示されているが、その違いはどこからくると、描かれているのだろうか。

源氏は母親を早くなくし、弘徽殿たちにいじめられ、須磨・明石に退居することも強いられたが、それを乗り越える強さを持っていた。その強さは年老いると否定的にも働き、柏木をいびるようになるが。

一方逆境に身をおくことなく成長した柏木は、源氏の強さを欠き、女三宮との関係では、それが常に裏目に出る様子が描かれている。

では女三宮はどうだろうか。女三宮の幼さと弱さについてはたびたび言及されているが、女三宮の出産も、藤壷の出産と対照的に描かれている。

藤壷は不義の子を産んで、逆に強くなり、弘徽殿にすきを見せず、秘密が漏れないようにし、子供を守って生きていこうと決心し、その通りに強く生きていく様子が描かれている。そして桐壺帝の死後は、源氏が再び激しくせまってくるので、息子を守るために出家し、桐壺帝の遺言通りに無事息子を皇位につけるのである。

ところが女三宮は、藤壷同様に男児を無事出産したが、赤ん坊のことなど考えず、自分のことばかり考えている。だから体力が弱っていても薬湯も飲まず、「このついでにも死なばや」(「柏木」二〇頁)とさえ思う。柏木への手紙で一緒に死にたい意志を表明していることを見ると、出産の後突然死への願望がおきたのではないことがわかるようになっている。

しかしなぜ女三宮は子供のために生きたいと思わないのだろうか。

源氏が懐妊した女三宮に冷たく、意地悪な発言をし続けてきたからだとわかるように描かれている。ところが、そのように弱気だった女三宮も、年老いた女房などが、源氏が生まれた子供に冷たいと嘆くのを聞くと、突然死にたいという気持ちを翻し、赤ん坊を守るために、尼になろうと決心する。そして父の朱雀院が山を降りて見舞いにくると、院に頼んでさっさと出家し、源氏と夫婦の縁を切ってしまう。

ここに見る女三宮は主体性と強さを持ち、普段の幼さや弱さと異なっているが、その強さはすでに、柏木にたいして、あなたが死ねば、私も「後るべうやは」ときっぱり言い切ったことにも表れていた。柏木と一緒に死ぬというのは、源氏とは心理的に切れているということである。だから女三宮が、源氏が子供に冷たいことを知ると、出家して源氏と夫婦の縁を切るのは、納得のいく設定である。

一方源氏も女三宮を許せず、自分は将来もいやな仕打ちをするかもしれない、それがわかれば醜聞が広まるであろう、だから世間体を保つには、病気にかこつけて、宮の望み通り出家させたい、と密かに思っていた。

源氏はそのようにして、柏木だけでなく、女三宮も追いつめて行くわけだが、父桐壺帝はそのようなことはしなかった。だから源氏は自分の行動を顧みるべきなのだが、女三宮が出家したのは、「物の怪」(「柏木」二一八頁)のせいだと考えた。

駒尺喜美は、物の怪は源氏の罪の意識の産物だと指摘した(15)。三田村雅子も、「もののけ」は源氏が自分の罪や落ち度を認めたくない時に出てくるのであって、源氏は自分に向かって女三宮が「理論整然と出家の必然性を説く」のも、「もののけ」が「言わせたことなのだ。本人のはずはない」と思うことで、「朱雀院父子の抵抗に押し切られた前夜の屈辱と動揺を最小限に食い止める」、紫上と「もののけ」の問題も、「紫上が自分との関係に疲れて出家を希望しているとは考え」ず、「もののけ」(16)のせいにしていると、鋭い指摘をおこなっている。

つまり作者は、源氏は自分の心のなかにある悪を「もののけ」に投影することで、自責の念に苦しむことなく、強者として生き残っていく、としているわけである。当時は「もののけ」のせいにすることで、自分たちの責任を他者に転嫁する傾向があった。作者はそういう社会風潮をうまく取り入れて、源氏が「もののけ」によって、自分を守る様子を描いている。

一方柏木は「もののけ」を信じなかった。だから誰かに責任を転嫁することができず、自分を責め続けて、生きる気力をなくしていく。

「もののけ」を信じて、自分を責めず、生き残っていくのが源氏であり、「もののけ」を信じることができず、自分を責めて死ぬのが柏木である。このような二人の対比にも、作者が強者として生きてきた人間の図太さと、知的で繊細な青年にありがちな脆さを描きわけようとしていることが明らかである。付言すれば、柏木は繊細さと脆さゆえに、近代文学の青年像にも通じる新鮮さと魅力を持っている。

興味深いのは、一番弱かった女三宮が、出家することによって、源氏から独立して生きる道を見出したことだ。そして作者は、宇治十帖では、薫から見ても女三宮はいつまでも若々しく頼りないが、少なくとも屈託なく生きている様子を描いている。女三宮は、源氏から自由になって、誰にも支配されない気楽な人生を楽しんでいる、と思わせる描き方である。

柏木、薫、源氏

さて、柏木は男児の誕生とそれに続く女三宮の出家の知らせを聞くと、ますます衰弱し、帝が喜ばせて元気づけようと権大納言の位を贈っても効き目はなかった。

こういう設定は、柏木が、子供を生んだばかりの女三宮が出家して、源氏と夫婦の縁を切るという異常事態が起きた背景には、源氏が女三宮や子供に酷い扱いをしたからだと、気づいていると示唆している。

柏木は夕霧から聞いて、源氏が紫の上の出家を許さないことを知っていた。後には薫も、母親があまりに早く出家した背景には、何か重大なことがあったに違いないと感じる。それほど出産直後の女三宮の出家は、異常な出来事であった。

しかも少し読み進むと、柏木は、女三宮が出家したことで、源氏の自分たちへの怒りの大きさを改めて認識する、とわかるように描かれている。というのは、柏木は死ぬ前に夕霧を呼んで、試楽の日に源氏の「なほゆるされぬ御心ばへあるさまに御眼尻をみたてまつりはべりて、いとど世にながらへむことも憚り多く」、だから自分が亡くなった後、ぜひ源氏が「この勘事ゆるされたらむ」（「柏木」三三一頁）よう取りなしてくれと頼む、とあるからだ。柏木は謝ることで、源氏の女三宮や赤ん坊にたいする怒りを和らげようと願っていることがわかる。

夕霧は、柏木が総てを打ち明けたわけではないので、薫の父親が柏木であるとまでは知らない。しかし「横笛」の巻で、柏木の死後、夕霧が柏木の妻二宮（落葉宮）の母の御息所から柏木の形見として贈られた横笛を家に持ち帰ると、夢に柏木が出てきてこういった。

笛竹に吹きよる風のことならば末の世ながき音に伝へなむ

思ふ方異なりはべりき（「横笛」六九頁）

そこで夕霧は六条院へ行けば何かわかると思って出かけると、薫に柏木の面影があることに気づく。それで、柏木が笛を与えたいと「思ふ方」が、薫であることを理解するわけである。

夕霧はしかし源氏に明言することは避けるが、源氏は夕霧のいわんとすること察して、笛を受け取ろうという。この親子の会話は、心理劇としても優れており、言葉のはしばしに、王朝の雅びの精神がよく表れているが、同時に夕霧の成熟ぶりがわかる箇所でもあり、源氏の時代が終わろうとしていることを告げている。

源氏は、夕霧が真相を気づいていると知っても、対面上、薫が柏木の子であることは、夕霧にさえ明かすことができない。それは自分一人の秘密として守っていかなければならないことである。父帝の妃との間に息子をもけた源氏は、今度は柏木の息子を自分の息子として育てていかなければならないのである。

この第二の姦通の政治性も、まさしくこの点にあるのだが、これについては、次の章で論議して行くことにする。

第4章

『源氏物語』の革新性

1　姦通文学の政治学

姦通文学と子供

紫式部は『源氏物語』で二つの姦通を描き、いずれも男児が誕生するとした。実はこれは姦通小説のジャンルでは、画期的なことであった。二十世紀以前の姦通文学で、男児が誕生するのは、他にはアーサー王伝説だけで、普通はまったく子供ができないか、生まれても女児である。

イズーにはトリスタンとの間にも、マルク王との間にも子供はいない。グィネヴィアにも子供はいない。ランスロットはペリーズ王の娘エレインとの間に男児がいるが、それはエレインが魔法を使ってグィネヴィアそっくりの姿になり、ランスロットを騙して共寝してもうけた子供である。

『赤と黒』のレナール夫人も、夫との間には子供がいるが、ジュリアン・ソレルとの姦通では、子供はできず、『ボヴァリー夫人』でも、エンマは夫シャルルとの間に女の子がいるけれども、姦通相手のロドルフとレオンとの間には子供はない。

子供が生まれるのは、『緋文字』のヘスタと牧師ディムズディルの間だが、パールという女の子である。『アンナ・カレーニナ』でもアンナはヴロンスキーとの間にやはりアンナという女の子を生む。

日本の姦通小説である井原西鶴の『好色五人女』のなかのおさんと茂右衛門の話や、近松門左衛門の

『大経師昔暦』や『鑓の権三重帷子』でも、姦通からは子供は生まれていない。二十世紀に入って書かれた漱石の『門』でも、主人公宗助とお米の間には子供は生まれても育たず、それは彼らが御米の夫安井にすまないことをしたからだ、とお米は易者にいわれる。なお『門』の隠れたテーマとなっている旧約聖書のダビデ王の場合も、兵士ウリアの妻バテシバと姦通し、ウリアを激戦地に送って死なせたために神の怒りをかったので、生まれた子供は死ぬが、その後ダビデが自分の行為を神に謝罪し、バテシバを妻とした後には、名君となるソロモンが生まれる。

このように姦通を扱った文学では、作品が書かれた国は違っていても、子供は生まれないか、生まれても女の子である。

その理由を、デュビィは、中世の「雅びの愛」の物語についてはこう指摘している。「姦通は成就するが、しかしそこから子供が生まれることはない。実際私生児が生まれることについては、深刻にならざるをえなかった。そのような事態を怖れすぎていたのだろう。私生児誕生は、話の種にするには、あまりにも慎みを欠く問題だったのである」(1)と。

同じことは他の姦通小説にもいえよう。子供が生まれれば、その子を誰の子とするかという問題が出て来るからである。特に男児が誕生すれば、夫の家系を継ぐのか、姦通相手の男性の側の家系を継ぐのかという問題がおきてくる。妻が姦通したことを知らなければ、夫の家や財産、身分を継ぐのは、他の男の息子になる。そういう事態が起きることを防ぐために、姦通罪が導入されたことは周知のことであろう。

しかし女の子なら、他家に嫁ぐので、男の子の場合より、問題は少なくなる。だから姦通小説では、女の子が生まれるとあるのだろうが、ロラリー・マックパイクは、さらに次のように指摘している。十九世紀の姦通小説では、道徳的に正しい生活をしている女性には男児が生まれるが、不道徳な女性には女の子しか生まれない、それは父系制のなかに、不道徳な血統が混じらないための、作者の操作である、と。またマックパイクは、バルザックの『三十歳の女』では男の子が生まれるが、この子は溺死するとなっているので、やはり父系制には問題が起きないのだと指摘している(2)。

さらにビル・オーヴァトンはマックパイクの研究を継承して、こういっている。確かに、エンマ・ボヴァリーは夫シャルルとの間に女の子がいるが、彼女は不道徳で悪い母として描かれている。アンナは、夫との間には男の子がいるが、それはアンナがこの時点では道徳的に立派であり、男の子の母となる資格があると見なされたからである。だがヴロンスキーとの姦通で生まれたのはやはり女の子であり、しかもこの子にたいしてアンナは悪い母親である。ヘスタはパールにたいして、悪い母ではないが、姦通によって生んだのでやはり女の子であり、パールは彼女の不道徳な行為の生き証人である、という(3)。

十九世紀の姦通小説では、子供の有無や女児かどうかは、このように総じて女性の側の罪の度合いによって決まっていることがわかるが、それは作家たちが、女性の姦通に厳しい姦通罪を考慮しながら姦通小説を描いていたことを物語っている。

十九世紀には、恋愛と結婚の自由を求める女性たちが増えてきたが、姦通罪があったために、夫の申し立てがあれば、女性の姦通は罰せられたのである。特にフランスでは一八〇四年に制定されたナポレオン法典によって、姦通した女性は三ケ月から二年間の懲役刑に処されるという厳しい状況があった。相手の男性にも同じ刑が適用され、そのうえ夫は百フランから二百フランの罰金も一緒に要求することができた。ところが夫の方は、別な女性を家に引き入れた時にだけ、妻からの申し立てがあれば、百フランから二百フランの罰金を払うことになっていた。つまり夫の側に非常に有利な法であった。

ニコル・アルノー＝デュックは、またこう指摘している。「夫が、夫婦の家」「で姦通を現行犯でみつけ、妻やその相手を殺した場合」「このような殺人は免責されると、フランス刑法の『補足条文』（三二四条）」にあった。また「多くの国の法律では、姦通の当事者同士が結婚することを禁じているうえ」(4)、妻の姦通で生まれた子供の所有者は夫だとなっていた、という。

このように十九世紀には、恋愛の自由を求める女性たちの前には姦通罪がたちはだかっていたために、さまざまな葛藤があったが、夫の姦通は法的に罰されることがなく、社会性がなかったので、十九世紀に書かれた姦通小説は女性の姦通を取り上げたものが多かった。そこで姦通小説とは女性の姦通を描く小説であると規定する批評家もいる(5)。

しかし姦通小説の書き手である男性作家たちは、女性の主人公に厳しく、それが姦通した女性には女児しか生ませないことにも現れているといわれている。姦通文学の研究で先駆けをなしたジュデス・アームスロングも、男性作家たちは、年長の夫の側が持つ欠陥——性的欠陥なども含めて——は考慮せず、女性の主人公の行動にだけに厳しいと指摘している(6)。なお批評家たちの間では、女性に一番手厳しい作家はトルストイだというのが定説である。

たしかにトルストイは『アンナ・カレーニナ』では、男であるアンナの兄ステファン・オブロンスキーの姦通は許し、また正式に結婚したレーヴィンとキティーには男の子を与えて祝福するが、アンナとヴロンスキーには女の子しか生まれないとして、差別している。しかもアンナには次々と破滅的な行動をとらせてヴロンスキーとの関係を悪化させ、最後に鉄道自殺させている。たとえばヴロンスキーが正式に結婚して二人の間の女の子や将来生まれてくる子供に自分の財産を継がせようと希望しているのに、アンナは夫を嫌いながら離婚しようとせず、しかも自分の美しい容姿が崩れるので、これ以上子供は生みたくないと避妊薬を飲み、モルヒネも用い、ヴロンスキーが外出すると病的に嫉妬をする。最後には鉄道自殺するが、それはヴロンスキーへの面当てでもあったので、ヴロンスキーは自責の念と絶望から、死ぬためにトルコとの戦場へ赴く。残った女の子はアンナが離婚を拒否していたので、法的にはカレーニンの子供であり、ヴロンスキーはカレーニンが引き取ることに同意する。ヴロンスキーは後で後悔するが、一端承知したことは翻せず、すべてを失って失意のまま戦場へ赴き、女の子を愛していたカレーニンは望み通りに二人の子供を手に入れるのである。この意味でカレーニンは勝者であり、小説は、ヴロンスキーの母がアンナは息子を破滅させたひどい女で、宗教を持たない女のけがらわしい死に方だと吐き出すようにいい、ヴロンスキー自身もアンナの残酷さと威嚇しか思い出せないでいるところで終わっている。

もっともトルストイは、貴族出身のアンナと伯爵であるヴロンスキーの出会いから同居までを描いた部分では、中世の宮廷風恋愛を思わせるような華麗な愛の物語として描き、彼らの苦悩ですら雅びだが、しかし最後には二人を徹底的に断罪するのである。一説には、トルストイはアンナを魅力的に描きすぎたので、よけい厳しくアンナを罰したともいわれている(7)。だが、トルストイはその後『クロッエル・ソナタ』を書き、妻が姦通したと思って射殺した夫に、延々と自己弁護させ、女性がいかに信用のできない性的人間かを批判させており、『アンナ・カレーニナ』を書いた時より、女性に一層手厳しい立場を表明している。

トルストイがこのように姦通した女性に厳しかったのは、ひとつには、キリスト教的価値観の持ち主だったからだといわれており、たしかにヴロンスキーの母のアンナ批判にもそれが表れている。またトルストイは、ダーウィンの進化論によって、万物は神が創ったというキリスト教的価値観が崩れ去ったので、未来の社会にたいして不安を抱き、それが姦通小説にも反映しているという指摘もある(8)。

姦通を扱った文学では、このように子供の有無や、子供のジェンダーには、作家と社会の価値観が色濃く反映しているわけである(9)。

男児の誕生――アーサー王伝説

アーサー王伝説は、姦通によって男児が誕生する点で、やはり特異な存在である。

すでに指摘したように、第一の姦通は、アーサー王自身の誕生に関する話である。これはアーサー王伝説の発端となった一一三〇年代にジェフリー・オブ・モンマスが書いた『ブリテン王列伝』にもあり、ブリテンの王ウーサーが祝宴で領主ゴロイスの美しい妻イグライネを見ると、突然超自然な強烈な情欲にとらわれ、魔術でゴロイスの姿を借りてイグライネと姦通して、アーサーが生まれたとある。そしてこの話は、アーサーが長年サクソン人の襲撃に苦しんでいたブリテンの救世主となり、平和をもたらすので、一章で指摘したように、中世のヨーロッパでは、キリスト生誕の物語の変型だとも考えられていた。

しかし『ブリテン王列伝』では、聖なる姦通などではなく、他の男の妻が気に入ったので、夫を殺害して、その妻を奪うという荒々しい話であった。十世紀頃までは女性の権利は認められていず、騎士の武勲を讃える「武勲詩」でも、しばしば女性蔑視が表現されていて、「女性は戦利品として扱われ、その忍耐と服従の態度のみが誉めたたえられて」(10)いた。一方キリスト教でも、女性蔑視が強く、イヴが人類を堕落させたと考えられていた。だから『ブリテン王列伝』の話も、そういう世相を反映したものだったのだろう。

だが「雅びの愛」の理念が広まった結果、ウーサー王のイグライネとの姦通の荒々しさは「雅びの愛」に変えられ、二人の聖なる姦通から、ブリテンの救世主が誕生したという話となる。そのような変更がおこなわれたのは、アリエノール王妃に命じられた詩人のジェフリー・ゲマールが、『ブリテン王列伝』をラテン語からアングロ・ノルマン語に翻訳した時ではなかったかと、推測されている(11)。

第二の姦通は、十三世紀後半に書かれたロベール・ド・ポロンの『マーリン』や無名作家によるその異本にあるアーサー王自身の姦通である。これはその後アーサー王伝説の一部に組み込まれるのでぜひ考慮する必要があるが、その内容については、一章で詳しく述べたので簡略にふれておく。

即位まもないアーサーは、和平交渉にきたロス王の美しい妃モルガイセに惹かれて姦通し、モルドレッドが生まれるが、モルガイセは異父姉であったから、それは近親相姦でもあった。二人が異父姉弟と知らなかったのは、アーサーが生まれるとすぐマーリンが引き取り、田舎に住む騎士に育てさせたからであった。だから二人は他人同士だと思って性的関係を持ったのだが、それを知ったマーリンは、アーサーに事実を伝え、五月一日に生まれる子は王国を滅ぼし、アーサーもその息子の手で死ぬと予言した。そこでアーサーはその日に生まれたすべての男児を殺害するが、モルドレッドは助かる。そして成人したモルドレッドは、アーサーが他に子供はいないのに、自分を嫡子とは認めないので、マーリンの予言通りに、王国を乗っ取ろうとした。それを知ったアーサーは、ランスロットとの戦いを中止して急遽フランスから戻り、モルドレッドの軍をやぶり、モルドレッドを殺すが、自分もモルドレッドから受けた傷で死ぬ。

この十三世紀後半に書かれた呪われた話は、ブリテンが半世紀ほど続いた平和の後、再び激しくなったサクソン人の攻撃に敗れるという史実をフィクション化したことが明らかであり、ロベール・ド・ボロンや異本の作者の優れた想像力を示している。だがそこには、一章で言及したように、キリスト教の教会の権力が強まり、姦通や近親相姦は厳しく諌められるようになっていた当時の状況も反映している。

もうひとつ注目しなければならないのは、十三世紀後半は、女性の地位が再び下落していく時期にも重なっていたことだ。

ジャン・ラボーはこの点について、こう指摘している。「十四世紀に近づく頃から、女性の地位は、ゆっくりと、しかし確実に、下降していった。たとえば女性は、不在の夫または精神異常者の夫の代理人となる権利も失い、法的無能力者となっている――実際には、夫を合法的専制君主とする法規の厳格さがしばしば慣習によって和らげられるということはあったが」、そのような女性の地位の後退を明確にあとづけているのが、前後二篇からなる『薔薇物語』であり、「まず、一二二五年にギヨーム・ド・ロリスによって書き始められた前篇では、意中の貴婦人の崇拝が主調をなしているが、半世紀後（一二七五〜八〇年頃）、ジャン・ド・マンにより書き継がれた後篇」では、女性の地位が逆転して、「童貞殿下」(12)を得ようと卑下する立場に変わっているという。

ラボーが女性の地位と「雅びの愛」を讃える宮廷風騎士道物語との関係について言及している箇所をもう少し見ておくと、こうある。すなわち十世紀頃には女性の権利は認められておらず、「妻になれば、全面的に夫の意に従属させられ、夫は妻の財産を自分の欲するままに処理する権利を有していた」が、「十一世紀以降、土地所有者が男系相続人なしに死亡した場合には娘が相続する、また、遺児たる娘が幼年ならば未亡人が名代として遺産を管理する」ことができるようになり、そして、「女性の封土習得が最初におこなわれた地方」であり、キリスト教の一派では女性も司祭職についていた地方が、「雅びの愛」が生まれた南フランスと中部フランスだったという。「雅びの愛」を讃える文学のパトロンとなったアリエノール・アキテーヌも、この法律のお陰で、兄弟がいなかったので、父が亡くなった時、祖父ギヨーム九世時代からのフランス国土の三分の一という広大な領地を相続することができたのである。

しかし、十二世紀に高くなった女性の地位は、十三世紀後半になると再び下降し始め、それが一二七〇年代の終わりに書かれた『薔薇物語』の後編の女性蔑視に反映していると、ラボーは指摘している(13)。

またブーランとフェッサールも「十三世紀から、教会は厳しい非難を『雅びの愛』に浴びせるようになる。アンドレ・ル・シャプランの宮廷風『恋愛論』は、良俗を害するものと断罪されて禁書となり、読む者は破門される」ようになったので、「たぶん道徳家たちを安心させるために、この下級聖職者は彼の作品に第三章をつけ加え、一、二章でさんざんもち上げておいた雅びの愛を、公然と辱めている」(14)と指摘している。

なぜこの点にこだわるのかといえば、アーサー王とロス王の妃の呪われた姦通を描いた『マーリン』やその異本が書かれたのも、やはり十三世紀後半だからである。実は私は、王妃との姦通という要素が含まれているので、不義の子モルガイセの誕生と、彼が父の王国を滅ぼし、父を殺す話も、一章の「雅びな愛」の部分に含めたのだが、しかしこの事件には「雅び」とはいいがたい要素が多い。またランスロットとグィネヴィアの姦通が王国滅亡のきっかけをつくるとした物語が創作されたのも、同じ頃か、その後であり、そこではグィネヴィアは嫉妬深く、短気だとされていて、ランスロットがなぜ王妃との破滅的な愛に溺れるのか疑問が生まれる箇所もある。またその後に付け加えられ、マロリーの本にも含まれた話では、独立心を持った女性たちは、奸計をもちいてランスロットを誘惑しようとするモルガン・ル・フェイ王妃など、否定的なイメージを与えられて登場し、ランスロットを助けるのは、可憐で従順な、いわゆる父の娘たちで、彼女たちの母親についてはまったく語られていないのである。

そのような「雅び」を欠く要素がアーサー王伝説に付け加えられた時期も、ラボーが指摘した、女性の地位が下降に向かい、また教会が「雅びの愛」の伝統を厳しく批判した時期に重なっているのである。

言い換えれば、十三世紀後半かそれ以後に付け加えられたアーサー王とロス王妃、そしてランスロットとグィネヴィアの姦通の物語を見れば、女性の地位が低い時や、女性蔑視が強く、教会が姦通を厳しく弾劾するようになると、姦通文学での女性の描き方にも否定的要素が強くなり、男児の誕生も、社会的秩序を破壊し、父の権威を脅かす人物の誕生の物語として否定的に扱われるようになることがわかってくる。

2 源氏物語における男児の誕生

冷泉帝の誕生

では紫式部は、姦通による男児誕生にどのようなメッセージを込めているのだろうか。

第一の姦通では、すでに言及したように、臣下に降った源氏と父桐壺帝の妃藤壺との姦通から生まれた不義の子は、皇位について冷泉帝となって聖代を築き、朱雀帝の時代に失われた皇室の権威も確立する。そして式部は、この物語を正当化し、擁護するために、源氏を天皇家統治神話のなかで地上の統治者として天上界から降臨して来る「タカヒカルヒノミコ」、すなわちニニギのミコトの後裔であることを示唆する「光る君」と呼び、藤壷も「アマテラス」大神を思わせる形容である「輝く日の宮」と呼んで、彼らは聖なるカップルだと示唆している。

このように、源氏と藤壷の姦通が聖なる姦通だと示唆され、二人の結びつきから誕生した男児が、失われた国の繁栄を取り戻し、皇室の威信も回復させるのは、二章で指摘したように、ウーサー王とイグライネの聖なる姦通から、ブリテンの救世主となるアーサーが生まれるというアーサー王伝説の挿話にも似ている。相違するのは、ウーサーが王であるのにたいし、源氏は藤壷と姦通した時には、臣下に降っていたことである。

また二章で言及したように、紫式部は、帝王の妃と臣下の男の姦通で生まれた男児が帝位につき優れた統治者となるという設定自体は、史記や漢書のなかにある荘王の子として皇位についた始皇帝が、実は王の妃が臣下の呂不韋と姦通して生まれたという記述から得たと考えられるわけである。

もちろんそのような分析抜きでも、天皇の妃と臣下にある者との姦通によって生まれた男児が、夫の天皇に自分の子だと思われて皇位につき、賢帝となって国に繁栄をもたらし、皇室の威信も回復したという設定を見れば、それが天皇の直系の皇子以外は皇位につけないという当時の天皇制を批判した挿話であることがはっきりするであろう。

いうまでもなかろうが、当時天皇になれるのは、男性だけであった。女帝の時代は終わっていた。服藤早苗によれば、平安初期には、皇室では直系継承の一系的な父子関係をたどる祖先祭祀も生まれており、これは皇室における家父長制の強化だという(15)。それゆえ紫式部は、藤壷と源氏に男児を誕生させて皇位につかせ、父帝から直系の息子へという皇位継承制度を攪乱したのであろう。

ただし「若菜」の下巻で、源氏は柏木と女三宮の息子を抱いた時、桐壺帝も若宮が自分の子ではないと知っていたのではないかと疑うが、もし桐壺帝が自分の息子ではないと知っていながら、その男児を東宮として皇位につけようとしたのなら、桐壺帝は、父子世襲の天皇制を、意識的に攪乱したことになる。むろんその場合も、政治的革新性は変わらない。だが桐壺帝が、若宮が源氏の子だと知っていたかどうか、作者の紫式部は作中では明らかにしていない。

もうひとつ重要なのは、紫式部が冷泉帝の述懐を通して、〈天皇家の歴史は万世一系だとされているが、姦通によって、他氏の血も混じっているはずだ〉と示唆していることである。そのために、昭和の国粋主義者や軍人が『源氏物語』に検閲を加えたことは、二章で指摘した通りである。

また源氏は藤壷との姦通で得た息子冷泉帝によって、臣下の身分を脱し、准太上天皇の位を与えられるが、これも天皇制の攪乱である。けれども、源氏は統治能力という点からすれば、皇位に就くべき皇子であった。だから冷泉帝は権力を乱用しているのではないことがわかるように描かれている。

このように紫式部は源氏と藤壷の姦通を全面的に肯定しているが、冷泉帝に男児の後継者がいず、その系統は途絶えるとする。そして源氏はその原因は自分と藤壷の不義の関係にあると考えているとあり、姦通に否定的な要素も含めている。おそらく式部は、皇統は万世一系だとするイデオロギーに亀裂を入れることに成功したので、姦通によって始まった皇統がずっと継続していると示唆するのは冒涜であり、その必要もないと考えたのではないだろうか。むろんこれは推測の域をでないのだが。

一方統治能力を持たない皇子が、外戚の力で朱雀帝として皇位につき、国母となった弘徽殿やその父による恐怖政治に近い統治を許し、皇室の威信も失墜させるという設定は、すでに指摘したように、摂関家の意志でどの皇子が即位するかが決まるだけでなく、天皇の意志を無視して、母方の一族が権力をふるう当時の政治状況を批判していることが明らかである。

服藤は、「九世紀から十一世紀中頃にかけて、国母による天皇の血と肉の管理、それを基盤にした外戚たる摂関の王の血統への参入、その結果としての政治権力掌握、その過程に女性たちが確固として存在していた」、それは「首長制的共同体が動揺し、私的所有を背景にした個別経営単位としての家父長制的家が萌芽しても、いまだ未熟な段階であり、家を確立させるためには娘を入内させ、天皇を産み国母を擁する戦略が必要不可欠だった」(16)と指摘している。

紫式部が彰子に仕えていた時代には、彰子はまだ国母として権力を振るうにはいたっていず、国母となっても弘徽殿のように横暴ではなかった。だから人びとは弘徽殿をあくまでも虚構の人物として受け取り、安心して読めたのであろう。

しかし式部は、摂関政治の本質を理解していたので、それを批判するために、統治能力に恵まれた源氏が強力な後見がいないために臣下に降り、帝王の妃藤壷の宮と姦通して男児を得、その男児が冷泉帝となって聖代を築くが、摂関家の威力で皇位についた統治能力のない朱雀帝は、国母となった弘徽殿とその父に恐怖政治を許すという設定をとったことがわかる。

このように男児の誕生に焦点をあてれば、紫式部は、当時の統治制度をさまざまな角度から批判するために、源氏と藤壷の姦通によって男児が誕生するとしたことがはっきりしている。

薫の誕生

では源氏の正妻の女三宮と柏木の姦通で男児が誕生するのは、いかなる意味を持っているのか。

源氏がこの時准太上天皇だという設定は、源氏が帝王の変型であり、その正妻の皇女女三宮も、帝王の妃のような身分だということである。したがって、柏木の息子である薫が、准太上天皇源氏によって嫡子として受け入れられることは、やはり王権侵犯の一種だといえる。この点は、多くの研究者によって指摘されていて、定説化してきているが、私が柏木と女三宮の姦通を、王妃との姦通のひとつとしたのもそのためである。

しかし准太上天皇というのは、清水好子が指摘したように、一代限りの身分であった。したがって薫は准太上天皇になるのではなく、臣下にとどまるのである。それが、桐壺帝に自分の嫡子と認められて皇位につき、冷泉帝となった源氏の不義の息子と、柏木の不義の息子薫との相違である。

とはいえ、源氏が薫を世間にたいしては自分の息子で通したので、薫は社会的にも、プライベートな面でも、実父の柏木よりは、有利な立場を獲得することになる、と作者は描いている。

柏木は天皇家に直接つながる係累がなかったために、昇進も遅れ、女三宮と結婚することもできなかった。ところが、源氏が薫を自分の子として育て、退位した冷泉院に薫の後見を依頼して亡くなったので、冷泉院は薫を格別に可愛がり、元服も冷泉院がおこない、院の傍らに住居を建造して住むことになる。冷泉院は薫を源氏の子、すなわち自分の弟だと思って、特別に目をかけていることがわかる設定である。そして冷泉院の愛顧をえたことによって、子供のいない秋好中宮も薫を養子格にして可愛がる。また今上帝も薫を自分のそばから離さず、自分の娘たちのなかで一番寵愛していた二宮を薫に降嫁させ、薫を婿にした。今上帝は薫の母女三宮の兄であるから、源氏の子ということだけで薫を贔屓にしているわけではないが、今上帝の妃である明石中宮も、自分の弟だと信じていたので、薫は六条院では、中宮の子供たちと一緒に遊んで育った、とある。

このように作者は、薫がすべてに皇族並みに扱われていることがわかるよう描いている。

昇進の場合も同じである。薫は十四歳で侍従となり、秋には右近の中将となる。このように早くから昇進するのは、准太上天皇の息子であるので、皇族並みの扱いをうけているからである。そして十九歳の時には、三位の宰相となり、中将もかねている。二十代の半ばには、柏木が死ぬ間際に贈られた位である権大納言になり、右大将を兼任するというように、めざましい昇進をする。

薫はまた身体からえもいわれぬ芳香を放つので、明石の中宮が生んだ同じ年頃の匂の宮は、競争心から香を薫きしめていたので、人びとは二人を匂兵部卿・薫大将と並び称すようになる。明らかに人びとは、准太上天皇の息子薫を、匂宮のように皇子として見なしている。そう描いているのは、むろん作者であるが、柏木の息子であれば、人びとはそれほど薫をもてはやさなかったであろうことがわかる設定である。

薫は恋愛の面では、優柔不断さも手伝って、なかなか想う人を得られないが、この点については、いつか別な機会に論じたいと思う。

ここで注目したいのは、源氏と柏木の実家である頭の中将家の関係である。三章で指摘したように、頭の中将家では源氏にたいして常に負い目を感じていた。特に柏木は、才能があるにもかかわらず、昇級が夕霧より遅く、私生活でも恵まれなかったので、挫折感に苦しんだ。柏木は、臣下としては太政大臣という最高位にある父を持ち、今上帝に贔屓にされていたので、将来は父と同じ地位につける可能性を持っていた。だが、皇族に係累を持たないことが、女三宮にたいする引け目にもなっていた。

そのように皇族に引け目を持つ柏木を父に持つ薫は、母親の夫であった源氏の栄華を継承し、あらゆる面で皇族並みの扱いを受けていくわけである。

一方源氏は、薫が頭の中将家、すなわち藤原家の血をひくことを知っていながら、黙って自らの子として受け入れる。受け入れなければ、世間は若い柏木に正妻を寝取られたことを知るようになり、面目を失うことは確実だったからだ。

つまり紫式部は、柏木と女三宮の姦通を、源氏と藤壷との姦通とは異なり、破滅型として描いたけれども、この二人にも男児を与え、彼らの不義の子も、実父よりは高い地位にある夫方の家系を継いでいくとしたのである。

三谷邦明は、二つの姦通は当時の「血統に支えられた貴族社会＝王朝国家＝摂関政治という、制度・

秩序・体制の根拠・礎石・基盤にまで、疑問を投げかけ」(17)た、と指摘している。たしかにその通りである。

もう少し具体的にいえば、源氏と藤壷の姦通で生まれた男児が冷泉帝として皇位につき、賢帝であることを証明するのは、当時の摂関家が私益のために能力のない皇子を皇位につけたり、天皇直系の皇子のみが皇位継承権を持つという父子一系の世襲制天皇制への批判である。これは式部が、二章で指摘したように、中国的な歴史観にもとづいて能力主義的統治観を持っていたことを示している。

また柏木と女三宮の姦通で生まれた薫が、源氏の息子として特権的地位を継承していくことは、家父長制度そのものの攪乱に他ならない。服藤は、「我が国において政治的地位たる朝廷官職の父子継承は十世紀から次第に開始され十一世紀後期には、官職の家格が成立したとされて」おり、また天皇家から始まった祖先への墓参は、「十世紀には貴族層にも確実に始まる」のであって、「見近な家の祖先墓への参詣は、政治的地位の父子継承を契機として開始される」(18)と指摘している。

薫に関していえば、源氏の墓に参いる場面こそないが、薫は准太上天皇源氏の息子として、十四歳の時から皇族並みの朝廷の官職を継承していく。したがって紫式部は、服藤が指摘したような当時の貴族社会の直系父子を基盤とする家父長制のあり方を理解し、それを攪乱し、転覆するために、柏木と女三の宮の間に男児が誕生するとしたことは、疑問の余地がない。

しかも薫の血の秘密が、冷泉帝の場合と同じく、世間にたいしては守り通されるけれども、読者には明かされるという設定は、世間には露顕していないけれども、他の家でも、姦通によって父子一系が乱されているかもしれないと告げている。これは正に知能犯的行為である。

このように紫式部は二つの姦通に男児を誕生させることで、家父長的な世襲制の天皇制や当時の摂関政治のあり方、さらには家父長的要素を強めた貴族社会全体を批判し、紙上ではあるが、それらの制度を攪乱したのである。私は、紫式部が政治の世界から閉め出されていた女性だったからこそ、強力になってきた家父長的統治制度の締め付けや摂関政治の欠陥がよく見えたのではないかと思う。

以上のように、姦通による男児の誕生ということに照明をあてれば、『源氏物語』がいかに大胆で革新的な作品であるかが、一層明白になってくるのである。

3　日本の姦通罪の歴史

はじめに

紫式部は、しかしなぜそのような類のない大胆で画期的な姦通文学を書くことができたのであろうか。

私は、それは紫式部が生きていた時代が双系制の時代であり、姦通にたいして寛容だったからだと思う。双系制社会とは、権力構造は家父長的になってきていたが、家族構造には母系的なところが残っていて、女性にも財産権があった社会のことである。この点についてはすぐれた研究が多数ある。また

『源氏物語』における婚姻・家族関係などについての論文もある。それらについては随時言及するが、ひとつ気になるのは従来の研究では、紫式部が活躍した平安時代とそれ以前の社会を比較するという方法が取られているので、平安時代の見方が否定的になる傾向が見られることである。

しかし私は、平安期の双系制社会の特徴は、逆に後の時代の状況を見たうえで考慮した方がよくわかると思う。特に姦通という問題についてはそう思うので、近代の方から先に見ていくことにする。

姦通罪――明治から一九四七年まで

近代の日本でも、すでに言及したように姦通罪があった。それが廃止されたのは、一九四七年である。だから妻の姦通が犯罪でなくなってから、まだ六〇年くらいしかたっていないわけである。

しかも姦通罪の廃止は、日本の権力者の意図から出たのではなく、占領軍の民主化政策の一部としてであった。そしてそれを受けた国会の審議では、姦通罪がなくなれば国民の性道徳の崩壊をもたらす危険があるので、男女に適用できるように改正すべきだという意見が多かったという(19)。

そういう意見が出たのは、姦通罪は、妻の姦通だけを罰し、夫の性関係は不問であったからだ。夫は妾を何人も持ち、妻と妾を同居させることもできた。だから円地文子が妻妾同居を強いられた祖母の話をもとに書いた名作『女坂』の主人公倫のように、みじめな人生を送った女性も少なくなかった。

見方を変えれば、姦通罪とは一夫一妻多妾を許す法律であった。もちろん夫は、不特定の女性と短期の性的関係を持つこともできた。だから『源氏物語』が書かれた平安時代は一夫多妻制だったといわれるが、一九四七年までは、姦通罪のもとでも、男性は意志や財力さえあれば、多妻のかわりに多妾を持ち、不特定の女性とも性関係を持つことが許されていたのである。

一方妻の姦通を罰する刑法一三八条は、次に記すように過酷なものであった。

有夫ノ婦姦通シタルトキハ二年以下ノ懲役ニ処ス其相姦シタル者亦同シ前項ノ罪ハ本夫ノ告訴ヲ待テ之ヲ論ス但本夫姦通ヲ縦容シタルトキハ告訴ノ効ナシ

この刑法で処罰された者は多くなかったので、占領軍が民主化政策の一環として動き出すまでは、廃止されなかったともいわれている。しかし文学者をみても、一九〇二年には、詩人北原白秋が松下俊子の夫の訴えで俊子と共に逮捕され、未決監として二週間牢につながれている。俊子の方は二年間の懲役刑を受けたが、俊子は夫の暴力で生傷がたえず、同居の妾にも虐められて泣き暮らしていたので、隣家に住んでいた白秋が同情したのが、二人が親しくなるきっかけとなった。そして夫に離婚を言い渡されて家を追い出された俊子が行きどころがなくて、別な場所に転居していた白秋のところへきたので、そこで初めて二人は性的関係を持ったといわれている。にもかかわらず、夫が訴え出たので俊子は投獄されたのである。

また白秋は釈放された後も、一部の文学者に「文藝の汚辱者」と新聞紙上で攻撃され、死を思うほど苦しんだという。それでも白秋は俊子が二年後に出獄してくると、俊子と結婚した。だが数年後に離婚している(20)。

そして一九二三年には、作家の有島武郎が波多野秋子の夫に姦通罪で訴えると脅迫されて、秋子と心中自殺した。年表などによると、妻を亡くして独身だった有島は、夫との関係が上手く行っていなかったジャーナリストの波多野秋子と恋愛関係になったが、秋子の夫は有島を脅迫して金を得ようしたといわれている。

なお歌人で大正天皇のいとこでもあった柳原白蓮は大正時代初めに、二十五歳上の炭坑王伊藤伝右衛門と政略結婚させられていた時、学生の宮崎龍介と恋愛し妊娠した。そこで夫もついに離婚に同意し、白蓮の実家も華族籍を抜け財産権を放棄すれば、という条件で、白蓮の離婚に同意したので、宮崎と結婚することができた。多大な犠牲を払い、新聞などで大スキャンダルとなったが、白蓮は恋愛をつらぬくことができて幸せだったといわれている。

一方夫の婚外の性関係は自由であったから、未婚の女性たちは、妻子ある男性との恋愛に大胆にふみこめた。たとえば、鳳晶子は妻のいる和歌の師の与謝野鉄幹と大恋愛のあげく、一九〇一年に結婚している。平塚雷鳥も妻子持ちの森田草平と親しくなり、「塩原事件」と呼ばれる心中未遂事件を起こした。二人の間には性的関係はなかったといわれているが、あっても雷鳥は未婚であったから、姦通罪に問われる心配はなかった。

近代は恋愛が自由になった時代だといわれるが、未婚者同士の恋愛や、独身女性の妻子ある男性との恋愛はたしかに自由であった。しかし既婚女性の恋愛はどのような状況下にあっても、夫が訴えれば犯罪だという不平等な法的状況にあったのである。

この不平等な刑法一三八条は、一八八〇（明治十三）年に公布され、一八八二年から施行された刑法のうち、妻の刑を重禁固から懲役刑へと改悪したものであったが、刑法の原案は、ナポレオン法にもとづいていた。明治政府はフランス人ギュスターヴ・ボアソナードに民法と姦通罪の原案を作成するよう依頼したからである。

ナポレオン法がいかに夫に有利なものであったかについては、すでに言及したが、明治政府はナポレオン法のなかの、夫に関する刑罰、すなわち夫が家に他の女性を連れ込み、妻と同居させるなら、妻の申し立てがあれば、夫は罰金を払わねばならず、また妻は夫に離婚を要求することができるという箇所が気に入らなかった。その結果最終案では、妻の貞操だけが刑法の対象とされたのである。

ではナポレオン法を改悪した刑法が一八八二年に施行される前は、妻に有利だったのかといえば、刑法三一一条には、こうあった。

本夫其妻ノ姦通ヲ覚知シ　姦所ニ於テ直チノ姦夫又ハ姦婦ヲ殺傷シタル者ハ　其罪ヲ宥恕ス

随分過酷な法だが、刑法制定以前はもっと夫に寛容であった。一八六九年一二月に公布された新律令綱領中の「人命律」には、その場で即座に姦夫と姦婦を殺害した者は「論ズルコト勿レ」、つまり犯罪ではないとした。このような法は、アルノー＝デュックが指摘したように、西欧諸国にもあった。だから日本だけが、夫による殺人に寛容だったわけではない。

そして後に首相になる黒田清輝も、妻が姦通したという妾の言葉を信じて、妻を刀で斬り殺したが、犯罪行為とは考えられなかった(21)。だから黒田は首相にもなったわけである。しかし十九世紀末には西欧でも状況が変わったために、日本だけが妻の殺害を公認するのは、対外的によくないというので、犯罪にすることに決めたのだが、政府はそれにたいする男性側の不満をおさえるために、一九〇八年施行の刑法一三八条では、妻の刑を重禁固から二年までの懲役刑へと重くしたのである(22)。

この刑法の導入にたいしては女性たちが強く反発し、キリスト教団体の矯風会を中心に「有夫の男の姦通の処分、有夫の男の蓄妾、接妓を姦通とすること等」(「時事新聞」明治三九・二・七)を要求した請願書を政府に提出したが、政府は無視した。

一九三二年には京都大学教授の滝川幸辰が著書『刑法読本』で、治安維持法を批判するだけでなく、「妻の姦通だけを犯罪にし、夫の姦通を不問に付するのはよろしくない。刑法における男女の不平等は支配者たる男性の被支配者たる女性に対する階級支配の表現である」(23)と、姦通罪を批判したため、政府によって大学を追われている。

支配者層では、妾を持ったり、芸者を買ったりすることは当たり前で、一夫一妻多妾的だったので、滝川の男女平等論は彼ら自身を脅かすものであったから、危険視されたわけである。周知のように天皇家も一夫一妻多妾的であって、大正天皇の母は側室であった。側室をおかなかったのは、昭和天皇からである。

鎌倉から江戸時代まで――殺人の合法化

では、姦通した妻やその相手の殺害が容認されたのは、どの時代からであろうか。

まずそれは、夫が妻の姦通相手の男性を殺害するというかたちで始まっている。服藤早苗は、「妻が夫以外の異性と性関係を持つ密通が、夫からの離婚や密夫殺害などの形で処分されることも開始される」が、その最初の記録は一〇二九年に「中級貴族高階成棟が、中原師範」に、師範の妻と密通したとして殺害されたと『春記』にあるという(24)。

平安末期になると、このような本夫による姦夫殺害が慣習となっていたようで、鎌倉時代にもそれは容認されていたが、それが妻の殺害とともに法文化されるようになる。勝俣鎮夫によれば、戦国家法の密懐法の条文には、次の二点があるという。㈠本夫は、姦夫と姦婦を共に殺害しなければならない、㈡密懐の現場で殺害をしなければならないと。このうち本夫による現場での姦夫殺害は、平安末期から慣習となっていたようだが、姦婦殺害の方は古い慣習には見られず、新しい法理である。姦婦殺害が新たに法文化されたのは、慣習に支えられた姦夫の殺害が家の外でもしばしばおこなわれた結果、姦夫側親族などとの紛争が多発したので、大名権力は、紛争抑制のため、相殺の論理を導入し、姦夫も殺す代わりに、姦婦も殺すという法を導入したもので、それは本夫の意志を必ずしも反映した法ではなかったという(25)。

つまり殺害された姦夫側の親族からの異議申し立てによる紛争を抑制するために、裁く側の大名が、姦婦も殺せと決めたわけである。服藤早苗は、最初妻を殺さなかったのは、「妻方親族との紛争を恐れたからである」(26)という。しかし姦夫を殺害した時も紛争が起きているわけで、それが戦国家法の密懐法の条文ができた理由でもあった。考えられるのは、鎌倉期以後、夫方同居も増えていたから、夫の側には、姦夫を殺しても妻は殺したくない場合が多かったのではないかということである。そこで姦婦も殺せば、夫も痛手を受けるので、武士の倫理である「相殺」に見合うとして、姦夫側を説得したのではないだろうか。

では江戸時代には、姦通はどう扱われたのだろうか。

江戸時代については、氏家幹人が『不義密通』という著書のなかで、次のように指摘している。戦国大名の分国法のなかの「本夫の姦夫・姦婦成敗という法理」が、江戸幕府にも受け継がれ、「八代将軍吉宗の時代、寛保二年(一七四二)に完成した法典『公事方御定書』のなかでも、確かな証拠があれば、夫は不義を犯した妻とその相手を殺害しても御構なしと定められた」という(27)。

氏家は、夫が不義を犯した妻とその相手を殺害することは、通常「妻敵討」(女敵討ち)とも表記され、このメガタキウチは江戸時代になってから一般化したが、法制史研究家の平松義郎は、このような殺害権は、「私的刑罰権」のひとつで、「逃亡した姦夫、もしくは姦夫・姦婦を、夫が捜索して切殺すことで、「その手続は敵討に準ずる」(28)と指摘しているという。

また氏家は、「妻敵討」は一時的な流行だというのが通説だが、しかし江戸時代前期には「〝老若の別なく〟ひろくおこなわれていたよう」(29)であり、明治の初めまで続いたと指摘している。

むろん「妻敵討」は、武士の間の慣習であったが、人妻の姦通は、幕府法（『公事方御定書』）では死罪と明記された大罪であった。ただしそのような非情な法を緩和するために、「詫び証文」や「首代」ですまし、その後、妻を離縁するということもかなりな多くの藩でおこなわれていたという(30)。

氏家は言及していないが、江戸時代には、夫が郭などで遊女や花魁を買うことは自由であり、「甲斐性」とすらいわれた。また妾を持つこともできた。特に上級武士や大名、それに裕福な商人などの間では、家名断絶や家の血筋をたやさないためという名目で、複数の妾も妻と同居していた。当時は子供のいない妻は離縁されたが、妾に男児があれば、妻は離縁を免れたので、妾をおくことは妻の座を守ることにもなったといわれている(31)。そして妾の生んだ男児が家を継ぐこともあったので、妾も血統がよいものが求められ、貞操義務も妻と同等とされていた。ただし「妻敵討」を決めた『公事方御定書』が制定される以前には、妾の不貞にたいする刑罰は軽かったが、寛保三（一七四三）年に御定書の「密通御仕置之事」の追加条項では「妻妾差別無し」とされ、「妾の姦通も妻の場合と同様に、相手の男ともども死罪に処されることになった」(32)のである。

実は明治時代にも妾の姦通は刑法で処罰されていた。先に言及した一八六九（明治二）年公布の新律令綱領中の「人命律」では、「妻妾人ニ姦通スルニ　本夫姦所ニテ」殺害すれば、罪にはならないとあった(33)。当時は妻と妾は法的には同等であったからだ。しかし一八八〇年公布の刑法では、妾の姦通は犯罪ではなくなっている。そして一八九八年の民法では、妻と妾は区別され、妾の地位は低くなった。しかし妾の子供は本妻に男児がなければ、引き続き家を継ぐ権利があった。だから明治天皇の妃昭憲皇后に子供がなかったので、側室の子供である大正天皇が即位したことは周知の通りである。

以上のように、鎌倉時代以後、一九四七年まで、妻の姦通は犯罪とされ、一八八〇年に刑法一三八条が公布されるまで、夫は姦通を犯した妻とその相手を殺害する権利も有していたわけである。そして妾の不貞も姦通として処罰される時代もあった。

ただし日本だけが、妻の姦通にたいして厳しかったわけではない。すでに指摘したように、西欧の家父長制社会でも、妻の姦通は犯罪であり、十九世紀に姦通罪がなかったのは、英国だけであった。また夫が姦通を犯した妻を殺害した場合は、英国も含めて、“Crime of passion”（情熱にもとづく犯罪）と呼ばれ、女性運動が広まる一九七〇年代までは、かなり刑が軽かった。イスラム教圏では、現在でも姦通を犯した妻を殺害することが容認されている。

平安時代の双系制と姦通

では紫式部が『源氏物語』を書いた頃も、姦通、特に帝王の妃との姦通は犯罪行為だったのだろうか。

西山良平は、七世紀までは王の妻との性的関係は死罪だった、しかしそれ以後は、王の妻との性的関係も処罰の対象とはならなかったが、九世紀には、帝の御妻との性的関係を「密通」とする認識はあったようだ、と指摘している(34)。

この帝の妻の性関係の寛容度という問題については、服藤早苗が『平安王朝社会のジェンダー』のなかで、先行研究も踏まえながら詳しい情報を提供しているので、そこから要点をまとめておきたい。

まず服藤は、九世紀頃は「帝のキサキの場合でも決して処罰されていない。桓武天皇のキサキで、『淫行いよいよ増す』と記される酒人内親王は、『天皇禁ぜず』とも記されており、決して処罰されていない」という。異母兄嵯峨天皇に入内した高津内親王は短期間で妃の地位を廃されたが、それは「好色」による廃妃という説と、同父兄妹結婚ゆえの精神不安からだという説がある。「私通」の相手の男性で処罰されたのは一人だけで、それも天皇が変わると処罰はとかれたという(35)。

服藤は、「王の御妻の『密通』が死刑ではなく」、単に「密通」のひとつとして扱われ、処罰されなくなったのは、「王権そのものの変容」が背景としてあり、「七世紀までの宗教的呪術性を帯びた神話的霊魂の継承者としての大王の段階から、九世紀以降、世俗的な『人』の最高位としての王へと変容し、性愛関係にも世俗的支配層と共通する認識が定着しつつあるからではないかと思われる」(36)という。

そして服藤は「密通」という考え自体が家父長的価値観の浸透から生じた差別であるという。ただし「九世紀の段階では、天皇の妻の異性関係を『密通』『私通』として認識する不平等な性愛関係が王権周辺から萌芽するものの、貴族層においては、既婚女性の異性関係を『密通』として批判の対象とする性愛認識はいまだ確立するほど浸透していないゆえに、『霊異記』における対等に近い愛欲認識、性愛関係が存在していたと考えられる」(37)という。

十世紀以降について服藤は、「古代的共同体の臍の緒を断ち切った都市が成熟し始めるのは、九世紀末から十世紀初頭とされ」、都市では「『個』としての愛欲や性愛観も生まれ」、貴族層の「性愛認識が凝縮されている」のは、『伊勢物語』で、そこには「男の色好みと女の色好みが同数であり、魅惑的な悪女としての色好みな女性も形象化されるように」「男女対等の性愛観を看取しうる」が、「実体的には男性優位の性愛関係が始まっている」と指摘している。この色好みというのは「自然性に根ざした」性愛関係であったが、服藤は「自然性に根ざした」色好みは、「儒教や仏教イデオロギーでは否定され」(38)たという。

服藤は十一世紀中頃については『雲州消息』などの記事から、「色好みを否定された男性貴族たちは、公的世界における自身の地位や血統を保つために、子供を生む妻には、色好みを否定する」(39)ようになったという。

ただし服藤は『源氏物語』の書かれた十一世紀初めの状況については言及していないが、十一世紀中頃よりは女性もまだ性的に自由であったようだ。紫式部の宮仕えの時の同僚のなかにも夫以外の男性と交際していた女房たちがいたからだ。『栄花物語』の作者だとされる赤染衛門も、夫から他の男性たちと性的関係を持たないように懇願されても、無視し、数人の男性と性的関係を持っている(40)。同じく紫式部の同僚であった和泉式部も恋多き女房として知られていて、夫と疎遠な時期に、二人の親王と次々に恋愛している。これは女性が夫以外の男性と性的関係を持つことを犯罪だとする思想や、それを法的に処罰する制度が、この時代にはなかったことを物語っている。

もっとも十世紀には、他人の妻と性的関係を持った男にたいし「みそか男」(41)という呼び方ができている。「みそか」というのは、「密かに」通うという意味で、「みそか男」という言葉ができたのは、妻と姦通する男を排斥しようとする社会的風潮が生じてきたことを物語るものであろう。

とはいえ、服藤が言及しているような、夫が妻の婚外の性的関係を罰するために離婚したり、密夫の殺害が起きるのは、一〇二九年である。紫式部が『源氏物語』を書いたのは、周知のように、その二十年くらい前である。式部が死亡したのも一〇一六年頃だと推定されている。したがって、式部は既婚女性の異性関係が処罰される時代が到来する前に亡くなっているわけである。

4　『源氏物語』に表明された姦通観

『源氏物語』の三つの姦通——罪の意識の欠如

女性史研究家の西村汎子は、「『源氏物語』における婚姻・家族関係と女性の地位」のなかで、『源氏物語』に描かれていることを箇条書きにまとめた項の（9）で、こう指摘している。この作品では、「男性の性的自由に反し、妻の重婚・姦通行為は不道徳とされ、姦夫姦婦共に本夫ないし世間からの非難を受け、また自責の思いから死に至ることもあった。しかし、戦国法の時代のように死罪に処するほどの罪とは考えられていなかったから、本夫が姦夫を殺害した時は本夫も罰せられることがあった」(42) と描かれているという。

結論から先にいえば、『源氏物語』には三つの姦通、つまり源氏と藤壷、柏木と女三宮、源氏と空蝉の姦通が描かれているが、しかしそこには西村の指摘とはかなり異なることが書かれている。

紫式部は、すでに指摘したように、源氏と藤壷の姦通は聖なる姦通だと示唆し、男児を誕生させ、その子を皇位につけ、賢帝として描き、当時の父子一系の世襲制天皇制を批判し、同時に摂関家が皇位継承を自家の利益のために私物化していることも批判した。

紫式部が姦通をそのように肯定的に描いたのは、帝王の妃との性的関係も法的な処罰の対象ではなかったことを知っていたからであろう。「若菜」巻の下で、柏木の女三の宮への手紙を発見した源氏にも、次のようにいわせている。これは重要なので、長いが現代語訳も記しておく。

帝の御妻をもあやまつたぐひ、昔もありけれど、それは、また、いふ方異なり、宮仕といひて、我も人も同じ君に馴れ仕うまつるほどに、おのづからさるべき方につけても心をかはしめ、ものの紛れ多かりぬべきわざなり、女御、更衣といへど、とある筋かかる方につけてかたほなる人もあり、心ばせかならず重からぬうちまじりて、思はずなることもあれど、おぼろけの定かなる過ち見えぬほどは、さてもまじらふやうもあらむに、ふとしもあらはならぬ紛れありぬべし（「若菜」二〇二―二〇三頁）。

〔なるほど帝のお后と過ちを犯す例も昔はあったけれど、それはそれなりにまた話が別というもので、宮仕えということで男も女も同じ主君に親しくお仕えしているうちに、どうかすると何かそうした事情もあって思いを交すようになり、なんぞ間違いもいろいろと起りうるというものだろう。女御や更衣といった高い身分の人であっても、あれやこれやと何かの点でこれはどうかと困る人もいないわけではなく、思慮の必ずしも深いとはいえぬ人もなかにはあって、思いがけない失態をしでかすことがあっても、格別の不始末であることがはっきり人目につかない間は、そのまま宮仕えを続けていくことにもなろうから、そうすぐにはそのまちがいも表沙汰にはならずすんでしまうことにもなるのだろう（三五九頁）。」

父帝の后と姦通した源氏のセリフとしては不自然だが、この発言は、姦通した帝の后は、露顕すれば宮仕えをやめざるをえないことがあるが、露顕しても表沙汰にならない場合もあるといっているわけである。これは当時も后との姦通が犯罪とは考えられていず、法的処罰などもなかったことを示す発言であろう。

先に私は、「賢木」における源氏と朧月夜の密通を描いた挿話は『伊勢物語』に典拠があるようだと指摘したが、『伊勢物語』でも業平は二条の后との密通では処罰されていず、彼女が兄たちによって、倉に閉じ込められたので、業平は会えなくなったとある。后の兄たちは、自分たちの利益が害されるので、后が業平に会えなくしたのだろうが、それは私的な行為であり、公的な処罰ではない。帝が処罰するのは、伊勢の斎宮との密通が露顕した時だけである。天皇が斎宮との密通を罰したのは、二章で言及したように、天武朝以来斎宮は「王権にとって、いわば祖神であり守護神でもあるアマテラスに対する『感謝の供犠』の贄」でもあり、王権にとって最も重要な聖なる女性を犯したからだ。しかし后は世俗的存在なので、罰しなかったのであろう。

いずれにしろ源氏のセリフは、父帝の妃藤壷との姦通に、源氏が罪悪感を持っていないことも、同時に明らかにしている。源氏の特徴は、二章で指摘したように、父帝への罪悪感の欠如である。もっとも源氏も、桐壺帝が若宮を源氏に見せる場面では、罪悪感を覚えるが、それは一時的であって、桐壺帝が亡くなると、罪悪感を覚えることなく、さっそく藤壷のところへ出掛けている。

一方藤壷も、懐妊してから初めて夫の帝にたいして罪の意識を持つようになるが、それ以前は、夫への罪悪感はない。しかも藤壷が源氏との秘密が露顕するのを恐れるのは、若宮が皇位につけなくなるからであり、藤壷が出家するのも、弘徽殿側から子供を守り、皇位につけるためである。つまり藤壷は夫への贖罪のために出家するのではないが、注目したいのは、次の箇所である。

人知れずあやふくゆゆしう思ひ聞こえさせたまふこととしあれば、我にその罪を軽めてゆるしたまへと仏を念じきこえたまふに、よろづを慰めたまふ(「賢木」一九一頁)。

〔人知れず不安で恐ろしいことをご懸念申しあげなさる、例の件があるので、「この私に免じて東宮の罪障を軽くしてお許しくださいまし」、と仏を祈念申しあげなさることによって、すべてのお悩みを慰めていらっしゃる（三三五頁）。」

服藤は十世紀に性愛の自由を否とする儒教や仏教の影響が強くなったと指摘したが、この藤壷の祈りからは、仏教が姦通を罪とし、その罪は不義の子にまで及ぶというイデオロギーを説いていたことがわかる。しかし、それは魂のレベルでの罪であって、法律上の罪ではない。だから藤壷は仏に許しを乞うことで、気が楽になるのである。注目すべきは、この時点でも、藤壷には夫桐壺帝にたいする罪の意識はないことである。

また源氏も、冷泉帝に後継者がいないのは自分たちの姦通の報いが出たのではないかと考えるわけで、藤壷と同じように仏教的なイデオロギーに影響されていることがわかる。

言い換えれば、藤壷と源氏の造型からは、姦通は、仏の教えに叛くので罪だが、夫にたいしては罪ではない、という道徳観が浮かび上がってくる。これは後世の姦通罪の観点とは、大きく異なっている。しかも源氏は藤壷との姦通で得た息子冷泉帝によって、准太上天皇の地位を得るわけであり、姦通の結果栄華を手にしている。だから西村の指摘した姦通観とは、違ったストーリーがそこにある。

柏木の方は、たしかに西村が指摘したように、姦通の後、死んでしまう。しかし「不道徳」を働いたという自責の念から死ぬのではない。柏木は大それたことをしてしまったと後悔はする。だが作者が焦点をあてているのは、三章で分析したように、柏木が権力者である源氏の私的報復行為を恐れている姿なのである。そして源氏は実際にも自分が姦通によって栄華を得たことを忘れて、客のいる席で柏木をいびるわけで、作者は源氏個人の性格的な欠陥を浮き彫りにしている。また作者は柏木と女三宮の性格的な弱さなども、柏木の死の一因である、としている。

そして柏木の罪の意識も、両親に先立って死ぬ不幸を「罪重かる」(「柏木」十一頁)と思っているとある。つまり柏木は、姦通よりは父母より早く死ぬことの方が、罪としては重いと考えているわけである。言うまでもなかろうが、柏木をそのように造形したのは、作者である。

西村はまた、柏木は世間にも非難されるといっているが、しかし第三者である源氏の息子の夕霧は、柏木の行為を一度も批判せず、父に同情するよりも、むしろ柏木擁護の立場をとっている。したがって、ここでも西村説は受け入れがたいのである。

もうひとつ忘れてならないのは、作者が柏木をさまざまな形で美化し、万人が柏木の死を悼むとしただけでなく、源氏にも哀惜の情を語らせていることだ。明らかにこれは、多妻が当然な社会にあって、女三宮唯一人を愛して死んだ柏木の美しいイメージが、いつまでも読者の心に残るようにするための工夫であって、柏木には罪のイメージはまったくない。その結果、柏木は「人々の心につねによみがえる一つの理想像となった」(43)のである。

では作者は、女三宮の場合はどう描いているのだろうか。

女三宮も、口うるさい源氏を恐れてはいるが、姦通が不道徳だとも罪だとも思っていず、柏木が通ってくる間は会い続ける。そして柏木から死期が近いという手紙を貰うと、「後れべうやは」と書きおくり、柏木が死ねば、自分も死ぬと明言した。

もっとも女三宮は、源氏が子供に冷たいのを見ると、死にたいという気持を失くし、子供の面倒を見るために、出家して、源氏と夫婦の縁を切ってしまう。女三宮は、柏木に「後れべうやは」と書き送った時から、源氏の妻でいる気は毛頭なかった。だから、出家した後、源氏が好色心をだして、夫婦のよりを戻したいと近づいても、拒絶するわけで、女三宮は、姦通によって強くなっている。そう描いているのは、もちろん作者である。

しかも宇治十帖では、女三宮は年齢より若々しく、薫から見ても頼りないところはあるけれども、姦通で得た母親思いの息子がいるし、息子の縁で集まってくる若い公達たちにも慕われて、夫に支配されない気楽な人生を送っている。もし女三宮が柏木と姦通せず、源氏と暮らしていれば、紫上のように子供のいない淋しい人生となったことは確実であった。

つまり作者は、柏木との姦通によって、女三宮は源氏とのみじめな一夫多妻婚から抜け出る契機を得ると同時に息子も得たとし、さらに出家することによって、女三宮は犠牲者ではない生活を手に入れることができた、と告げているのである。言い換えれば、柏木と姦通して一番得したのは、女三宮である。

一方源氏は、女三宮の姦通と出家によって、惨めな晩年を送ることを強いられている。源氏は、自身は不義の息子によって栄華を手にしながら、柏木をいびって死に追いやり、結局彼の息子を自分の子として育てねばならないし、女三宮と赤ん坊に冷たくした結果、女三宮には夫婦の縁を切られてしまう。

しかも源氏は、女三宮を正妻として得るために、紫上を犠牲にするという非情なことをしたので、紫上は病に倒れ、看護のかいなく、先立たれしまい、結局源氏は一人淋しく死んでいくことになる。

さらに成長した薫は、源氏の栄華の継承者となり、父から息子への血の繋がりにもとづく家父長制を攪乱する存在となっている。すでに指摘したように、それが柏木と女三宮の姦通から男児が生まれることの政治性なわけである。

もっとも薫は権力を手にすることによって、他の男性たちと同じような傲慢さや女性にたいする否定的な態度も身につけて行く。それはこの論文の範囲外の事柄だが、そこにも作者のリアルな目がある。

では「帚木」の巻に描かれた源氏と空蝉の姦通はどうか。

源氏には、やはりこの時も他人の妻との性的関係が不道徳な行為だという意識はない。そう描いているのは作者である。一方空蝉の方は、最初は年老いた夫に気の毒だと思いはするが、それも束の間で、空蝉は自分の身分が低いことを馬鹿にして、源氏は自分をものにしようとしているのではないかと、苦しみ、また結婚前ならよかったのにという気持ちも強まってくるというふうに描き、作者は、空蝉の屈折した心理に焦点をあてている。

それ以後、空蝉は源氏と逢うことを拒絶するが、それは夫への罪の意識や世間から不道徳というそしりを受けることを恐れているからではなかった。源氏に惹かれてはいたが、身分の低い年老いた夫の妻という身分のままで、源氏の一時のなぐさみものになることを厭ったからである。だから夫の死後、資産もなく身寄りもなくなった空蝉は、自分に野心のある義理の息子をさけて、源氏の庇護を選び、二条院で暮らすのである。したがって、これも姦通によって罰される話ではない。それのみか、二章で指摘したように、空蝉の年老いた伊予の守の見窄らしく、滑稽な姿も描かれており、三つの姦通のうち、娘のような若い妻を持つ男性たちにたいする揶揄が、もっともはっきりしている挿話である。

このように紫式部は、西村の指摘に反して、三つの姦通を当時の家父長的な社会を批判する手段として用いていており、姦通を不道徳な行為だとは描いていない。

罪悪感という点についても、源氏だけではなく、女性たちも夫にたいして罪悪感があまりないのが特徴である。藤壷は懐妊した時や、子供が生まれた時には、たしかに夫の桐壺帝にたいして罪悪感を覚える。しかし我々は、そこだけに焦点をあてるのではなく、作者が当時の家父長的な父子一系の天皇制や官職の父子継承などを批判するために、姦通したカップルを擁護し、男児を誕生させていることにも注目する必要があろう。

『源氏物語』に見る女性の貞操

紫式部が、姦通した藤壷、女三宮、空蝉には、夫にたいする罪悪感があまりないと描いたのは、周囲にそういう女性たちがいたからではないだろうか。

式部が宣孝と結婚中に、恋人がいたという情報はないが、宮仕えした時、道長と関係があったといわれている。宣孝はすでに死亡していたので、関係があったとしても、姦通ではないわけでだが、式部の周りには、和泉式部や赤染衛門など、結婚していても、他の男性たちと性愛関係がある女房たちが多かった。

式部は女房たちのなかでも、赤染衛門が好きだったようだが、赤染衛門は、すでに指摘したように、夫の大江匡衡から、他の男性と交際しないように懇願されても無視し、何人もの男性たちと付合っていた。匡衡の最大のライバルは従兄弟の大江為基であったが、赤染衛門は為基と十年近くも付合っており、この三角関係は、為基が出家したので、やっと決着がつき、赤染衛門はそのあと匡衡との間に次女を生み、匡衡と同居し始めたようだ(44)。それでも赤染衛門は、社会的に制裁も、非難もされてはいない。式部が、藤壷や女三宮、空蝉には夫にたいする罪悪感がないと描いたのは、そういう女性たちを見ていたからであろう。

ここでもうひとつ注目したいのは、式部は『源氏物語』のなかで、女性たちが夫にたいして罪悪感がないと描くと同時に、男性たちには妻の貞操を自分の所有物とする意識がないことを明らかにしていることである。

トノムラ・ヒトミは、十二世紀に成立した『今昔物語』の男女関係を分析して、「女性は幾人かの性行為の相手がいても、『夫』と称する男は一人に限られている」が、「多くの女の性関係は一人の男に限られず、男達は相手である女の体に排他的な権利を主張する様子もない」(45)と指摘している。他の歴史家も、十二世紀頃には、トノムラが指摘しているような現象がまだあったことを明らかにしており、それは当時の社会には双系制的な要素が残っていたからだろう。

実は『今昔物語』より一世紀近く前に書かれた『源氏物語』にも、「男達は相手である女の体に排他的な権利を主張する様子もない」という状況が描かれているのである。

まず注目したいのは、源氏の「帝の御妻をもあやまつたぐひ、昔もありけれど、それは、また、いふ方異なり、宮仕といひて、我も人も同じ君に馴れ仕うまつるほどに、おのづからさるべき方につけても心をかはしめ、ものの紛れ多かりぬべきわざなり」（「若菜」二〇二―二〇三頁）というセリフである。これは后の貞操観もゆるやかで、帝の側も自分の妻の体に排他的な所有権があるとは考えていないことを示唆している。

そしてこのセリフから、源氏が父帝の妃藤壷と姦通したのも、藤壷は父帝を愛してはいないと知っていただけではなく、父帝は藤壷の「体に排他的な権利をもって」いると思っていなかったからだと、わかってくる。源氏は、二章で指摘したように、父帝が里へさがった藤壷の健康を心配しているのを見て気の毒だと思う一方で、さっそく藤壷に会いに行くというように、藤壷と性的関係を持つことにまったく罪悪感ない。それは父帝が藤壷にたいして排他的所有権を持つとは思っていないからだということがわかるように描かれている。

源氏の行動でもうひとつ興味深いのは、息子の夕霧が、紫上や、新しく正妻となった女三宮と姦通しないように見張っていて、二人に会わせないことである。これも源氏が妻の体にたいして、自分が排他的な所有権を持っているとは考えていないことを明らかにしている。

一方夕霧は、「野分」の巻で、嵐のために御簾が取り払われていたので、紫上を見てしまい、たちまち恋をし、以来紫上に憧れ続ける。「若菜」の巻でも、夕霧の紫上への恋は、柏木の女三宮への恋と平行して描かれ、柏木は女三宮を愛しているので、夕霧が紫上を愛しているのがわかるという。もっとも真面目人間の夕霧は、柏木と違って、紫上への想いを実行には移さないが、源氏は紫上が亡くなって初めて、夕霧に紫上の死顔を見ることを許す。つまり源氏は、夕霧が紫上と姦通する危険がなくなったので、やっと警戒をとくわけである。

このような父と息子の関係は、婚姻によって、夫は妻の体を排他的に所有しているという観念が欠如していること、また正妻の体は、義理の息子にたいしても開かれていたことを示している。簡略にいえば、男性にも妻の貞操は自分のものだという観念が生まれていないので、息子は父親の妻と姦通しようと思えば、できたということがわかる。その良い例が、源氏と藤壷だが、注目すべきなのは、真面目人間の夕霧も、父親の妻に欲望を抱くことに罪悪感がないと描かれていることである。

一方柏木は、自分の欲望を実行に移し、源氏の正妻女三宮と姦通するわけであるが、興味深いのは、源氏は怒りはするが、女三宮の「体に排他的な権利を主張する様子」がないことである。源氏の反応はこう描かれている。

「(前略)かくばかりまたなきさまにもてなしなしきこえて、(中略)いつくしくかたじけなきものに思ひはぐくまむ人をおきて、かかることはさらにたぐひあらじ」と爪はじきせられたまふ(「若菜」二〇三頁)。

[「(前略)このようにまたとなくたいせつにお扱い申して、(中略)立派にもったいないお方として丁重にお世話申しているこの自分をさしおいて、こうしたことをしでか

すとは、まったくこんなことは例があるまい」と爪弾きせずにはいらっしゃれない（三五九頁）。」

つまり女三宮への源氏の怒りは、こんなに大切にしているのに、裏切るとは酷いというものであり、所有権を犯されたという怒りではない。柏木にたいしても、嫉妬し、怒りはするが、源氏には、家父長制度下の夫が示す妻の貞操を犯されたという所有権にもとづく言説は見当たらない。

さらに紫式部は、宇治十帖の「宿木」でも、夫は妻の「体に排他的な権利」を持たない、と考えている男性たちを描いている。

薫は匂宮の副妻である中君に、まったく罪悪感なしに言い寄るからである。明らかに薫は、中君が匂宮の副妻になっていても、自分は中君を愛し、性的関係を持つことができると思っている。これは源氏が藤壷と姦通した時や、薫の父柏木が女三宮と姦通した時の態度とよく似ている。薫が途中であきらめるのは、中君の懐妊の帯に手が触れたからである。そうでなければ、中君と性的関係を持ったであろうことは、明白である。

一方匂宮は、翌朝中君の体に薫の強い移り香があるのに気がつき、中君に向かって、このようなこと、つまり姦通は、身分の低い者の間ではよくあることだが、中君が同じことをしたのは残念だという。この匂宮の言説にも、中君の体にたいする排他的な所有意識はない。むろん中君は正妻ではないが、匂宮の正妻に男児が生まれなければ、中君の子供は嫡子となる。

江戸時代や明治の初めには、すでに指摘したように、妾も姦通で死罪になったことを考えれば、匂宮の中君にたいする排他的な所有権のなさは明白であろう。匂宮はその後も、中君は薫を愛し続けているのではないかという疑いに苦しむが、しかし薫に会うなとはいわないのである。

とはいえ、匂宮自身も、浮舟と性関係を持った時、薫が先に浮舟と関係を持っていたことを知っても、薫が浮舟の体に排他的な権利を持つとは考えず、浮舟とのアバンチュールを楽しもうとし、浮舟の方も性的な陶酔を与えてくれる匂宮に惹かれていく。薫は浮舟を副妻にしたいと思っているので、浮舟を匂宮から隔てようとするが、やはり浮舟に匂宮と会うなとはいわない。

興味深いのは、紫式部は、浮舟が匂宮との官能的な交わりに身も心も奪われるようになるとし、女性の官能的な欲望にも焦点をあてていることである。式部は浮舟の身分が低いので、女性にも性愛の歓びがあることを描いたのであろうが、その描写から、藤壷と源氏、そして柏木と女三宮にも、官能の歓びがあったので会い続けたのだ、と想像させる設定である。

なお「浮舟」の巻では、侍従の右近が浮舟にたいし、自分の姉が常陸の国で二人の男に逢っていたが、新しい男に少し気持ちが傾いたので、先の男が嫉妬して後の男を殺した、それで先の男は役をとかれてしまったと話す場面がある。西村はすでに指摘したように、これを「本夫が姦夫を殺害した時は本夫も罰せられることがあった」ことを描いたものだとした。しかし右近の姉は、「人二人見はべりし」(「浮舟」六九頁)とあり、二人の男を同時に通わせていたのであって、結婚していたのではない。だから西村がいうように、本夫が姦夫を殺害した話ではない。むしろ右近は、浮舟が薫と匂宮と同時に性関係を持ち、どちらを選ぶか決めかねていることを心配して、警告の意味で姉の話をしたと解釈すべきであろう。

ところで、私は浮舟のケースを姦通のなかに入れなかった。それは彼女が王妃ではないからだけではなく、薫の副妻でもないので、匂宮との関係は、姦通だとはいえないからである。

もっとも浮舟がもしそのまま薫の副妻になっていれば、匂宮を通わせて、姦通するに違いないし、逆に匂宮が浮舟を自分のところへ迎えたなら、薫が浮舟のもとへ通う可能性もあった。しかし浮舟は入水自殺をはかり、未遂に終わった後、出家してしまうので、姦通は起こらないわけだが、浮舟は明らかに二人の男と同時に性愛関係を持つことに罪の意識を抱いている。それは経済的には薫に頼りつつ、官能のうえでは、親切にしてくれる異母姉中君の夫匂宮に溺れているからである。そういう状態にいたら、現在でも罪悪感を覚える女性は多いのではないだろうか。

浮舟は、薫の経済的庇護は欲しいし、官能の喜びを与えてくれる匂宮とも別れられず苦しむが、これは経済力を持たない身分の低い女性の立場の弱さがわかるケースである。

一方中君の方も、薫に経済的に援助を受けていることが、薫にたいする弱みとなっているが、匂宮の子である男児を生むので、薫と姦通することはあり得なくなる。しかし彼女が、薫と姦通しようと思えばできるわけで、妻になっても、女性の体は夫以外の男に向かって開かれていることが明白である。匂宮の方は、中君はすでに薫と性的関係を持っていて、内密に会い続けていると思って、嫉妬しているが、それを口にできないので、苦しんでいる。そういう状況設定も、妻の貞操を所有しているのは夫だという家父長的所有権が確立していないことを明らかにしている。

一般に、『源氏物語』には、一夫多妻制に苦しむ女性たちが描かれているといわれてきた。歴史学者である西村もそのように解釈し、女性の姦通は否定的に描かれているとした。

だが紫式部は、家父長的で一夫多妻の上層貴族社会でも、妻の貞操は夫のものだという考えが、男女共に欠如している状況を描き出しているわけである。しかも身分の高い女性の場合は、必ずおつきの女性が密会の手助けをしており、彼女たちにも、妻である女性が他の男と性愛関係を持つのが悪いという意識がない。

言い換えれば、『源氏物語』は、いつ姦通がおきても不思議ではない社会状況が背後にあることを暗示している作品である。そして作者の紫式部は、赤染衛門たちの行動が示すように、夫以外の男性と性的関係を持つことが、タブーではない社会に住んでいたわけである。もっとも天皇の后についてもそうであったかは確証がないが、しかし式部はこれまで何度も引用したように、源氏の「天皇の御妻」についての言説、そして冷泉帝の述懐によって、天皇の后が姦通して子を生んでも、発見されない限りわからないし、正式な記録にもないが、現実にも后の姦通で生まれた男子が天皇になることはありえただろう、と鋭い見解を表明している。

『源氏物語』でもうひとつ重要なのは、仏教の教えを通して、姦通が罪であり、その罪は生まれた子供にも及ぶという考えが広がっている状況が描かれていることである。言い換えれば、『源氏物語』を読むと、家父長的な宗教である仏教が、家父長制を維持する側に不都合な行動にたいしては、罪という概念を作りあげ、それによって人びとの行動を心理的に制約していく過程が、よくわかる。ただし藤壷の祈りを見れば、まだその時点では祈願すれば罪は薄れると考えられていたことも明らかである。

もっとも仏教の肯定面も描かれていて、苦境に立った女性にとって、出家が自分の生き方を守るのに有効な手段だったことが、藤壷や女三宮の出家を見ればわかる。特に女三宮のように自分の財産を持つ貴族の女性にとっては、出家が、夫と平和裡に別れるのに、手っ取り早くて効果的な方法だったことが明らかにされている。

一方源氏を通しては、仏教の因果応報の思想も表明されている。これは父帝の若い妃藤壷と姦通した源氏が、老境に入ると、今度は正妻女三宮の姦通に苦しむという設定を見ればわかる。しかも源氏は藤壷との姦通で得た息子冷泉帝によって栄華を手にしたにもかかわらず、柏木を衰弱死させるような酷いいびり方をしたり、女三宮も出家に追い込み、紫上もないがしろにした。その結果、一人淋しい晩年を送ることになり、薫も自分の子として育てねばならないという屈辱的な立場に立たされる。これは自業自得だともいえるが、藤壷との姦通で一番得した源氏が、柏木と女三宮の姦通では一番痛手をうけるのは、作者が因果応報の思想にもとづいて二つの姦通事件を描いていることを物語っている。

「色好み」の源氏は美しい女性たちを次々に得、藤壷との息子冷泉帝によって准太上天皇の位も得て、栄華の絶頂にあったが、娘のように若い皇女、女三宮を得たいという欲望に勝てなかったために、惨めな晩年をおくらねばならないわけである。『源氏物語』は、このように娘のような若い女性と結婚したがる「色好み」の男性に手厳しい物語でもあり、因果応報の考えが男性批判に用いられていることは、紫式部が仏教にたいしても懐疑的な見解を持っていたことを明らかにしている。

第5章

『源氏物語』は奇蹟か？

1　姦通文学と検閲

『源氏物語』を英訳したE・G・サイデンステッカーは、「そもそも『源氏物語』があらわれたということそのこと自体が奇蹟である」(1)という。

たしかに『源氏物語』は、十一世紀という早い時期に書かれたとは思えないほど素晴らしい作品であり、心理描写の見事さは二十世紀の心理小説の傑作にも劣らない。しかし私は「奇蹟」と呼ぶことはさけたい。「奇蹟」といえば、あたかも作品も、そして作者も特定の社会的状況とは無関係な真空状態のなかに存在しているかのような印象を与えてしまうからである。

これまで言及してきたように、『源氏物語』という長編の要をなしているのは、源氏と藤壺の姦通、そして柏木と女三宮の姦通であるが、実は妻の姦通を描いた作品は、バーバラ・レッキーが『文化と姦通』で指摘したように、（家父長的）政治権力の検閲の対象となりやすかった。レッキーはまた、姦通文学は文化的な規制を受けることも多く、時には文芸批評家や出版界、そして道徳家たちによって検閲を受けたり、姦通文学の創作自体も抑制されることもあったと指摘している(2)。

レッキーの研究対象は英国であるが、英国では姦通罪はなかった。しかし十九世紀の英国では、他の国と違って姦通小説は描かれなかった。レッキーは、新聞を含めたメディアを調べた結果、姦通小説が描かれなかったのは、批評家や出版界などが、姦通小説は小説の主な読者である未婚の女性や、若い既婚の女性たちには害があり過ぎると考えて、作家たちが姦通小説を書くことを抑制したからだという。それは彼女たちが姦通を犯すという誘惑を感じないようにするための予防策であった、とレッキーは結論づけている。つまり十九世紀の英国では、家父長的な家族制度を守ろうとする批評家や出版界の圧力のために、作家たちは姦通をテーマにした小説は書けなかったわけである。

このような英国の例は、姦通をテーマとした作品を考慮する際には、政治的、文化的抑圧という問題を無視して論じることはできないことを示している。

紫式部が『源氏物語』を書いたのは、言及したように、双系制が残っていた時代で、和泉式部や赤染衛門など、夫以外の男性とも性的な関係を持っていた女性たちが、中宮彰子のもとに出仕していた。彼女たちの出仕を要請したのは、彰子の父道長であった。つまり時の権力者も、女性の婚外関係にまだ寛容だった時代なのである。だからこそ式部は、柏木と女三宮の姦通だけでなく、王権侵犯でもある源氏と藤壷の姦通も書けたわけである。

しかし式部が別な時代に生きていたなら、『源氏物語』のような作品は書けなかったであろう。

姦通文学への抑圧・鎌倉期以後

紫式部が鎌倉時代に生きていたなら、『源氏物語』を公表することは、困難であったはずだ。鎌倉時代には、紫式部は狂言綺語を弄し不道徳な話を書いた罪で、地獄に落ちたと考えられ、寺院で源氏供養までおこなわれるようになっていたからである(3)。これは姦通を嫌う儒教や仏教の思想の影響が、紫式部が『源氏物語』を書いた時代より、一層強まってきていることを示している。また鎌倉時代には、指摘したように、一〇二九年頃始まったといわれる夫による妻の姦通相手の殺害も、慣習化していた。そういう社会では、姦通を描くことは地獄に落ちるべき行為だと受け取られたのだろう。

むろん貴族社会では、『源氏物語』は愛読され続け、そのために現在まで生き残り続けたことは、たしかである。鎌倉時代の初めに俊成卿女によって書かれたといわれている『無名草子』という物語評論の書にも、「源氏物語の創作は人間わざとは考えられない。仏の祈請の効によって書かれたのだろう」(4)という主旨の評がある。とはいえ『無名草子』には、鎌倉時代には物を書く女性にたいする風当りが強く、女性作家零落説話が流布していたことも明らかにされている。

このような社会的、文化的制約を考えるなら、紫式部のような文学的才能を持った女性が鎌倉時代にいたとしても、『源氏物語』のような姦通をテーマとした作品は書けなかったといっても過言ではなかろう。

かわりにもてはやされたのは、支配者となった武士の関心を反映した『平家物語』、『平治物語』、『保元物語』などの軍記物であった。

戦国時代になると、目ぼしい文学作品は生まれていず、文芸活動の困難な時期であったことがわかる。しかも密懐法の条文ができ、夫は姦通現場を見つけた時は、妻の姦通相手だけでなく、妻も殺害することに決められた。そのような時代には、『源氏物語』のような姦通文学を書くことは、不可能であったはずだ。

江戸時代にも、戦国時代の法を受け継ぎ、姦通は死罪であり、「妻敵討」なども許されていたわけである。しかも姦通を描いた作品は、幕府に危険視されていたので、幕府を刺激しないように書かねばならなかった。だから井原西鶴は『好色五人女』のなかで、樽屋の妻おさんと手代の茂右衛門の不義密通を描いたが、最後には捕らえられて処刑される場面を描き、不義密通が死罪であることを強調した。これは現実に処刑された男女の話であったが、発禁を逃れるためには、やはり処刑される場面を入れる必要があった。近松門左衛門も同じ話を『大経師昔暦』で描いているが、近松は、二人は愛し合っていなかったと書き換えただけでなく、二人に儒教的倫理にもとづく模範的行動をとらせ、それが認められて処刑を免れたとし、当時支配的であった儒教的倫理を宣伝するような作品を描いている。また『鑓の権三重帷子』では、意図せず不義密通を犯してしまったおさいと笹の権三が、やはり儒教的倫理にしたがって行動するが、彼らはおさいの夫市之進に討たれて死ぬとした。このような二人の作品を見れば、幕府の倫理や価値観に迎合しない限り、姦通は描けなかったことがわかる。

ただし『源氏物語』は、江戸時代の初期、つまり一六〇〇年から一六五〇年位には、天皇家や徳川家によって、『源氏物語色紙絵』という形の美しい絵本に仕立て上げられてもてはやされた。高価な源氏調度というものも花嫁道具として大量につくられるようになった。また『源氏物語』は、そのように装飾品的に受容されるだけではなく、江戸時代を通じて、十数回も木刷りで出版されており、写本の時代より、広い読書層を獲得している(5)。その背景には、天皇家の支援があったが、天皇家が『源氏物語』を宣伝したのは、過去の文化的遺産を自己のものとして示すことで、政治的影響力を取り戻そうという野心があったからだと考えられている。

儒学者たちはそのような『源氏物語』流行の風潮に反発して、『源氏物語』は姦淫の書だと厳しく非難した(6)。本居宣長が『源氏物語』の主題は「もののあはれ」だと主張したのも、ひとつには儒学者たちの手厳しい批判をしりぞけるためであった。このような状況は、もし紫式部が江戸時代に『源氏物語』を書こうとしたなら、必ずや儒学者たちの総攻撃を受けたであろうし、幕府の検閲の対象にもなったはずだということを告げている。『源氏物語』の流行を可能にしたのは、それが過去の物語だったからに他ならない。

江戸時代には、もうひとつ障害があった。門玲子の『江戸女流文学の発見』によれば、江戸時代には裕福な家庭では、娘への教育に熱心な父親が増え、書斎を作ったり、学者文人たちの交流の場につれていったりして、娘の才能をのばすことに尽力するようになったので、女性たちは、「伝統的な和歌、日記、紀行、物語のほかに、戦記物、漢詩、随筆、連歌、俳諧、狂歌とあらゆる分野」(7)に挑戦するようになるが、しかし彼女たちの作品は、世に知られることはなかったという。門はその理由のひとつとして、「女性は慎ましく謙虚であるように躾けられ、表面に出ないことを善しとされ、著作が刊行されることは滅多に無かったからである」(8)と指摘している。したがって、紫式部が『源氏物語』を書いたとしても、世に問うことなく終わったであろう。

明治時代になると、『源氏物語』は日本が世界に誇ることのできる重要な古典のひとつだと考えられるようになり、知識階級の間でも読まれるようになった。だが二章で指摘したように、昭和の戦時体制下では、政府や国粋主義的な学者たちに『源氏物語』は排斥された。「大日本帝国憲法」第一条「大日本帝国ハ万世一系ノ天皇之ヲ統治ス」、第二条「皇位ハ皇室典範ノ定ムル所ニ依リ皇男子孫之ヲ継承ス」、第三条「天皇ハ神聖ニシテ侵スヘカラス」に疑問を投げかける危険な書とみなされたのである。昭和八年には『源氏物語』の劇場上演も禁止され、十三年に『小学国語読本』に『源氏物語』の一部が登載されることになると、国粋的学者たちは「大不敬の書」として登載に反対した。臣籍降下した光源氏が父帝の皇后と密通したこと、その関係から生まれた冷泉帝が帝位に即くこと、冷泉帝が密事をしり光源氏を太上天皇に准じた待遇をしたのは不敬だという理由からであった。谷崎潤一郎の『源氏物語』の現代語訳からも、それらの箇所を削るよう指示された。

もうひとつ忘れてならないのは、明治十三(一八八〇)年に姦通罪が刑法に組み入れられると同時に、姦通を扱った作品も検閲を受けるようになったことだ。その結果、島崎藤村の『旧主人』(明治三五)はお手伝いの女性の話のなかで、東京から嫁いできた主家の妻が土地の医者と親しくなる経過にふれたので、たちまち発禁となった。

漱石は『それから』では、姦通罪に「人の掟」というぼかした表現をもちいるなどして、主人公代助の親友の妻三千代への愛を苦心して描かねばならず、最後には代助は家族に勘当され、社会からも迫害されるであろうことを暗示し、姦通賛美にならないように気を配っている。また『門』では、姦通で結ばれた宗助とお米が世間の目を気にしながら、ひっそり暮らしている姿を描き、二人の間に生まれた子供が育たないのは、お米の夫安井にたいして、二人がすまないことをしたからだと、易者にいわせている。

漱石の作品には、このように検閲を避けるための妥協もある。しかし代助と三千代の恋愛を「天意には叶ふが、人の掟に背く恋」（十三章）と形容し、姦通罪という「掟」の存在を明らかにし、さらには、その「掟」の上に「天意」をすえることによって、姦通を罪として法化した日本の国家ならびに社会をはっきり批判している。そして『門』では、姦通で結ばれた宗助と御米に至福の愛という恩恵も与えている。そのような漱石の反骨精神は、やはり高く批評されるべきであろう(9)。

一九四七年に姦通罪が廃止されると、検閲もなくなり、以後大岡昇平の『武蔵野夫人』や三島由紀夫の『美徳のよろめき』などが書かれるようになる。

このように鎌倉時代以降、一九四七年までは、いくら才能があっても、『源氏物語』のような姦通を主題にした作品を書いたり、発表したりすることができる社会的環境はなかったのである。これは女性にだけではなく、男性作家にもいえることであった。

西欧における姦通文学の抑圧

姦通をテーマとした作品が書きにくい状況は、日本だけでなく、ヨーロッパにもあった。すでに十三世紀頃には、キリスト教の教会は姦通や「雅びの愛」を歌った文学を厳しく批判しており、それがアーサー王伝説などに反映していることは四章で述べたが、そのような抑圧の存在は、他の作品にも見出せる。

その良い例が、イタリア最高の詩人と言われたダンテ（一二六五〜一三二一）が書いた『神曲』である。『神曲』では、姦通して夫に殺害されたフランチェスカとその相手である夫の弟パオロが、地獄に落ちて苦しんでいる様子が描かれているが、パオロとフランチェスカは実在の人物で、一二七五年にラヴェンナ国王の娘フランチェスカはリミーニ国王の長男ジャンチオットと結婚する。しかしそれは政略結婚で、フランチェスカは結婚の使者にたったジャンチオットの弟パオロと恋に落ち、二人は逢い引きしているところをジャンチオットに殺された。ところがダンテはジャンチオットを罰するのではなく、殺された二人を、モーゼの十戒のひとつである姦淫の罪を犯したために、死後地獄に落ち、罰され続けるとしたのである。そしてフランチェスカはダンテの問いに答えて、自分たちはランスロットとグィネヴィアの物語を読んでいるうちに恋に落ちたという。つまりダンテは、ジャンチオットを免罪し、フランチェスカとパオロを地獄に落としただけではなく、ランスロットとグィネヴィアの物語が二人の姦通をうながす要因だったとして、彼らの愛も同時に断罪しているのである。

なお十五世紀半ばにマロリーによってこれまでの作品も含めて『アーサー王物語』が書かれるわけだが、すでに指摘したように、そこでは十三世紀後半の物語を引き継いで、ランスロットとグィネヴィアの愛は王国を滅亡に導く要因として描かれている。そしてアーサー王の死後、グィネヴィアは尼僧院で、そしてランスロットは僧院でこれまでの罪を懺悔しながら生を終えるというキリスト教的な物語に変えられている。

以後、西欧では十九世紀まで目立った姦通文学は書かれなかった。西欧で最初の心理小説といわれるラファイエット夫人（一六三四〜一六九三）の『クレーヴの奥方』（一六七八）では、クレーヴの奥方はヌムール公を熱愛しながら、夫への忠誠心から夫の死後も、ヌムール公の愛を拒絶し続け、一年の半ばを修道院で、その残りは自宅で過ごし、清らかな一生を送るとされている。つまり姦通を拒み、夫の死後も貞淑に生きようとする女性が主人公として登場してくるのである。そしてロシア文学史最高の詩人といわれるアレクサンドル・プーシキン（一七九九〜一八三七）の名作『エヴゲーニイ・オネーギン』（一八二五〜一八三二）でも、女主人公のタチアーナは、心ではオネーギンを欲しながら、夫を裏切らず、オネーギンの求愛を拒絶する。なおこの作品は一八七九年にチャイコフスキーによってオペラ化されており、タチアーナは、ロシア文学の理想の女性とされている。また一八三六年に書かれたオノレ・ド・バルザック（一七九九〜一八五〇）の『谷間の百合』でも、モルソフ伯爵夫人はフェリックスを愛していながらキリスト教の倫理にしたがって肉欲を無視し、精神的な繋がりのみに生きるが、そのために神経衰弱にかかり、死の直前には神を捨てて、フェリックスと生きる決心をし、フェリックスへの肉欲に苦しんだことを告白した手紙を残して死ぬ。

ジュリアン・ソレルと姦通を犯すレナール夫人を描いたスタンダールの『赤と黒』は、『谷間の百合』より五年前の一八三〇に書かれている。しかし姦通はしなかったけれども、キリスト教の倫理的束縛を否定して死んだモルソフ夫人は、幾世紀にもわたるキリスト教の束縛を否定し、婚外の愛に生きようとする新しい女性たちの到来を示唆していることで、レナール夫人と共に画期的な存在である。

十九世紀になると、姦通する女性たちを主人公とする作品が多数描かれることになる。このような現象についてタナーは、新しく権力者として登場してきたブルジャアジーを描いたブルジョア小説では結婚こそが中心テーマであるが、それをつき崩すものとして姦通小説がさかんに書かれるようになるのだと指摘している(10)。

いうまでもなかろうが、ブルジョア社会で結婚が重視されたのは、彼らが新しく築いた富を守り、それを次世代に継承させるためであった。そのために、フーコーが指摘したように、「承認された性現象の唯一の場は、有用かつ生産的なもの、すなわち両親の寝室」(11)となり、それ以外の性現象は排斥されるようになる。だが男性たちには、娼家という自由の場があった。フーコーは娼家のジェンダー性には注目していないが、娼家に出入りする自由、すなわち性の自由はブルジョア社会でも男性だけにあり、妻たちの性を管理するためには姦通罪があった。

タナーは、そのような二重性のために、姦通文学では法を維持しようとする厳格さと「姦通という違反行為に走ったものに対する理解にあふれる同情」が必要だったといい、偉大な姦通小説は「法と同情のあいだ」の「均衡」(12)がとれているという。

法を維持する厳格さの具体例としては、すでに指摘したように、姦通小説では、家父長制を脅かすことの少ない女児しか誕生せず、また姦通を犯した女主人公たちが死んでしまうことがあげられる。死なないのは『緋文学』のヘスタだけであるが、ヘスタは社会から疎外されて生きねばならなかった。このように女主人公たちが罰せられる設定は、姦通小説が社会に受け入れられるようにするための設定であったといえよう。

最後に、読者による姦通小説にたいする攻撃と抑圧の例として、フローベルの『ボヴァリー夫人』の発禁事件をあげておきたい。

フローベルは、法と折りあいをつけるために、ロドルフとレオンと二人の男性と姦通したエンマは最後には借金に追いつめられてヒ素をあおいで死ぬ、という手厳しい結末にしたのだが、保守的な人びとにはそれだけでは十分ではなく、『パリ評論』掲載中に風俗紊乱の罪で訴えられたのである。

フランス革命の時は、女性も前の時代より自由であったが、ナポレオンの女性にたいする政策は厳しいものであった。一八〇四年に制定されたナポレオン法典も、すでに指摘したように、女性の姦通に厳しく、姦婦は三ケ月から二年間の懲役刑とされ、夫は別な女性を家に引き入れた時にだけ、罰金を払い、妻にも離婚の権利が認められた。また夫が姦通現場を見つけて、妻と相手を殺害しても、罪とはならにという条文や、姦通相手とは結婚できないとか、子供は夫のものとする法律もあった。そのような法的状況を反映して、保守的な女性観が支配的となっていたのである。

フローベルの作品にたいし訴訟を起こした人物も、フローベルの作品は家制度にたいする冒涜であり、エンマをキリスト教の立場から断罪する人物も作中にいず、逢い引きの場面が猥褻でフランス社会を汚染するなどと主張(13)。フローベルは弁護士をたてて裁判を戦い、一八五七年二月七日に無罪となり、「ボヴァリー夫人」は猥褻な小説ではなく、純文学だということがやっと認められたのである。

英国では、この時、すなわちフローベルの作品の発禁事件が起きた時、フランスと違って姦通小説がないことに安堵する者が多く、「我々は我が国の作家たちが道徳的であるように金を支払い、事実作家たちは道徳的である」(14)と書いたジャーナリストもいた、とレッキーは指摘している。

以上のように、日本でも、西欧でも、姦通文学にたいしては、さまざまな政治的、社会的、文化的制約があった。むろんそれは、妻の姦通にたいする法的な処罰という問題と深く結びついていた。それゆえいくら文学的才能に恵まれていても、姦通を主題とした作品を書くことは、ほとんどの時代で、不可能に近いか、妥協を強いられた。これは『源氏物語』を考える場合、やはり念頭にしておかねばならないと思うのである。

2 宮廷文化と王妃との愛

歴史的に見ると、王妃との姦通を描いた文学がもてはやされた社会が二つあった。紫式部が『源氏物語』を発表した天皇の宮廷を中心とする平安貴族社会と、十二、三世紀の中世ヨーロッパの国王の宮廷や封建領主の宮廷を中心とした社会であったが、この二つの社会には、他にも似たところがいくつか見出せるのである。

ひとつは、女性の地位が比較的に高く、また財産権があり、女性の貞操についての観念も、後世とは違っていたことである。

『源氏物語』は、貴族の女性たちだけでなく、一条天皇にも愛され、道長をふくむ上層貴族の男性たちにも歓迎されて、今でいえば、ベストセラーのような扱いをうけたわけである。

このように王権侵犯である源氏と藤壷の姦通の物語が歓迎されたことは、天皇を含めた支配者階級の男性たちも、女性の貞操について後世とは異なる考えを持っていたことを示している。事実『源氏物語』のなかには、四章で指摘したように、妻の貞操は夫の所有であり、妻の貞操を管理するのも夫だという考えを持つ男性は登場してこないのである。天皇の妃についても、源氏のセリフなどから判断すれば、他の男性と性的関係を持つことがあったが、露顕しなければスキャンダルにもならずにすんだようだ。これは紫式部が『源氏物語』を発表した時、平安貴族社会はまだ双系制社会であったため、女性も財産権を持っており、女性の貞操にたいする締めつけも緩やかであったからであろう。

一方中世ヨーロッパでも、十一世紀以降は、女性の地位が向上してきていた。妻たちは相変わらず夫の後見のもとにあったが、しかしすでに指摘したように、「土地所有者が男系相続人なしに死亡した場合には娘が相続する、また、遺児たる娘が幼年ならば未亡人が名代として遺産を管理する」ことができるようになり、「女性の封土習得が最初におこなわれた地方」が、南フランスと中部フランスであった。そしてまずその地方で、夫のある高貴な身分の貴婦人を崇拝する未婚の騎士の愛を唱った宮廷風の「雅びの愛」の叙情詩が生まれたわけである。

また一章でふれたように十一世紀末に「雅びの愛」の叙情詩が出現するまでは、ヨーロッパでは男女の間の愛は重視されていなかった。そのため文学のトピックとしてもあまり取り上げられず、十世紀に書かれた「武勲詩」などでは、女性は戦利品と扱われたりした。そういうことは現実にもあった。だからアラブの恋愛詩に影響を受けた夫のある貴婦人にたいする崇拝の念を中心とした未婚の騎士の愛を唱う「雅びの愛」の叙情詩の誕生は、画期的な出来事だった。そして「雅びの愛」の理念は、騎士道精神とも深く結びついていたので、領主や貴族の男性たちにも人気があったわけである。

これも一章で言及したように、当時の貴族や封建諸侯は優れた騎士を多数確保しておく必要があったので、彼らの宮廷や城には、独身の騎士や騎士になる訓練を受けている若者たちが大勢いたが、若者たちを教育し、世話をするのは、奥方であった。だからトゥルバドゥールの歌う「雅びの愛」の、「若い騎士が主君の奥方など自分より身分の上の女性を〈意中の奥方〉と決め、その礼讃を通してその奥方にふさわしい騎士になるよう自己完成をめざし、冒険に挑み、試練に耐え、刻苦勉励するという」物語は、姦通を奨励してはいるが、若い騎士たちを教育するのに有効だったわけである。当時は、封建領主たちの結婚は、愛情ではなく利害関係にもとづいた政略結婚だったので、夫たちは若者たちを良い騎士に仕上げ、彼らの忠誠を得られれば、妻の姦通も容認できたようだ。

平安時代の男女関係は、女性に大変不利だったとよくいわれる。しかし西欧でも女性に厳しい状況があったのである。そのなかで、女性の財産権獲得などが、女性の地位を高め、また「雅びの愛」の理念が広まることで、騎士たちは女性を戦利品と見るような女性蔑視を改め、礼節を持って行動することを学ぶようになったわけである。これは女性にとっては歓迎すべきことだったに違いない。だから、「雅びの愛」の叙情詩や物語の創作や伝搬を支援したのが、貴族の女性たちであったというのも納得できるが、もっとも貢献度が大きかったのは、最初の吟遊詩人ギヨーム九世の孫であったアリエノール・アキテーヌであった。

アリエノールは吟遊詩人や学僧などが多数集まっていた文化の香り高い祖父の宮廷や、それを継承した父の宮廷で育った結果、高い教養を身につけていた。そこでアリエノールはルイ七世と結婚すると、彼らの宮廷にヨーロッパ中から吟遊詩人や学僧が訪れるように奨励した。それを契機に、「雅びの愛」の叙情詩も王の宮廷のある北仏へも広まっていった。アリエノールは政治力もあり、ルイと共に十字軍にも参加するが、ルイへの不満がつのり、二十八歳の時、ルイと離婚して、ノルマンディー公アンリ・プランタジュネと結婚する。そこでもアリエノールは文芸を奨励したので、彼らの宮廷には、ウェールズの吟唱詩人（バート）たちも集まってきた。そして、一一五四年、アンリが英国の内戦を終わらせ、また広大な領地を相続していたアリエノールの影響もあって、英国王ヘンリー二世として即位すると、二人はロンドンに移り住み、自分たちの英国統治が上手く行くように、アーサー王伝説を利用した。特にアリエノール王妃は、物語作家を援助し、断片的だったアーサー王伝説を雅びな宮廷風騎士道物語に書き換えるようにした。トマが、原始社会の野蛮さを持っていたトリスタンとイズーの物語を、雅びな物語に書き変えたのも、二人の宮廷においてであった。なおアリエノール王妃は南仏にも居城を持ち、そこでも文芸活動を支援していた。

一方アリエノール王妃とルイ七世の長女でシャンパーニュ伯爵と結婚していたマリも夫の領地を管理したりする一方で、文芸や学問の重要なパトロンとなり、彼女の宮廷では、偉大な物語作家クレティアン・ド・トロアが『ランスロまたは荷馬車の騎士』をはじめ、幾つもの円卓の騎士の物語を、アーサー王伝説に書き加えていった。「雅びの愛」についての『恋愛論』を書いたアンドレ・ル・シャプランなどの学僧も集まっていた。

このようにアリエノール王妃や伯爵夫人マリなどの援助をうけて、宮廷風の「雅びの愛」の叙情詩が書かれ、王妃との愛を語るトリスタンとイズーの物語やアーサー王伝説も雅びな騎士道物語に書き換えられ、ランスロットとグィネヴィア王妃の愛の物語も新しくつけ加えられて、それがヨーロッパ中に広まっていくわけである。

このような中世ヨーロッパの状況は、スケールこそ小さいが、一条天皇の中宮彰子の援助で、紫式部が源氏と藤壷、そして柏木と女三宮の姦通を含む『源氏物語』を完成したこととよく似ている。紫式部は彰子の後宮に出仕する前にかなりな部分を書いていたといわれているが、しかし当時高価だった紙などについては、彰子側の援助があったと見られている。彰子の背後には、むろん父道長の経済的支援があった。紫式部の家系は道長とさまざまな形で結びついていて、父為時は道長の支援で越後守になっており、紫式部を中宮彰子付きの女房にと要請したのも道長だといわれている。そして「源氏物語はとくに中宮のための物語として、寛弘五年秋には式部を中心に大規模な筆写が行われ、道長の声望と財力がものをいった」(15)という。このように『源氏物語』は、一条天皇と中宮彰子を中心とする宮廷文化のなかで、中宮の援助を受けながら完成した文学であり、当時の最高権力者である道長にも支持され、支援されていた。そして中宮彰子の後宮では和泉式部や『栄花物語』の作者の赤染衛門なども活躍していた。

また彰子が入内する前に一条天皇の妃となっていた藤原道隆の娘の定子も、文芸のパトロンとして重要な役割を演じ、彼女のもとには『枕の草子』を書いた清少納言も出仕していた。また有力貴族の伴侶であった女性たちや、斎院なども文学的才能のある女房たちを競って集め、独自の文学的サロンを持っていた。

日本でもヨーロッパでも、このように王の妃が文化的にも政治的にも重要な位置を占め、貴族の女性たちも文学のパトロンとして活躍した時代に、臣下の男性たちの王妃への「雅びの愛」の物語が紡がれ、書かれ、伝播されていったのである。

ただしヨーロッパでは、指摘したように、教会が十三世紀になると姦通を排斥し、「雅びの愛」の文学にも厳しい批判をあびせるようになる。そして十三世紀後半には女性の地位が下降し始め、すでに指摘したように、女性は「不在の夫または精神異常者の夫の代理人となる権利も失い、法的無能力者となっている――実際には、夫を合法的専制君主とする法規の厳格さがしばしば慣習によって和らげられるということはあったが」、という時代になっていた。そしてその頃に、アーサー王伝説には、アーサー王とロス王の妃モルガイセとの呪われた姦通の物語が付け加えられ、ランスロットとグィネヴィアの恋愛も、王国の滅亡の起因になる恋愛だとして否定的に描かれることになる。

一方日本でも、十三世紀から武士社会となり、女性の地位が低くなり始め、仏教や儒教の影響もあって、『源氏物語』は不道徳な書として排斥されるようになっていくわけである。

以上のような状況を考えれば、『源氏物語』やトリスタンとイズーやアーサー王伝説のように、王妃との「雅びの愛」を描いた物語は、家父長的宗教である仏教やキリスト教の影響力がまだそう強くなく、女性の地位が比較的高かった宮廷文化のなかで、開花する機会を与えられた文学であったことがわかってくる。

3　中世ヨーロッパの女性の文学活動と「雅びの愛」

十二、三世紀の中世ヨーロッパの宮廷と平安王朝の宮廷の間には、異なることがひとつあった。それは平安朝の宮廷では、『源氏物語』をはじめとして、すぐれた文学作品を残したのは、女性たちであったのにたいし、ヨーロッパの物語作家は、男性であり、優れた「雅の愛」の叙情詩を残したのも男性だったことである。

そのためか、女性史家のジョルジュ・デュビィは、宮廷風の「雅びの愛」の詩や物語は、「騎士たちのため」、特に「若者たち」の「気晴らしのために考えだされた」(16)と断っている。

しかしトゥルバドゥールのなかには、貴族の女性たちもいた。そして彼女たちの詩は、「雅びの愛」が女性たちにも愛の喜びをもたらしたことや、トリスタンとイズーの物語やランスロットとグィネヴィアの恋愛が、まったくの虚構ではなく、現実にもあった貴婦人たちの夫以外の男性たちとの恋愛を反映していることを示している。そこでいくつか、彼女たちの作品を紹介しておきたい。

女性のトゥルバドゥールのなかでもっとも有名だったのは、ディア伯爵夫人だったといわれている。彼女の個人名は知られていず、作品もあまり残っていないが、「恋人だった騎士のために」(一二〇〇頃)という詩を引用しておく。

恋人だった騎士のために、
わたしはひどい苦悩を味わいました。
わたしがどんなに激しくあの方を愛していたか、
永遠に世の人の知るところとなって欲しいのです。
今わたしは裏切られたことを知りました、
あの人に愛のいとなみを許さなかったばかりに。
それゆえにずっと悲嘆にくれておりました、
床に臥していても、目覚めているときも。

ああ、いつの夜かわたしの愛する騎士を、
裸身となってこの腕に抱きしめたいもの。
この腕を枕としてあげさえしたならば、
あの方は歓喜で有頂天になることでしょう。
フローリスがブランシュフロールを愛していたよりも激しく、
わたしはあの方を愛しています。
わたしの心、わたしの愛、わたしの知恵、

わたしの瞳、わたしの命をあの方に捧げます。
うるわしい恋人よ、魅力あふれるやさしい方よ、
いつの日にあなたをわたしの思うがままにできるのでしょう?
ああ、いつの夜かあなたの傍らに臥して、
愛の接吻をしてあげたいもの。
知ってほしいのです。夫の代わりに
あなたをこの胸に抱きたいとの願いに燃えていることを、
わたしの望むままにしてくださると、
誓ってさえくださるのならば(17)。

ディア伯爵夫人のこの詩には、他の女性トゥルバドゥールの詩と共通するところが幾つかある。ひとつは沓掛良彦が指摘しているように、男性の詩のなかでは貴婦人たちは絶対的な高みにあるが、彼女たちが愛を歌うとなると、「地位が逆転し、ひたすら男の愛を請い、哀願し、さては悲恋の嘆きを歌う詩が生まれた」(18)ことである。それは虚構上のことであったが、現実社会でも女性は男性たちの移り気に苦しむことが多かったことが窺える。しかしディア伯爵夫人の詩には、女性の官能的欲望も肯定的に描かれていることに注目したい。

なかには、次のようなあからさまな感情を自由に表明した詩を書いた女性もいた。

わが両親に呪いあれ
あの嫉妬《やきもちやき》男にわれを与え
あの男の身にわが身を結びつけたれば！
彼奴は　とうてい死にはせぬ！（……）〈ここは訳者が略している〉
されど　ひとつ　げに嬉しきことあり（……）〈ここは訳者が略している〉
わが愛もまた　彼の人の愛をばしりぞけること　なかざりし
わが身ゆだねる　素晴らしき望みこそ　ご覧あれ！
かくなる趣きのもと　われは作す　気高きバラード
われのかくも愛し望み、喜びいさみ　つき従う恋人を
知りたまいし奥方　こぞってこれを歌わんことを！(19)

このように親を呪い、夫への憎悪を表明する詩が生まれたのは、一章で指摘したように、当時の領主や貴族階級の結婚が、親の決めた政略結婚であったことを反映している。平安時代の上流貴族の女性の結婚も政略結婚であり、特に正妻の場合は、女三宮と源氏の結婚のように、父親と婿の間で結婚が取り決められ、女性の意志は無視された。しかし中世ヨーロッパでも、親の利害にもとづいて、貴族女性の

結婚相手が決められ、年長者と結婚させられることも多かった。そのうえ結婚した後も、夫の後見のもとにおかれていて、夫とは対等な関係ではなかった。だから親や夫への憎しみも強かったのであろう。そのような貴族の女性たちにとって、若い騎士たちとの「雅びの愛」が認められたことは、救いであったことがわかる。

実はマリとシャンパーニュ伯爵との結婚も、父親のルイ七世が、マリがまだ八歳の時決めた結婚であった。アリエノール・アキテーヌのルイ七世との結婚も、アリエノールの父が死ぬ前に後見を依頼したルイ六世が決めた政略結婚であり、他の貴族の女性たちの場合もそうであった。だからマリやアリエノールをはじめとする貴族の女性たちは、王妃や高貴な既婚の女性にたいする未婚の騎士たちの「雅びの愛」の物語や叙情詩を創作する吟遊詩人や物語作家を支援したのかもしれない。ただしアリエノール王妃自身は、一章で指摘したように、ルイ七世の妃であった時、アンリと姦通し、結婚しており、「雅びの愛」の実践者でもあった。

もうひとつ注目したいのは、女性のトゥルバドゥールの詩には、ここに引用した詩からもわかるように、恋人によって、夫との関係では経験しなかった官能の喜びを感じている様子が描かれていることである。それを彼女たちの実体験だと考えてしまうのは危険だが、しかし彼女たちの詩は、トリスタンとイズー、そしてランスロットとグィネヴィアの至福の愛の物語に描かれている女性の側の欲望や性愛の喜びが、男性たちの考え出した虚構だとはいいきれないことを明らかにしている。

言い換えれば、女性のトゥルバドゥールの詩は、「雅びの愛」の流行が、彼女たちに、女の側の性的欲望や官能の喜びを語る自由を与えたことを物語っている。伯爵夫人マリがクレティアンに、ランスロットとグィネヴィアの最初の愛の物語である『ランスロまたは荷車の騎士』のアイデアを与え、グィネヴィアの方が愛の行為のイニシャティブをとる物語を書かせたことも、女性史のうえでは大きな意味を持っていたといえよう。以上から、宮廷風の「雅びの愛」の詩や物語は、「若者たち」の「気晴らしのために考えだされた」とは限定しにくいことがわかったのではないだろうか。

ところで、貴族の女性たちが、夫を厭い、恋人との官能の喜びを描いた詩を書いたことで思い出すことがある。それは紫式部が「浮舟」のなかで、浮舟が匂宮との性愛によって官能の喜びに目覚め、先に関係を持った薫との性的関係を厭うようになっていると描いていることである。式部は皇女である藤壺や女三宮についてはそのような叙述はしていないが、しかし浮舟の挿話は、彼女たちも似たような葛藤を体験し、恋人、つまり藤壺の場合は源氏、女三宮は柏木との関係によって官能の喜びを体験し、そのために会い続けたのであろうと、推測できるようになっている。

それが紫式部自身の体験にもとづいて書かれたとは、むろん断言できない。しかし彼女の同僚の和泉式部は、「黒髪のみだれもしらずうちふせばまずかきやりし人ぞこひしき」という官能的な和歌を詠んでおり、和泉式部には為尊親王、そして為尊親王の死後には敦道親王という恋人もいた。それで紫式部は、和泉式部の歌などに刺激されて、浮舟の匂宮との関係を描いたのかもしれない。これはあくまでも推測であり、浮舟が自殺をはかったり、出家することは、和泉式部の人生とは異なっている。しかし紫式部が女性の側の官能の喜びを描いた大胆さは、ジャンルは異なるが、和泉式部と似ている。そしてそれは中世ヨーロッパの貴族女性のトゥルバドゥールたちの大胆さにも似通っており、歴史的資料としても重要ではないかと思う。

とはいえ、文学的観点からすれば、女性のトゥルバドゥールたちの詩は、それほど優れた作品だとはいえない。引用した詩には、訳し方の問題もあると思うが。

アリエノール王妃や伯爵夫人マリの宮廷で、文学的に洗練された詩や物語を書いたのは、やはり男性のトゥルバドゥールや物語作家であった。トリスタンとイズーの物語もアーサー王伝説中の数々の物語も、男性の物語作家によって書かれている。

ひとつの疑問は、伯爵夫人マリは、なぜ自分で『ランスロまたは荷車の騎士』を書かなかったかということである。クレティアンによれば、マリがこの物語のアイデアを与え、どのように描くかも指示したという。クレティアンは最後の部分が気に入らず、別な作家に書かせているので、マリは最初から最後まできっちりしたアイデアを持っていたことが明らかだ。マリは才能もあり豊かな教養も身につけていたので、自分で書こうと思えば、書けたはずである。マリが書かなかったのには、いろいろ理由があるかもしれないが、女性が物語を書くという伝統が確立していなかったことも大きかったのではないかと思われる。

英国の作家、ヴァージニア・ウルフは、『私ひとりの部屋』というエッセイ集で、女性が文学的傑作を書くには、女性の文学的伝統がある程度確立していることが重要だ、傑作は単独でうまれるものではなく、「長い間大勢の人々がともに考えたことの結果」(20)であるからだと指摘し、女性の文学活動を支援するような社会的状況も必要だといっている。

しかし、十二世紀の英国やフランスでは、アリエノール王妃や娘のマリのように、女性も文学のパトロンではあったが、女性の文学的伝統は、始まったばかりの状態だったようだ。英国の最初の征服王となったノルマンディー公ウイリアム一世の娘でブロウ伯爵の夫人となっていたアデラ（一一三七年没）は、詩歌を好み、詩人たちを援助するだけでなく、自分でも詩作したという(21)。しかし彼女の詩は残っていず、女性のトゥルバドゥールたちは先行する女性の詩から学ぶ機会はなかったのではないだろうか。彼女たちの詩には、「雅びの愛」の流行によって、女性も恋の喜びや苦しみを表現することができるようになったことを祝福しようという気持ちが表明されているが、しかし文学としての洗練度や完成度は決して高くないからだ。

一方才能も学識も豊かで、男性たちが文学作品を創造するのを目の当たりにして育った伯爵夫人マリは、女性が物語を書くという伝統がなかったので、自分で物語を書く勇気がなく、クレティアンにアイデアを提供して書かせたのではないだろうか。

伯爵夫人マリの親戚の一人、マリ・ド・フランスはフランス文学史に登場する最初の女性詩人で、「レー」と呼ばれた短詩を最初に書いた詩人だったが、物語は書かなかった。参考までに彼女が書いた短詩をひとつを引用しておきたい。


ふたりは並んで横になり、語りあい、／何度も抱きしめ、口づけを交す／それから後はふたりだけのこと／恋人たちなら誰もがしていること(22)。

このマリ・ド・フランスの詩も女性の側の官能も含めて描いているが、彼女も物語は書かず、物語を書くのは専ら男性だったので、伯爵夫人マリはクレティアンにアイデアを提供して書かせるという手段を取ったのであろう。

ただしその一世紀後には、女性として初めて著作活動を職業とした、クリスチーヌ・ド・ピザン（一三六四生まれ）が出現する。シャルル五世の宮廷で厚遇されたイタリア人の学者を父に持つピザンは、宗教文学、世俗文学の教育を受け、作家、文学者、論争家として活躍した。そして彼女は、三章で言及したジャン・ド・マンが付け加えた『薔薇物語』の後半の部分の女性蔑視を厳しく批判しただけでなく、十三世紀後半から広まった女性蔑視の風潮そのものを是正しようした。それで最初のフェミニズムの作品を書いたといわれている(23)。しかしピザンは、女性の文学活動がないところに突然現れたのではない。すでにその頃には、女性のトゥルバドゥールなどの活躍によって、女性が創作したり、自分の考えを表現することが受け入れられる社会が存在していたのである。

そしてルネッサンス期には、多数の女性の作家たちが現れている。その一人で六カ国語に通じていたフランソワ一世の姉マルグリット・ド・ナヴァール（一四九二～一五四九）が短篇集『七日物語』を発表したのは一五五九年である(24)。

先に言及したラファイエット伯爵夫人（一六三四～一六九五）が、ヨーロッパで最初の心理小説だといわれる『クレーヴの奥方』を発表するのは、一六七八年である。当時は太陽王ルイ十四世の治世で、華やかな宮廷文化が栄えていて、ラファイエット夫人はルイ十四世の弟フィリップ・ド・ドルレアン公の妃に仕えていた。注目すべきは、当時の宮廷では文芸や芸術などの文化的活動が奨励されていて、女性たちによって組織された女性の文学活動を支援するサロンもあった。そこでは才能ある貴族の女性たちは小説を書いたり、互いの作品を批評しあったりできたし、彼女たちは男性の学者や文学者などとも親しく交際していた(25)。つまりラファイエット夫人は、すでに女性の文学的伝統が確立されていて、少なくとも貴族の女性たちにとっては文学作品を書くのに適した環境があった時代に生きていたわけで、そのお陰で、西欧で最初の心理小説といわれる傑作が書けたのであろう。むろん彼女が才能に恵まれていたことは無視できないが。

このように、ヴァージニア・ウルフが、女性が傑作を書くには、女性の文学的伝統がある程度確立していることが重要だ、傑作は単独でうまれるものではなく、「長い間大勢の人々がともに考えたことの結果」だからだといったのは、ラファイエット夫人の場合、的確な指摘だったわけである。

しかし宮廷風「雅びの愛」の叙情詩や物語が書かれた頃は、女性の文学的伝統はまだ確立していなかった。フランスで最初の女性詩人といわれるマリ・ド・フランスや、女性のトゥルバドゥールたちも詩作を始めたばかりであり、女性の物語作家はいなかった。だからアリエノール王妃や伯爵夫人マリの宮廷でも、トリスタンとイズーの物語やアーサー王伝説の物語を創作したのは男性であったし、十三世紀や十五世紀にアーサー王伝説に付け加えられた物語を書いたのも男性の物語作家であった。

4　紫式部と女性の文学的才能の開花

ヴァージニア・ウルフと平安朝女性作家の活躍

紫式部が『源氏物語』を、十一世紀初頭という早い時期に書くことができたのは、ではなぜだったのか。

これは日本の読者には、おかしな質問に聞こえるかも知れない。平安時代には、宮廷を中心に、女性の文学的才能が花開いたことは、日本ではよく知られているからだ。

しかし外国で日本文学を教えていると、「他の国では古典とされる作品は男性によって書かれたのに、日本では平安期の女性によるものがほとんどなのは、一体なぜなのか」とよく聞かれる。

たしかに散文の分野では、紫式部だけでなく、独創的で優れた作品を書き、新しいジャンルを開拓したのは、女性が多い。道綱の母と呼ばれる女性は、当時多く出回っている物語の「そらごと」に挑戦して、最初の写実的な自伝『蜻蛉日記』を書いている。清少納言は、『源氏物語』とならぶ平安朝の代表作『枕草子』を書き、エッセイというジャンルを確立した。また歴史物語というジャンルを生み出した『栄花物語』全四〇巻のうち、正篇の三〇巻の作者は、赤染衛門だといわれている。『更級日記』は菅原孝標女が作者である。しかも平安期には、小野小町、伊勢、和泉式部など、優れた歌人も多く、道綱の母は歌人としても有名だったし、紫式部も和歌を集めた家集を残している。

実はこのように早い時期に女性の文学的才能が花開いたのは、世界史のうえから見れば、類がないのだが、その理由については、従来は〈平安時代に女性たちは仮名という表現手段をえたから優れた作品が書けたのだ〉と説明されることが多かった。

ところが平安時代以後も仮名があったにもかかわらず、十四世紀の初めに御深草院二条が『とはずがたり』を書いた他は、女性たちは傑出した文学作品を残さなかったのである。だから仮名の発明以外にも理由があったと見るべきであろう。

そこで、最初に社会的な背景に注目したのが、西郷信綱であった。西郷は、平安朝の宮廷で女性が優れた文学作品を残したのは、ひとつには、彼女たちが学問はあるけれども世俗的には成功者とはいえない受領の娘であったために、社会にたいし批判的な目を持つことができたからであり、また古代に較べ、女性の地位が低下したことも、彼女たちの批判精神をつちかうこととなり、傑作を生み出すことができたのだと指摘した(26)。

たしかに平安女性の作品には社会にたいする批判の目がある。すでに個々の作品については詳しい研究がなされているのでここでは言及しないが、『源氏物語』には、指摘したように、父子直系による世襲制天皇制や、摂関政治、家父長的な官職の世襲など、家父長的でかつ非能力主義的な平安貴族社会についての大胆で鋭い批判がある。

しかしまだ疑問が残る。というのは、女性たちの地位は平安時代以降も悪化の一方を辿るが、良い作品はうまれなかったからだ。たとえば平安時代以後、一九四七年までは、女性は一夫多妻制に似た一夫一妻多妾制度に苦しみ、妻妾同居にも耐えねばならなかった。そしてその一方では、妻の姦通は死罪や懲役刑という厳しい状況があった。にもかかわらず、道綱の母の『蜻蛉日記』のような、多妻や多妾の習慣を厳しく批判した作品は生まれていない。

私はそこで英国の作家、ヴァージニア・ウルフが『私ひとりの部屋』で問題にしたことが、やはり平安期の女性作家の場合にもあてはまるのではないかと考える。

ウルフは、言及したように、女性が文学的傑作を書くには、女性の文学的伝統がある程度確立していることが重要だ、傑作は単独でうまれるものではなく、「長い間大勢の人々がともに考えたことの結果」であるからだと指摘し、女性の文学活動を支援するような社会的状況が必要だといった。さらにウルフは、女性が文学作品を生み出すには、読み書き、文法などの教育が受けられること、家事・育児から解放された時間があること、創作できる自分の部屋があり、自立して暮らせる収入があること、創作活動に好意的な支援者がいることなども必要条件としてあげている。

実はウルフがそのような指摘をしたのは、英国国教会のある主教が、「過去、現在、未来を問わず、女性がシェークスピアの才能を有することは、どんな女性にしろ、あり得ない」(27)と断言したことがきっかけだった。そしてウルフは司教の発言にたいして、作家らしいウイットに富んだ譬え話で反論し、その譬え話は大変有名なので、要点だけを記しておきたい。

ウルフはまずシェークスピアの時代には、女性が彼のような劇を書くことは実際不可能だったと断言する。というのは仮にシェークスピアに、彼と同じ才能を持った妹がいたとしても、彼女は当時の女性がそうであったように、初歩的な教育も受けさせて貰えず、毎日家事の手伝いに追いまくられ、十五、六歳になると親が決めた相手と無理矢理結婚させせられたはずだ。それが嫌だと家出し、兄のように劇場で働くためにロンドンへ行ったとしても、誰も雇ってくれず、やっと親切な劇場主に出会ったと思ったら、妊娠させられてしまい、絶望して、井戸に身を投げて自殺したであろう。ウルフはそれがシェークスピアの時代の女性のおかれていた状況だったと指摘した。

ではは平安女性たちの場合はどうだったのか。ここではまず平安時代以前にはどのような女性の文学的伝統があったかを、簡略に見ておきたい。

古代の女性の文学的伝統

日本の古代社会の大きな特徴は、詩を作ることが、男性だけではなく女性にとっても教養の一部だったことだ。

たとえば日本最古の書、『古事記』には百十三首の歌が収録されているが、そのうちの四十二首が二六名の女性によって詠まれている。『日本書紀』に収録された歌は、『古事記』と重複しているものが多いので、それらをのぞくと、新たに九人の女性によって書かれた十六首の歌がのっている(28)。

しかもこの二冊の成立あたっては、女性の貢献度も大きかった。『古事記』は、稗田阿礼が口承したことを太安万侶が撰録したといわれているが、阿礼は女性だったという説が強力である。それのみか、天武帝によって始められた『古事記』の編纂が完成したのも、女帝である元明天皇（在位七〇四〜七一五）の命によってだといわれている。さらに元明は、『古事記』の編纂を命じた翌年の七一三年には『風土記』の編纂も命じている。元明天皇は政治的手腕にも秀でていて、七一〇年に都を平城（奈良）に移したのも、元明である。

一方『日本書紀』も、元明天皇の娘である元正天皇（七一六〜七二三）の命によって完成している。だから女性の天皇が、文化的事業を重視していたことがよくわかる。

また古代の詩歌の集大成である『万葉集』のもとである「原万葉集」も、元明の姑である持統天皇（六九〇〜六九七）の命で編纂されたという。持統は中国から入ってきた漢詩がさかんになるのを見て、日本的な歌の伝統を確立しなければならないと考えて、「原万葉集」の編纂を命じたといわれている(29)。

古代の日本の朝廷は、中国の制度をモデルにしたといわれているが、第一章で言及した則天武后は、優れた政治家であり、文人であり、七世紀後半から八世紀初頭には、世界でもっとも古く豪華な文芸サロンを営んでいた。そして女帝として国家的レベルでの編纂事業をおこなったという(30)。その影響を受けてか、持統や元明、元正という女帝も国家的レベルでの編纂事業に尽力しており、そのお陰で『古事記』『日本書紀』『風土記』『万葉集』が存在する。これはやはり注目すべきであろう。

では『万葉集』には、女性の歌はどのくらいあるのだろうか。総数約四五〇〇首の歌のうち、四三四首余りが女性の作だと見なされていて、名前のわかっている女性の作者は一二八人、持統自身の歌も六首ある(31)。一番多いのは、大伴坂上娘女の八五首だが、坂上娘女は、甥の大伴家持の万葉集編纂にも協力し、二〇巻のうち、第四、六、八巻は、坂上娘女が編纂したといわれている(32)。

『万葉集』でもうひとつ注目されるのは、一般には、男性の歌は晴の公の場で詠まれたものが多く、女性は逆に私的場で詠まれたもの、特に恋愛歌である相聞歌が主だといわれている。しかし初期の作品を収めた巻には、天皇の行幸や遷都の際などの公的な場での女性の歌も多いことだ。特に祝いの歌である寿歌、神を祭る祭祀の歌、さらに挽歌などの詠み手は、女性となっている。だから宮廷において、そのような歌を詠むことは、女性の役割だったようだ。

ところが中国から導入された政治制度が確立し、氏姓制度から官司制社会にかわると、公の場で歌を作るのは、官吏である男性の専門歌人になっていく。それとともに天皇家の女性や后、そして采女などは、公的な場での歌の作者ではなくなっていくのである。

采女というのは、各氏族の祭祀権を持った女性で宮廷に出仕した者をさしているが、彼女らは歌によって神の言葉を伝えたようだ(33)。祭祀にかかわる女性が歌を仲介として神と交感したことは、『万葉集』巻三に収録された、大伴一族の祭祀権を持つ坂上娘女が、氏神を祭る時に作った長歌と短歌（三七九、三八〇）を見てもわかる。だからどの氏族でも、呪力のこもった優れた歌をつくれるよう、女の子たちを早くから訓練したのではないかと考えられるのである。

初期万葉の代表的歌人といわれる額田王にも、天皇家にかかわる祭祀に従事した際の歌がある。額田は、最初は皇極として、二度目は斉明として重祚した女帝に仕え、時には天皇の代作もしている。それは額田が天皇に代わって神に祈り、神の言葉を伝える巫女的役割を担っていたからであろう。これは額田が、六六一年に、斉明天皇、中大兄皇子を含め、朝廷をあげて百済救済のために遠征するという国家的大事件が起きたさいに、熟田津の地で、天皇に代わって詠んだ次の歌を見てもわかる。

熟田津に船乗りせむと月待てば潮もかなひぬ今は漕ぎいでな（巻一、八）。

この歌は、単に歌として優れているだけでなく、「航海安全の神謡の歌をふまえてうたわれて」いて、「航海安全をもたらす呪力が隠った」[34]ものであり、祭祀の歌だという。付け加えれば、この時代には重要な行事は夜おこなわれていた。

また額田は中大兄皇子が近江に遷都した時も、皇室の守護霊である三輪山を詠う役割を与えられている[35]。だから国家的に重要な事件のたびに、彼女の歌の持つ呪力が重視されたことがわかる。

額田は、中大兄皇子が天智天皇となり、数年後に崩御した時にも、公的な挽歌の詠み手として、「山科の御陵より退き散くる時」と題した長歌を詠んでいる。

つまり近江朝では、額田という巫女的呪力をそなえた女性が、それまでと同じく公的な挽歌の詠い手であったわけである。だが、後には公的な挽歌の詠み手は、柿本人麻呂のような男性宮廷歌人の役割となっていく。国家の首長である天皇の死を悼む挽歌である長歌の詠み手が、額田から男性の職業歌人に変わっただけでなく、公的な寿歌なども男性官吏に変わったことは、家父長的な中国の政治制度が確立され、女性が公的領域で詩歌をつくる役を奪われたことを物語っている。その結果、女性の詩作活動の範囲が狭まり、女性の歌は相聞歌が増えていく。

額田について付け加えれば、彼女は巫女的歌人だっただけでなく、「漢才《からざえ》」といわれた唐風の漢詩の素養も十分身につけていた。これは天智天皇の時代に開かれた歌会で額田が審判役をつとめ、漢詩を踏まえた巧みな歌で、春山をたたえながら、最後に秋山をよしとする判定を出したことを見てもわかる(36)。

だが、額田の歌で後世に有名なのは、周知のように、大海人皇子と交わした、「あかねさす　紫野行き標野行き　野守は見ずや　君が袖振る」という相聞歌的な作品である。たしかにこれは秀作である。しかし額田が国家的な大行事の場で歌を詠む大役を担い、すぐれた長歌や反歌を残したことは、文学史上だけでなく、女性史のうえでも記憶されるべきであろう。

額田の話が長くなってしまったが、『万葉集』には、宮廷女性の歌以外に、地方のさまざまな階級の女性たちの歌も収録されている(37)。これは古代社会では、歌をつくることが、女性全般にとって欠かせない教養のひとつであったことを物語っている。

平安女性の教育と摂関政治

傑作は単独でうまれるのではなく、「長い間大勢の人々がともに考えたことの結果」であるというウルフの指摘を考えれば、古代から女性が活発な詩作活動をおこなってきた日本では、平安期には女性たちの間から傑作がうまれる可能性は十分あった。もしウルフのあげた他の条件が満たされていれば、である。

ここで言及しておきたいのは、日本ではすでに紫式部をはじめ、平安朝の個々の女性作家については、生い立ちや家庭環境なども含めた詳しい研究の積み重ねがある。だから私のように外から日本文学を見てきた人間が、個々の作家について新しい情報を追加するのは難しい。それでこれまでの研究をできるだけ広い範囲で参考にして、ウルフが指摘したような、女性が著作に従事するに必要な社会的状況があったのかについて、ざっと見ておきたい。

まずウルフが重視したのは、女性たちが著作活動に必要なだけの教育を受けているかどうかであったが、平安女性たちの場合は、どうだったのだろうか。

『源氏物語』を現代語訳した円地文子は、「日本の歴史上、父親が娘の教育にあれほど打ち込んだ時代は、平安朝をおいてほかにない」、それは「政権を握るためにはどうしても娘を後宮に上げなければならない。しかもその娘は、当然いいかげんな育てかたをしたら勤まら」(38)らなかったからだという。

娘を天皇の後宮にいれ、生まれた男児を次期天皇にし、娘の父親が外戚として政治的実権を握るというのは、子供は母方で育てるという母系性の名残を残した家族制度にもとづく支配形態であった。そのためには、天皇の后になれる娘を沢山持ち、娘たちに天皇を惹きつけるだけの教養を身につけさせる必要があったので、上流貴族の父親たちは娘の教育に熱心だったわけである。

特に藤原摂関家では娘の教育に心を砕いた。藤原道隆の娘で、十五歳で十一歳の一条天皇の妃となった定子も、父が漢詩に秀でていただけでなく、母高内侍貴子も漢詩を詠んだ才媛であったので、漢詩文を含めた当時の女性としては最高の教育を受け、幼い帝王の指導者としても振る舞えるように訓練されていたという(39)。学問好きの一条天皇が定子を愛したのも、ひとつには、彼女の学問的知識や教養の高さにあったといわれている。定子は豊かな教養を生かして、臨機応変に、しかもユーモアあふれる趣向をこらして、天皇の知性を刺激したので、天皇は定子の後宮を訪れることを楽しみにしていたという。

また定子に仕える女房たちも、父親や兄の伊周などによって、清少納言のように高い教養を身につけた女性たちが集められており、彼女たちの文学的才能や、才気煥発な会話の能力なども、天皇を大いに楽しませたという。また有力な貴族たちも、女房たちとの知的な会話を楽しみに、定子の後宮に集まってきていた。もちろん彼らには、一条帝に愛されていた定子や、将来外戚となる定子の兄伊周の心証を良くしておこうという政治的野心もあった。しかしそれは天皇の妃やその女房たちの教養と学問的知識が、男性たちにも高く評価されていた稀有な時代であった。

道長も権力を握るために、長女彰子を一条天皇の妃として入内させたが、その後も、彰子の教育に気を配り、紫式部に漢籍を教えさせたりした。それは彰子に定子に負けない教養を身に付けさせ、学問好きの一条帝の関心を彰子に惹きつけるためであった。そのような父の要求に答えて、彰子はさまざまな学問を意欲的に学んだが、彼女は学問を身に付けることによって、父親の人形である受け身の存在ではなくなっていく。死期のせまった一条天皇が譲位した際に、道長が天皇の意に反して自分の孫敦成親王を東宮にしようとした時も、彰子は天皇の意志をついで、定子の遺児敦康親王を推挙した。結局道長は、自分の思い通りに孫の敦成親王を東宮にしたが、彰子は学問を通して、帝王の妃としての自覚を持った強い女性に成長していった(40)。そして彰子の後宮にも、定子の後宮のように、紫式部や和泉式部、赤染衛門などの文学的才能あふれる女性たちが集まっていた。集めたのは、道長であったが。

他の天皇の妃たちも、つまり女御や更衣なども、やはり漢籍や和歌、音楽などの高い教養を身に付けていた。『枕草子』二十段には、中宮定子が、村上天皇の女御芳子が『古今集』二十巻に収められていた和歌を全部暗唱できたことを、賛嘆の意をこめて語る箇所がある。注目されるのは、村上天皇も芳子の美貌だけではなく、その教養と知性を愛していたという。

また天皇家の子女も和歌や漢詩の教養があり、神に仕える斎宮や斎院には、前代と同じく優れた歌の才能が要求されていたので、幼い時から歌人としての腕を磨いていた。なかでも斎院となった村上天皇の皇女選子は、自身も文才に恵まれていただけではなく、九七八年から千三十一年の長きにわたって、所謂「大斎院選子サロン」をいとなみ、活発な文芸活動を展開した(41)。

そのような教養のある天皇の妃や、皇女、特に斎院や斎宮なった皇女に仕える女房たちにも高い教養が求められていたので、清少納言や紫式部、和泉式部や赤染衛門なども、乞われて出仕していたわけである。

このように女性たちが美貌や外見ではなく、教養の豊かさや文学的才能によって評価された社会は、そう多くはなかったはずである。ヨーロッパで「雅びの歌」の叙情詩を貴族の女性たちが書き始めるのは、それより一世紀遅れて、十二世紀のことである。

では女性の教育で重視されたのは、どのようなことであったのだろうか。基本はやはり和歌を学び、詠む能力を身に付けること、つまり文学教育だった。当時も以前と同じくあらゆる機会に和歌を読み、挨拶代わりに和歌が交換されていたので、臨機応変に和歌を読めることが重要であり、男性たちは和歌が上手だということだけで、一度も会ったことのない女性に恋をすることもあったという。兼家が道綱の母に求婚したのも、本朝三美人の一人であっただけでなく、歌人としても有名だったからだといわれている。そういう環境であれば、女性たちのなかから優れた歌人がうまれても決して不思議ではない。

小野小町や伊勢などが活躍したのは、摂関家の時代より前であったが、伊勢の経歴を見れば、当時は女性も公的な場で歌を詠むという古代からの慣習が一部だが、まだ残っていたことがわかる。

学者の家系に生まれた伊勢は、宇多天皇の后温子（八七二〜九〇七）に仕え、温子の死後は別な内親王に仕えたが、公的な歌の詠み手に選ばれることが多く、后温子崩御の際には挽歌（長歌）を詠んでいる。それは、額田王が天皇崩御をいたむ国家的な行事で挽歌を詠んだのとはスケールこそ違うが、しかし女性たちが「男歌」と呼ばれるようになっていく公的な歌を詠む場が、伊勢の時代にはまだ残っていたことを示す貴重な出来事である。伊勢は新しい分野にも挑戦し、九一三年に宮廷で催された重要な歌会では、日本で最初のひらがなの歌会の記録を残している(42)。また伊勢は、『伊勢集』という歌集も残しているが、そこには和歌だけでなく、歌物語的な散文も含まれている。そのため、「昔、男ありけり」で始まる有名な『伊勢物語』の作者だともいわれている(43)。

『伊勢物語』を伊勢が書かなかったにしろ、彼女の作品を見れば、この頃には、女性たちがひらがなを巧みに活用し始めていることがわかる。

見逃せないのは、平安時代の初めには、女性も漢文を学び、男性と漢詩の腕を競うほどだったことである。

平安京に遷都した桓武天皇は、唐の文化を熱心に取り入れた。その結果、嵯峨天皇の時代になると、文学も漢詩文が中心となり、歌会では女性も男性と肩を並べて漢詩の才能を競った。もっとも有名な女性の漢詩人は、四歳で賀茂神社の斎院となった嵯峨天皇の第八女、有智子内親王（八〇七〜八四七）であった。そして『和漢朗詠集』や『新撰朗詠集』には、釆女の作品なども収録されていて、宮廷に仕える幅広い層の女性が漢詩を詠んでいたことがわかる。

では、女性が漢詩を作らなくなったのは、なぜなのか。

大曽根章介は、ひとつには仮名が発達し、和歌が流行するようになったことがあるが、しかし「漢詩文が男性の文学」になるにつれ、「女性を漢詩の世界から排斥した」(44)からだと指摘している。つまり男性たちによって、女性は漢詩の世界から閉め出されていったわけである。

だが女性たちは、漢籍を学ぶことをあきらめたわけではなかった。彼女たちは公的な場では学習できなかったが、西郷が指摘したように、漢学者であった父や身内の男性から、漢籍を学んだ。道隆や道長も、娘に漢籍を学ぶことを奨励した。彰子が入内した後、『白氏文集』などを講義した紫式部は、『紫式部日記』に、学者である父為時が兄惟規に漢籍を教授している時、そばで聞いていた自分が、兄よりも早く覚えたので、父親は男の子でないのが残念だとなげいたと記していることは、つとに有名である。

漢文学者の川口久雄は、『源氏物語』を読めば、式部がさまざまな漢籍を読んでいたことがわかるが、式部は、中国との貿易港のある越後の受領となった父に同行した際にも、父を通して漢籍を入手して読みふけったらしく、式部が読んだ物のなかには、挿絵つきの中国の通俗小説的なども多数あったようだという(45)。川口はまた式部の唐絵にたいする知識にも注目しているが、美術史家の池田忍も、『源氏物語』のなかには、式部が中国の絵画論に詳しかったことを示す箇所がかなりあるという(46)。

もちろん紫式部は、『日本書紀』や『古事記』などにも詳しく、和歌、音楽、書道、大和絵など、日本の文化にも精通していた。それが『源氏物語』を、文化的にも興味のつきないものにしている。しかし『史記』をはじめ、多数の漢籍を読んでいたからこそ、中国の統治論理にもとづいて、当時の日本の世襲制天皇制を批判するスケールの大きい作品が書けたわけであり、『源氏物語』は、式部の漢籍の知識の集大成でもあった作品だといえよう。

また紫式部ほどではなくても、道綱の母も、清少納言も、赤染衛門も、漢籍の知識を身に付けていた。菅原孝標の娘も、漢籍の知識があったようで、彼女の作とされる『浜松中納言物語』には、漢籍を踏まえた箇所もある。

和歌の分野で活躍した女性たちの漢籍の知識ははっきりしないが、伊勢も学者の家系の出身であり、小野小町も学者の家系の出身ではないかといわれている。和泉式部の実家大江家も学者の家系で、母は冷泉院の皇后に女房として仕えたことのある教養ある女性で、『和泉式部日記』には、漢詩からの引用もある(47)。

ところで、清少納言が『枕草子』のなかで、漢籍の知識をたびたび披瀝していることについては、これまで否定的な見解が多かったわけだが、小森潔は、漢籍をめぐる逸話のほとんどが、中宮定子と彼女に仕える女房たちの漢籍の素養を明らかにするために書かれているという(48)。たしかに有名な「香炉峰の雪」の挿話なども、定子や女房たちが、少納言に劣らぬ漢詩の知識を持ち、その知識を毎日の生活のなかに生かして楽しんでいたことがわかるように描かれている。この挿話には一条天皇は出てこないが、しかし定子と女房たちの漢詩の知識を生かしたユーモアたっぷりな言動を見れば、なぜ一条帝が定子のところを訪問するのを楽しんだかもわかってくる。

平安期の女性作家たち、このように当時としては最高の教育を受けていたわけである。そして清少納言が描いた『枕草子』の挿話からは、男性たちの偏見のために、漢詩が書けなかったので、漢詩の知識を和歌に応用して表現するなどして、負をプラスに変え、豊かな表現力を身につける努力も怠らなかったことがわかる。川口は、「真名と唐絵、すなわち漢文芸的世界を独占する男性の力がまかり通った時代に身をさけるようにして生きることを余儀なくされた女房たち、彼女らは男性文人官僚たちが形骸にとらわれて見失っていたものを、見すえ、軸にすえ、発酵させ、散文の創成させた。圧えられれば、柔らかく勁くはねかえし」「自らひそかに貯えた漢文学および唐絵的な世界の教養を内部に咀嚼し」「物語絵と物語文学の世界を作り上げたのだ」(49)という。たしかにその通りである。

興味深いのは、道綱の母の両親の係累には、紫式部、清少納言、菅原孝標の娘などがいたことだ。つまりこの四人は、女性の文学的才能を尊重する共同体に属していただけでなく、文才のある一族の出身でもあったわけで、非常に恵まれた文学環境にいたことがわかる。

家事・育児からの自由と自分だけの部屋

ウルフがあげた第二の条件は、家事や育児から自由になれる時間があることだった。これは取るに足らない単純なことのように見えるかもしれない。しかし、文学作品を書くためには、考える時間なども必要であった。作家でなくとも、多くの女性が家事や子供の世話に追われて、持続的に物事を考える時間がないという経験をしたことがあるはずだ。

平安期の女性作家たちは貴族の出身なので、一般の女性と違って、自分で家事をやることはあまりなかったであろうが、注目されるのは、彼女たちの子供の数の少なさである。

小野小町に子供がいたかは不明だが、伊勢は宇多天皇との間に男児を一人生んでいる。その子が八歳でなくなった後は、子供がなく、かなりしてから敦慶親王との間に娘中務を生んだ。だから子供は一時には一人だけで、子供のいない時期も長かった。

道綱母も、子供は道綱一人しかいなかった。当時は子供は母方で育てられたので、道綱を育てたのは彼女だが、しかし彼女がもし兼家の正妻になった時姫のようにたくさんの子女を生んでいれば、時姫同様、子育てに忙殺されたに違いない。そうなれば、『蜻蛉日記』は書かれなかった可能性が強く、平安文学の発達も違ったものになったかもしれない。紫式部も、清少納言も『更級日記』の作者も道綱母の親戚筋にあたるので、『蜻蛉日記』に学ぶことがおおかったはずだ。

紫式部も、娘が一人いただけだった。清少納言は、橘則光との間に息子が一人と、後に藤原棟世との間に娘を一人生んでいる。和泉式部は、最初の夫との間に娘が一人と、後に敦道親王との間に息子が一人いた。赤染衛門は、息子一人と娘二人で、孝標の娘は息子と娘が一人ずついた。

彼女たちは、身分上乳母も雇っていたはずだ。だから家事だけではなく、育児の煩わしさからも、比較的自由だったと思われる。彼女たちの書いたものに子供のことや育児のことがまったく出てこないのも、育児は誰かまわりのものがやっていたことを示している。

しかも彼女たちは、夫や恋人とも同居せず、同居してもその期間が短かったから、夫の世話に時間を取られることもあまりなかった。

当時の結婚は、前の時代からの慣習で、男が夜妻のところへ通うのが普通であった。妻の家に同居するいわゆる「婿入婚」の場合もあったが、後には夫と妻が独立した家を持つことも多くなり、正妻の場合は同居するようになっていた。

道綱の母の夫の藤原兼家は、後に時姫とは同居したが、彼女とは同居せず、別な女性のもとにも通っていた。そのために彼女は苦しむわけだが、しかし一緒に住まなかったために、兼家のための家事に気を配る必要もなかった。衣類の世話は時々やっていたが。だから自分の体験を、『蜻蛉日記』として表現するだけの時間が持てたのであろう。道綱の母が物語を多読し、それらの女主人公たちと自分の身の上とを較べたのも、時間があったからこそできたことである。

紫式部も、二十歳くらい年長の藤原宣孝と結婚したが、宣孝にはすでに幾人かの妻がいて、宣孝が死ぬまでの二年間の結婚生活の間、同居はしていない。だから結婚していても、娘時代と同様、思索したり、書物を読んだり、創作したりする時間があったはずだ。一人娘については書いたものがないので、乳母か誰かが面倒を見ていたと思われる。

清少納言も夫や恋人がいたが、誰とも同居しなかったようだ。赤染衛門と孝標の娘は、後には同居したといわれている。和泉式部は、敦道親王とは同居し、後に二人目の夫藤原保昌が受領となって任地に行った時には、同行し、帰京してからも同居していたようだ。伊勢は、宇多天皇も含め、何人か相手はいたが、誰とも同居はしなかったようだ。小野小町については、情報はない。

もちろん女性たちは一夫多妻制には苦しめられた。しかし、夫方への同居が始まった鎌倉期以後の女性たちと違って、夫の両親との同居婚のもたらすさまざまな制約や、気苦労からは、自由であった(50)。

当時は、結婚後も女性は実の両親とは住んだが、夫の両親とは同居しなかった。道長と本妻倫子も、新婚当初は倫子の家である土御門殿に、倫子の両親と同居する「婿入婚」であった。後に倫子の両親は別の所へ移るが、彼らは土御門殿に住み続け、道長の両親と住むことはなかった。だから平安女性たちは、嫁姑の関係に気をつかわずに済んだし、夫の死後、夫の両親の面倒を見るということもしなくてよかった。夫と同居しなければ、もっと楽だったはずだ。

そうした当時の家族制度や、子供の数も少なかったことなどが、平安女性作家たちに、文学作品を書くだけの時間と、精神的ゆとりを与えたと考えられるのである。

ウルフは優れた文学作品を残した英国の女性作家たちが、子供がいなかったことに注目しているが、彼女自身も子供がなく、夫と離れて創作に専念する時間を持っていた。だから育児や家事からの自由の大切さを強調したのだろうが、平安女性作家たちもやはり家事、育児からの自由を持っていたのである。
またウルフは、女性が文学作品を書くには、自分だけの部屋を持つことが必要だと感じ、それを本のタイトルにもした。当時英国では、書斎を持っている男性が多かったからだ。むろんそれは限られた階級の男性たちだったが、女性は書斎を持っていなかった。だからウルフは、女性にも創作に没頭できる部屋が必要だと主張したのである。

しかし独立した部屋を持っていなくとも、創作に没頭できる空間があれば、十分だといえるのではないか。平安期の女性作家は貴族の出身で、かつ学者や歌人の家系の出であった。だから、独立した部屋を持っていなくても、書き物をする机や空間は持っていたに違いない。また一人引きこもって創作に打ち込んでも、親や乳母などが猛反対することもなかったであろう。

紫式部は、夫が死んだ後、道長に乞われて中宮彰子に仕えるまでに、『源氏物語』をある程度まで書いていたといわれているが、その時期父親は越後に赴任中であった。だから父の家の主として、創作に没頭できる部屋も、時間も持っていたわけである。もしかすれば、その家は式部が母から譲渡された家だったかもしれない。

当時の財産相続では、家は母から娘へと譲渡されることが多く、妻の家は、夫のものにはならなかった。道長が倫子と住んだ土御門殿も、倫子が母から譲渡された邸宅であり、倫子は後に彰子に譲渡している。だから紫式部の父の家というのも、もともと母の家で、そこに父親が道長同様「婿入婚」で住んでいた可能性がある。そういう状況でなくとも、式部は少なくとも父の家に、著作や読書に没頭できる自分の居住空間を持っていたはずである。

道綱の母も、結婚しても両親の家に住み、自分用の独立した居住空間を持っていた。そして両親が亡くなってからは、その家を相続している。だから気兼ねなく、創作に専念できる場を持っていた。

宮仕えしていた女性たちの場合は、宮廷内で創作できる場もあった。『枕草子』には、清少納言や女房たちが一緒に和歌を詠んだりする場面がしばしばでてくる。和歌は短いから、周囲に人がいても詠めたし、一緒に作って、できばえを競い合うことも多かったのであろう。しかし『枕草子』や『源氏物語』など、集中して考える必要のある長いものは、清少納言も紫式部も、里帰りした時、父母の家や自分の持ち家で書いている。

紫式部は、宮仕えの前に、『源氏物語』をすでにかなりなところまで書いていたが、書き終わったのは、宮仕えを始めてからであった。『源氏物語』は長い作品であるだけでなく、姦通のテーマに焦点をあてれば、言及したように、非常に緻密に構成されている。そのような作品を書くには、極度の集中力が必要だったはずである。だから式部の結婚期間が短く、子供も一人しかいず、一人になって創作する場を持っていたことは、『源氏物語』を創作するのには大いに好都合であったろう。言い換えれば、家族に煩わされずに、集中して考えたり、書いたりする時間や場所があったからこそ、紫式部は『源氏物語』という傑作が書けたと思われるのである。

経済的自立

ウルフは、女性が小説を書くには、家事育児が妨げになると考えていたので、小説を書きたいなら、結婚せず一人で暮らす方がいい、それには年五百ポンドの収入が必要だが、女性の収入は低いと嘆いていた。なおウルフが経済的自立を強調したのは、創作活動に不可欠な精神的独立には経済的自立が必要だ、と考えていたからでもあった。

平安女性作家たちの収入が、どれほどのものだったか不明である。しかしウルフがあげた五百ポンドよりは多かったのではないかと思われる。当時は、財産を相続する権利は、男女ともにあり、夫婦別財産であった。すでに指摘したように、別居婚も多かったので、女性は夫の経済的支援に依存するのではなく、「父母の庇護と不動産に依ることが多く、妻は生家・実母からゆずられた田畠・資財を所有」(51)していることもあった。

もっとも男女ともに財産の相続権があっても、女性は荘園を一人では管理できず、収入が減少したり、収入をなくしたりすることもあった。一方男性は、荘園の経営で収入を増やすことも多かったし、官職について、収入を増やすことができた。だから男女間の経済的格差は、広がる一方であったことはたしかである。

官職は、奈良時代には女性もつけたが、平安時代には、男性でなければ官職にはつけなくなっていた。そして四章で言及したように、上級層では、官職はしだいに父から息子へと継承されていく。

とはいえ女性も、宮廷に出仕して、有形、無形の収入を得ることができた。吉川真司によれば、誰のもとへ出仕するかによって、報酬は違っていて、なかには親元の援助に頼らねばならないこともあったという(52)。しかし伊勢はその人生のほとんどを宮仕えして暮らしていたので、それに見合うだけの収入を得ていたのであろう。清少納言は定子に仕えていたし、紫式部、赤染衛門、和泉式部などは、彰子に仕えていたが、吉川は摂関家からの女房にたいする経済的支援は、他よりよかったという。

宮仕えは、女性たちの家族にもさまざまな特典をもたらしたようだ。「仕官や訴訟などで朝議や権門を動かすべく、母后、中宮を通して運動することができたからで」、赤染衛門は夫の昇進に熱心に動き、「夫の死後は息子の任官に努力し」(53)、成功したという。また、女房たちは、上達部などに頼まれて、中宮などに連絡を取ったりして、その見返りに何らかの報酬を得ることもあった。

道綱の母は、宮仕えはしたことがなく、彼女は、兼家の正妻にはなれなかったので、結婚後も父母の庇護と不動産によって暮らしていた。兼家は裕福であったから、道綱を育てるのに、幾分かの経済的援助はあったようで、兼家は道綱が元服した頃から、道綱の教育にも積極的にたずさわり、道綱のための物質的援助も惜しまなかった。しかし道綱の母は、基本的には、兼家から経済的に独立していた。それが、彼女に兼家に屈することのない強い自我を与えたのかもしれない。

他の女性作家も、夫や恋人と同居していず、同居しても期間が短かったわけである。だから親からの財産や、宮仕えの収入で暮らしていたはずであり、その時代はまだ夫婦別財産が原則であった(54)。だからこそ彼女たちも、道綱の母と同じように、強靭な自我を持ち、自分の価値観を主張した作品が書けたのであろう。

著作活動の支援

ウルフは、女性が文学活動を続けるには、それを支援するような人びとや環境があることが重要だといったが、平安時代には、どうだったのだろうか。

ハルオ・シラネは、日本では十世紀半ばから十一世紀半ばまで、そしてフランスでは十七世紀に、女性によって創りだされ運営された文学的サロンが宮廷にあったので、女性たちはすぐれた文学作品を生んだのだと指摘している(55)。

たしかにそうである。しかし日本では、平安時代以前から、宮廷の女性たちは著作活動を支援していた。持統、元明、元正の三人の女性の天皇は、『万葉集』、『古事記』、『風土記』、『日本書紀』の編纂にも大いに貢献した。

九世紀になってからは、女性が天皇になれなくなってからは、女性が国家的な文化事業をおこなうことはなくなる。それでも天皇の后なども含めた皇室の女性たちは、自らも詩歌をつくり、同時に、才能ある女性たちを集めて、サロンといえるものをつくり、著作活動を奨励し、支援し続けた。また、皇室以外の場でも、道長の妻倫子などのように身分が高く、財力のある女性たちは、やはりサロンのようなものをつくっていた。

言い換えれば、日本では早くから、女性による女性のための文学サロンが営まれていたのである。それは女性が公の場から閉め出されていたからだという否定的な見方もあるであろう。たしかに女性は漢詩の世界からも閉め出され、公的な歌合わせでも、伊勢の時代以後は、女性の活躍の場は限られてくる。しかし女性の文学的創造という点では、女性のための文芸サロンが早くからあったことは、大きな意義を持っていた。

そして十世紀半ばから十一世紀半ばには、すでに指摘したように、政治的野心を持った上流貴族たちは、娘を天皇の妃にし、外戚として権力を握るために、娘のまわりに才能ある女房を集めて、サロンをつくることに熱心だった。

特に摂関家の藤原道隆は、定子の周りに、清少納言のような、文学的才能のある女性たちを集め、それによって一条天皇の関心を定子に惹きつけ、有力な貴族たちも定子を重視するように謀った。そういう政治的目的があったにせよ、豊かな教養を身に付けていた定子は女房たちを支援し、和歌を詠んだり、物語を作ったりと、さまざまな文芸活動を奨励していた。時には藤原公任などの上達部も一緒になって、詩歌の腕を競っている。清少納言はそういう様子を、『枕草子』に生き生きと描いているが、男性の知識人たちとの交遊は、女性たちに文学的才能を磨こうという意欲を、大いに掻立てたであろう。

中宮彰子のもとへは、紫式部や和泉式部、赤染衛門などが集まって、やはりひとつの文芸サロンをつくっていて、互いに創作にはげみ、歌合わせなどさまざまな行事にも出席していた。そういう時に作った和歌や贈答歌などを集めて、歌集を出す女房もいた。

むろん皇室の女性、つまり内親王たちもサロンを持っていた。特に斎院になった内親王には、古代のように、歌の才能が求められていたので、彼女たちのサロンには、文才のある女房たちが選ばれて出仕していた。特に斎院選子は、すでに指摘したように、半世紀にわたりサロンを営み、しばしば歌合をおこなって詩作を奨励し、文壇の一大勢力となっていた。そのせいか、紫式部は、定子方の女房だけではなく、大斎院といわれた選子の女房たちにたいしても、強い対抗意識を持っていて、「必ずしもかれはまさらじ」[56]と、『紫式部日記』に記している。

また女房たちは、中宮やその家族から、創作のための物質的援助も受けたようだ。清少納言は定子に特別目をかけられていて、『枕草子』を書いたのは、定子が兄の内大臣伊周からうつくしい紙をたくさんもらったので、清少納言にそれを使って著作するようにすすめたからだという[57]。当時は良い紙は入手しにくく、また高価であったから、清少納言は中宮に紙をもらって、大いに創作意欲をかきたてられたようだ。

紫式部が『源氏物語』を完成させることができたのも、彰子だけでなく、道長の直接の援助があったからだといわれている。おそらく当時は高価であった紙の支給もあったであろう。道長は『源氏物語』を残すための写本の作業も支援したわけだが、そのような道長の支援がなければ、『源氏物語』は残らなかったかもしれない。

清少納言も紫式部も、このように文芸活動を支援してくれるパトロンに恵まれていたわけだが、彼らは読者にも恵まれていた。清少納言は、『枕草子』は、自分が里にいる時に、源経房が訪ねてきて、もっていってしまって、人びとに見せたので、少納言の意に反して広く読まれることになったという。

一方『源氏物語』は、書いている時から、男性の読者も多く、一条天皇も愛読していた。むろん他の女房たちにも読まれていた。

道綱の母は出仕しなかったけれども、歌人として有名で、時には兼家の代作もした。またさまざまな女性たちと手紙や和歌を交換しあっており、『蜻蛉日記』を書いたのも、読んでくれる読者がいると確信していたからだということが、序を見ればわかる。

このように見ていけば、平安女性作家たちは、ウルフが女性が作品を書くのに必要だとした条件を、総て手にしていたことがはっきりしている。そのうえ彼女たちは、当時の口語体で書ける仮名という新しい表現手段も持っていた。だから散文文学の確立に、大きく貢献することができたのであろう。

ところが、院政時代になると、政治的状況の変化にともなって、女性をとりまく文学環境にはかげりがでてくる。そこで院制時代以後、江戸までの状況について簡略に見ておきたい。

院政時代以後

院政時代は、普通一〇七三年に白川法王が天皇の位についた時に始まるとされているが、その基盤を築いたのは白川法王の父の後三条天皇であった。後三条天皇は、摂関家、特に藤原北家の権力を弱め、天皇自身に政治的権力を取り戻そうとした。摂関家は、娘を後宮に入れて、生まれた子供を天皇にし、外戚として権力を握り、天皇は名ばかりの統治者となっていたからだが、後三条の母は摂関家の出ではなかったので、天皇に実権を取り戻し、摂関家を排除する政策をとりやすかったのであろう。

けれども摂関家の権力を弱体化することは、後宮自体の力を弱めることを意味していた。だから院政時代になると、後宮の文学サロンの政治的価値もだんだん低くなっていく。

すでに指摘したように清少納言は、中宮定子に仕え、紫式部や和泉式部は彰子に仕え、赤染衛門は最初道長の妻倫子に仕え、後には彰子にも仕えわけだが、彼女たちの文学的活動が男性の貴族たちにも注目され、歓迎されたのは、定子の父藤原道隆やその子息伊周、そして彰子の父道長が権力を握っていたからであった。つまり後宮の文学的活気も、後宮の政治的権力と深く結びついていたのである。

しかし院政時代になり、後宮の権力が弱まると、後宮での文学活動も、男性たちの注目をあびなくなる。もちろん女性たちは文学的活動を続け、歌合の行事なども頻繁におこなっていた。しかし貴族社会からあまり顧みられなくなると、刺激がなくなったせいか、女性の生み出す文学の質も低下していった。

もっとも和歌は短い文学形式なので、強力なバックアップがなくても作れるから、院政以後も、良い作品がないことはない。しかし高価な紙を大量に必要とする散文の文学では、そうはいかなかった。だから良い作品は書かれなくなってくる。日記文学の分野では、『讃岐典侍日記』が残っているが、これは事実の記録が主で、文学性はあまりない。

鎌倉幕府成立後は、新たに支配者となった武士を主人公とする語られる文学の『平治物語』、『保元物語』、『平家物語』などの軍記物が人気を博すようになる。

とはいえ、貴族社会では、政治的権力は失ったものの、王朝文学の伝統を維持しようという努力は続けられ、女性たちも創作活動を続けた。しかし目立った作品を残しているのは、鎌倉時代以前に文学活動を始めた女性たちだった。

後白川天皇の皇女として一一五二年に生まれ、斎院として少女時代を過ごした式子内親王は、私家集を残しているだけでなく、『新古今集』にも数首収録されているが、彼女が生まれたのも、斎院だった時期も、鎌倉幕府成立以前であった。したがって鎌倉時代にも活躍したが、王朝歌人だともいえる。

『建礼門院右京太夫集』を残した建礼門院右京太夫も、一一五二年から一一五六年ころ生まれており、王朝時代の貴族女性の教育を受けていた。そして一一七三年頃に、高倉天皇の中宮徳子のもとに出仕し文才を発揮し、『建礼門院右京太夫集』を完成させたのも、恋人であった平資盛が壇の浦に入水した後、つまり幕府成立前である。だからやはり彼女も王朝の歌人であり、鎌倉時代まで生き延びただけである。

もちろん鎌倉期に入っても、貴族の女性たちは和歌を詠み続け、『新古今集』にも彼女たちの作品が収録されており、藤原俊成の娘の和歌は二九首も入っている。

散文では、辨内侍という女房が、一二四六年から一二五二年までのことを記した歌日記的な『辨内侍日記』を書いている。一二八〇年前後には、平一門の血をひくという阿仏尼によって、紀行文として有名な『一六日夜日記』が書かれた。阿仏尼は歌道の家柄として有名な冷泉家の先祖で、宮仕えもしているが、「中世公家歌人のうちとくに目立つ存在ではな」(58)く、『一六日夜日記』などの散文で知られている。そして一三一三年ころまでに、後深草院二条と呼ばれる女性によって、自伝的な『とはずがたり』が書かれたわけである。

しかし鎌倉時代には、物語は書かれなかった。物語文学の創作を経済的に支えることができるような強力な後宮は存在しなかったからである。それに虚構である物語を描く女性にたいしては、『無名草子』のところで言及したように、否定的な風潮が強かったし、紫式部は不道徳な物語を書いたので、地獄に堕ちたと非難されていた。もっとも『源氏物語』は、貴族男性の間でも読み継がれ、藤原定家も書写していて、その一部が今でも残っている。しかし女性たちが物語を書く時代は終わっていた。

室町時代になると、京都で戦乱が続いたので、戦乱をさけて地方に避難する公家も多く、雪舟なども山口へ行き、大内という大名家の援助をうけている。その結果、京都の文化が地方にも広がって行く。それと同時に、武士たちも公家の文化を真似るようになり、和歌を詠むことも多くなる。『戦国時代和歌集』には、そういう文化の広がりを反映して、武士階級の女性の和歌も選集されている。しかし女性たちの間に散文の文学は生まれなかった。

江戸時代になると、地方でも、都市と同様、多くの階層の女性が著作をするようになっていくが、女性たちの作品は、世に知られることはなかった。門玲子は、すでに言及したように、その理由のひとつとして、「女性は慎ましく謙虚であるように躾けられ、表面に出ないことを善しとされ、著作が刊行されることは滅多に無かったからである」と指摘している。

では、江戸時代の女性が書いた作品の質はどうだったのか。読者の批判によって、腕を磨く機会がなかったせいか、散漫なものが多く、心理描写にも現実味がない。門によれば、江戸時代には儒教の影響で、女性は性に関係することは書けないという制約があったので、描ける題材が限られていて、それが女性の作品を現実味の欠けたものにしたのではないかという(59)。

江戸時代には、儒教の教えが女性を縛り付けていたが、それは文学活動にまで及んでいたわけである。一方儒学者たちは、『源氏物語』が出版技術の進歩で、印刷されて出回るようになると、不道徳の書として手厳しく非難した。

明治時代になると、状況が変わり、ウルフがあげたような条件を満たすことのできる環境も、再び整ってきた。だから多数の女性たちが文筆活動を開始し、樋口一葉や与謝野晶子などが出てくるわけである。

このように見ていけば、女性が優れた文学作品を書けるかどうかは、才能や知性だけの問題ではなく、社会環境の影響が大きいことがはっきりしている。

紫式部が世界で最初の偉大な心理小説を書いたのは、彼女が傑出した能力を持っていたからであることは、むろん否定できない。だが、式部が後の時代に生まれていたならば、『源氏物語』は書けなかったはずである。もし書いたとしても、日の目を見ることはなかったであろう。

終わりに

『源氏物語』は、何度も述べたが、素晴らしい作品である。スケールが大きく、心理描写も二十世紀の小説にまけない見事さであるし、文化的情報の宝庫でもある。

姦通文学として見ても、革新的な作品である。特に帝王の妃藤壷と源氏の姦通によって誕生した男児が冷泉帝となるのは、平安初期に確立された家父長的な直系の父子による世襲制天皇制度を批判し攪乱する大胆な設定であった。また准太上天皇となった源氏の正妻女三宮と柏木の姦通と男児の誕生は、平安中期に顕著になった政治的地位の父子継承や一夫多妻制にゆさぶりをかける野心的な試みであった。しかもそれらのプロットには、紫式部の『史記』や『古事記』『日本書紀』などの和漢の歴史書にたいする驚くべき知識や、中国の統治思想への共感などが、巧みに融合されていて、謎解きの面白さもたっぷり味あわせてくれる知的な作品である。

また『源氏物語』は、中世ヨーロッパの宮廷風騎士道物語に描かれた王妃との「雅びの愛」の物語のような、ロマンティックな愛の物語でもある。帝王の妃藤壷宮を、臣下に下った源氏は理想の女性として崇拝し、彼らの秘密の恋は、ランスロットとグィネヴィアの恋愛のように華やかな宮廷行事を背景に展開し、二人が交す愛の手紙にも、雅びの精神が生きている。一方音楽の才能にも恵まれた美貌の貴公子柏木は、トリスタンやランスロットのように、源氏の正妻女三宮唯一人を想い続け、柏木の女三宮への最後の手紙は、トマの韻文にあるトリスタンのイズーへの別れの言葉のように哀感にみちている。そして式部は、一夫多妻の社会にあって、一人の女性だけを愛し続けて死んだ柏木の気高く美しい姿が読者の心にいつまでも残るように詩情あふれる筆致で描いているが、それは〈悲しみ〉という意味の名を持つトリスタンの悲壮で美しい死を思わせる場面である。また幼かった女三宮も、柏木が死ねば、自分も生きてはいないときっぱりいうほど成長し、トリスタンとともに恋と死の愛の媚薬を飲んでしまったイズーの面影すらある。もっとも女三宮は死なずに柏木との息子薫のために生きる決心をするが、式部は薫を、源氏ですら愛さずにはいられないほど美しく可愛らしい赤ん坊として描いている。ことに歯のはえだした薫が筍をかじる場面の愛らしさには、読者も思わず魅了されてしまう。源氏と藤壷の子冷泉帝も魅力的に描かれており、不義の子たちの愛らしさは、騎士道物語にはない新しいタイプの雅びさであり、女性の作家ならではの慈愛が感じられる。もちろん姦通で生まれた男児たちを魅力的に描くことは、家父長的価値観にたいする挑戦だともいえるが。

また『源氏物語』を中世の宮廷風騎士道物語と較べることによって、平安王朝と中世ヨーロッパの宮廷文化の共通点や相違も見えてくる。一般に平安時代は、前代に較べると女性の地位が低くなったといわれている。しかし中世ヨーロッパと較べれば、平安朝の女性の地位は格別低いとはいえないし、中世ヨーロッパと異なり、貴族の女性たちが文学的才能を存分に発揮できた時代である。これは女性史のうえでももっと肯定的に評価されていいのではないかと思う。

紫式部が十一世紀の初めに『源氏物語』を書いたのは、決して奇蹟ではない。そこには女性たちの文学的才能を育てることに熱心な社会があった。私が平安時代に惹かれるのも、紫式部の他に多くの才能ある女性たちがいたことである。おそらく式部は、彼女たちがいたからこそ、自分の才能を一段とみがくことができ、『源氏物語』という世界的な傑作をうみだすことができたのであろう。

註

第1章　姦通文学の系譜

1　トニー・タナー『姦通の文学』（高橋和久・御輿哲也訳、朝日出版社、一九八六）三一頁。

2　漱石については、拙著『『三四郎』の世界（漱石を読む）』（翰林書房、一九九五）一五九―一六〇頁を参照されたい。

3　タナー『姦通の文学』三一頁。

4　アルノー・ドゥ・クロワ『中世のエロテシズム』（吉田春美訳、原書房、二〇〇二）三五―三六、六九頁。

5　ジャンヌ・ブーラン＋イザベル・フェッサール『愛と歌の中世』（小佐井伸二訳、白水社、一九八九）八頁。ドゥ・クロワも『中世のエロテシズム』（六一頁）でシャルル・セニョボスについて言及している。

6　同前、八、一一頁。

7　ジョルジュ・デュビィ「宮廷風恋愛のモデル」（G・デュビィ＋M・ペロー監修／杉村和子＋志賀亮一監訳『女の歴史II　中世1』藤原書店、一九九四）四二四頁。他の著者も、キリスト教の教会が夫婦間の情熱的な性愛の快楽にもとづく愛は、姦通より悪いと主張していたと指摘している。

8　ジョルジュ・デュビー『中世の結婚』（篠田勝英訳、新評論、新版一九九四）八〇―八一、八三頁。なおほとんどの訳本では作者名はデュビィとあるが、ここでは篠田訳にしたがった。
9　同前、一五九頁。
10　アンドレーアース・カペルラーヌス『宮廷風恋愛について』（瀬谷幸男訳、南雲堂、一九九三）九四頁。
11　ドゥ・クロワ『中世のエロテシズム』七二―七三、七五頁。ブーラン＋フェッサール『愛と歌の中世』三〇頁。
12　ブーラン＋フェッサール『愛と歌の中世』九―一〇頁。
13　同前、一〇頁。中世の人口、経済、文化などについては、ジョルジュ・デュビィおよびロベール・マンドルー共著『フランス文化史Ⅰ』（前川貞次郎＋鳴岩宗三訳、人文書院、一九六九）参照。
14　ドゥ・クロワ『中世のエロテシズム』五二頁。騎士階級の貴族化については、デュビィ＋マンドルー『フランス文化史Ⅰ』五八頁参照。
15　同前、六七頁。
16　同前、三四〇―三六二頁。ブーラン＋フェッサール『愛と歌の中世』三〇―三一頁も参照した。
17　原野昇「フランス中世にみる女と男」（水田英実＋山代宏道＋中尾佳行＋地村影之＋原野昇『中世ヨーロッパにおける女と男』渓水社、二〇〇七、一四九頁）。ただし中世には、ファブリオ（韻文形式の小話）と呼ばれる反宮廷風騎士道文学もあり、そこでは女性は淫らで、嘘つきで、不実で、危険な存在として描かれている。原野もその点について論じている。
18　ブーラン＋フェッサール『愛と歌の中世』八六―八八頁。なお文学的に優れた「雅びの歌」は、沓掛良彦編訳『トルバドゥール恋愛詩選』（平凡社、一九九六）に多数含まれているが、カベスタンの詩は、「雅びの愛」の精神を端的に表明しているので引用した。
19　ドゥ・クロワ『中世のエロテシズム』一五、五四頁。

20 ジョルジュ・デュビー（デュビィ）『中世の結婚』三〇六―三一九頁。アリエノールのルイ七世との離婚とアンリとの結婚については、井上泰男＋木津隆司＋常見信代『中世ヨーロッパ女性史』（平凡社、一九八六）にも詳しい記述がある。

21 同前、九〇頁。

22 石井美樹子『イギリス中世の女たち』（大修館書店、一九九七）二二〇頁。

23 佐藤輝夫『トリスタン伝説』（中央公論、一九八一）一四九―一五〇頁。

24 同前、一二三―一二四頁。

25 ジョセフ・ベディエ編『トリスタン・イズー物語』（佐藤輝夫訳、岩波書店、一九五三）二二九―二三〇頁。

26 ブリュターニュは地理的にはフランスにあるが、コーンウォールやウェールズ、スコットランド、アイルランドと同じくケルト人が住んでいた。ケルト人はドイツにもいたといわれる。

27 ベディエ編『トリスタン・イズー物語』一〇頁。

28 同前、二二四頁。

29 同前、五三頁。

30 佐藤輝夫『トリスタン伝説』七七〇―七七一頁。

31 ジョルジュ・デュビー（デュビィ）『中世の結婚』三六〇―三六一頁。

32 漱石のランスロットとグィネヴィアの姦通を扱った「薤露行」は、シャーロットの淑女の話を含んでいるので、テニスンの詩を参考にしたと考えられる。

33 リチャード・キャヴェンディッシュ『アーサー王伝説』（高市順一郎訳、晶文社、一九八三）四〇―五二頁。なおキャヴェンディッシュは、王ではないが、アーサーに似た人物がいたと考えている。

34 同前、五三―五四頁。

35 サァー・トマス・マロリー『完訳　アーサー王物語　上』（中島邦男＋小川睦子＋遠藤幸子訳、青山社、一九九五）五頁。なお中島邦男も同書の『下』に収められた「アーサー伝説の起源と発達」で、アーサーは実在の人物だと見ているが、その根拠としている文献の歴史性については多くの疑問が呈されている。
36 Nicholas White, *Scarlet Letters*, London : MacMillan Press Ltd., 1997, p. 21.
37 石井美樹子『イギリス中世の女たち』二二二頁。
38 同前、八八—八九頁。
39 ロベール・ド・ボロンが書いた『マーリン』と『異本マーリン』のなかの話は、キャヴェンディッシュ『アーサー王伝説』七一—七三、七九—八〇頁を参照した。
40 キャヴェンディッシュ『アーサー王伝説』八〇頁。
41 ブーラン＋フェッサール『愛と歌の中世』二八頁。
42 C・S・ルーイス『愛とアレゴリー』（玉泉八州男訳、筑摩書房、一九七二）二一頁。
43 クレティアンの『ランスロ』の日本語訳がないので、キャヴェンディッシュ『アーサー王伝説』一二四頁からの引用。
44 同前、一二七、一三〇頁。
45 ルーイス『愛とアレゴリー』二三—二四頁。ドゥ・クロワ『中世のエロテシズム』一五四頁。
46 原野昇『中世ヨーロッパにおける女と男』一四一頁。
47 ドゥ・クロワ『中世のエロテシズム』一〇一—一〇二頁。
48 キャヴェンディッシュ『アーサー王伝説』四八—四九、七八頁。
49 同前、一二六—一二七頁。
50 湖の貴婦人に育てられたランスロットの背景は、魔術師マーリンに育てられ、やはり「湖の貴婦人」から魔法の剣エックスカリバーを与えられるアーサーに類似している。それでこの二人はもとは同一人物であり、彼らは、オセット人、つまり現代のコーカサス地方の住民の叙事詩（ナルト叙事詩）の英雄、バトラズをもとに造型されたのではないかという説も出されている。ナルト叙事詩は、訳者が指摘しているように、吉田敦彦などが、日本の神話にも継承されていると主張している（C・スコット・リトルトン＋リンダ・A・マルカー『アーサー王伝説の起源』辺見葉子＋吉田瑞穂訳、青土社、一九九八）。

付言すれば、これらの説は荒唐無稽のようだが、中世ヨーロッパの吟遊楽人・詩人たちの伴奏楽器の竪琴はコーカサスあたりからきたリュートと呼ばれる楽器で、琵琶にも似ており、中国の記録では「琵琶は騎馬民族たる胡人が馬上で鼓する楽器」とあるし、琵琶は平家物語の語りの伴奏楽器で、奈良朝までには伝来していたといわれる。東西における語りの伴奏楽器が同一起源らしいことと、ナルト叙事詩と類似した神話、伝説が東と西にあることの間には関連があるかも知れない。なお源氏が舞う青海波も、もともと西域から中国を経て伝えられたものである。琵琶については川口久雄『源氏物語への道』（吉川弘文館、一九九二）二一八頁参照。

51　キャヴェンディッシュ『アーサー王伝説』二八八頁。

第2章　『源氏物語』と姦通

1　川口久雄『源氏物語への道』四〇—四一頁。

2　同前、五〇頁

3　佐藤宗諄「女帝と皇位継承法」（女性史総合研究会編『日本女性史1　原始・古代』東京大学出版会、一九八二、一六六—一六九頁）。

4　清水好子『源氏物語論』（塙書房、一九六六）二六四頁。

5　ジョウン・R・ピジョー「『ヒメヒコ』と『ヒメ王』」（脇田晴子＋S・B・ハンレー編『ジェンダーの日本史　下』東京大学出版会、一九九五、二二一頁）。

6　『紫式部日記』（藤岡忠美＋中野幸一＋犬養廉校註・訳『完訳日本の古典第二十四巻　和泉式部日記・紫式部日記・更級日記』小学館、一九八四）一五四頁。

7　阿部秋生＋秋山虔＋今井源衛＋鈴木日出男校註・訳『古典セレクション　源氏物語3』（小学館、一九九八）二三八頁の注を参照した。

8　『河海抄』は、五条后や二条后が業平に通じただけでなく、花山院女御（婉子）が小野宮関白（実資）や道信中将に通じた例などをあげている。阿部秋生＋秋山虔＋今井源衛＋鈴木日出男校註・訳『古典セレクション　源氏物語10』（小学館、一九九九）一六六頁、注九参照。

9　天皇とホノニニギとの関係については、岡野治子「アマテラスのイメージ・王権・女性」（岡野治子編『女と男の時空：女と男の乱―中世上』藤原書店、二〇〇〇、一六三頁）参照。

10　西條勉『古事記と王家の系譜学』（笠間書院、二〇〇五）二〇七、二〇九頁。

11　ジョウン・R・ピジョー「『ヒメヒコ』と『ヒメ王』」（『ジェンダーの日本史　下』）二一七頁。

12　河添房江『源氏物語時空論』（東京大学出版会、二〇〇五）の一九九―二〇〇頁で、天皇家では、「光」という諡号が新しい王朝を打ち立てる天皇におくられたことについての研究史に言及している。しかしなぜ「光」が特別の麗質を意味するかについては、どの研究にも説明がないので、やはり「光」という用語は「高光る日御子」ニニギからとられたと見るべきであろう。

13　小島菜温子編『王朝の性と身体』（森話社、一九九六）四八、五五頁。

14　柏木由夫「神など、そらにめでつべき容貌」（『国文学解釈と鑑賞　別冊　源氏物語の鑑賞と基礎知識』No.22. 三四頁）。

15　西條勉『古事記と王家の系譜学』二〇一―二〇二頁。
16　駒尺喜美『紫式部のメッセージ』（朝日新聞社、一九九一）。
17　『国文学解釈と鑑賞　別冊　源氏物語の鑑賞と基礎知識』No.22．三六頁。引用に用いた小学館版の訳より
こちらの方が原文に近いので用いた。
18　清水好子『源氏物語論』二〇五―二一二頁参照。
19　堀内秀晃＋秋山虔校注『竹取物語・伊勢物語　新日本古典文学大系17』（岩波書店、一九九七）六五、八一、
八三、一四一頁。
20　岡野治子「アマテラスのイメージ・王権・女性」（『女と男の時空：女と男の乱―中世　上』一六三―一六五
頁）。
21　清水好子『源氏物語論』二二〇―二四七頁参照。
22　望月郁子は『源氏物語は読めているのか』（笠間書院、二〇〇二、三一―三二頁）で、桐壺帝が源氏と藤壺
を姦通するようにした、それは帝が源氏には帝王と帝王の妃が生まれるという宿曜の予言を実現しようと思っ
たからだと主張しているが、これは源氏が夢見たことであり、帝の知らないことである。
23　清水好子『源氏物語論』二五七、二六一頁。
24　同前、二一七頁。
25　同前、二六五頁。なお小林正明も「わだつみの『源氏物語』」という論文で、「皇統譜の正当性は、『源氏物
語』の中で、脱構築されている」と指摘している（吉井美弥子編『〈みやび〉異説』森話社、二〇〇二、二一
三頁参照）。
26　円地文子『有縁の人々と〈円地文子対談集〉』（文藝春秋、一九八六）一三三頁。
27　一九六〇年代初めの右翼テロリストによる嶋中事件など、出版社や作家にたいする一連のテロ行為によって、

天皇や天皇制を批判する発言は慎むという「菊のタブー」が広がっていた。拙著『三島由紀夫とテロルの倫理』（作品社、二〇〇四）一六九―一七〇頁参照。

28　小林正明の「シンポジウム　21世紀の源氏物語へ」での発言を要約した（『源氏研究』第六号、二〇〇一、四―七頁）。

第3章　源氏と柏木・女三の宮の姦通

1　阿部秋生＋秋山虔＋今井源衛＋鈴木日出男校註・訳『古典セレクション　源氏物語9』（小学館、一九九八）五〇頁、註2参照。

2　西村亨は「〝いろごのみ〟の生涯」で、源氏は朱雀院の「大きな財産が女三の《(ママ)》宮と通じて」「敵対者の手に落ちることは見逃すわけにはゆかない」と指摘している（『日本の古典5　グラフィック版　源氏物語』世界文化社、一九七四、一五八頁）。河添房江も女三宮の婚礼の時の唐物を含めた宝物の豪華さを指摘している。特に『源氏物語時空論』（東京出版会、二〇〇五）第六章を参照。

3　円地文子『有縁の人々と〈円地文子対談集〉』八九頁。

4　平安時代の婚姻関係を調べているという女性史家である服藤早苗氏に、紫上の「上」は正妻を意味し、三日夜の餅も正式な婚姻契約を意味するという指摘を受けた。

5　三田村雅子「もののけという〈感覚〉」（『フェリス・カルチャーシリーズ1　源氏物語の魅力を探る』翰林書房、二〇〇二、七―五三頁）。この論文には、紫上の病気だけでなく、もののけという現象についても優れた分析がある。

6　女性史研究家である西村汎子は『源氏物語』における婚姻・家族関係と女性の地位」（前女性史研究会編

『家族と女性の歴史』吉川弘文館、一九八八）で、紫上の正妻から副妻への転落に注目している。

7 『源氏物語の鑑賞と基礎知識―桐壺』（一〇二頁）で「なまめかし」が「最高美」だと指摘されているが、それが男性では源氏、柏木、薫の三人にしか用いられていないことを指摘したのは、武田佐知子「男装と女装」（脇田晴子＋S・B・ハンレー編『ジェンダーの日本史　上』東京大学出版会、一九九四、二二〇頁）である。

8 この蹴鞠の場面では、源氏が蹴鞠を「乱りがはしきこと」と形容したので、その言葉は柏木を「乱りがはし」といったのだと柏木に否定的な解釈が多い。しかし源氏は蹴鞠自体を批評したのであり、その後源氏は夕霧と柏木になぜ一緒に「乱れたまはざらむ」、つまりぜひ仲間に入って蹴鞠をやるように薦めるので、柏木は「かりそめに立ちまじ」るわけであり、美しい柏木が「さすがに乱りがはしき」なのは、「をかしく見ゆ」ともあって、柏木に否定的な場面だとはいえない。

9 サー・トマス・マロリー『完訳　アーサー王物語　下』（中島邦男＋小川睦子＋遠藤幸子訳、青山社、一九九五）一六四頁。

10 同前、一七八頁。

11 ジョルジュ・デュビー（デュビィ）『中世の結婚』三四九頁。アンドレ・ル・シャブランは『恋愛論』の第三部では、恋愛を弾劾しているが、それは教会に強要されたからだといわれている。

12 ジャンヌ・ブーラン＋イザベル・フェッサール『愛と歌の中世』四八―五二頁。アンドレーアース・カペルラーヌス『宮廷風恋愛について』一八八―一九〇頁も参照。

13 円地文子『有縁の人々と〈円地文子対談集〉』八八頁。

14 丸谷才一の発言は、円地文子との対談のなかでのもの。『有縁の人々と〈円地文子対談集〉』八六頁。

15 駒尺喜美『紫式部のメッセージ』九三―九四頁。

16 三田村雅子「もののけという〈感覚〉」（『源氏物語の魅力を探る』三三、三八頁）。

1 ジョルジュ・デュビー（デュビィ）『中世の結婚』三六一頁。
2 Loralee MacPike の論は、Bill Overton の *The Novel of Female Adultery*, London : MacMillan Press Ltd., 1996, p.185. から引用した。
3 Overton, *The Novel of Female Adultery*, p.85.
4 ニコル・アルノー＝デュック「法律の矛盾」（ジョルジュ・デュビィ＋ミシェル・ペロー監修／杉村和子＋志賀亮一監訳『女の歴史Ⅳ 十九世紀1』藤原書店、一九九六、一七五―一七七頁）。
5 同前、vii頁。なお十九世紀には夫と未婚の女性の姦通を描いた作品も多いが、それは性的魅力を持った女性と性的魅力のない妻というパターンの繰り返しであり、相手の女性にも子供は生まれず、社会的には特筆すべき点はないというのが定説である。
6 Judith Armstrong, *The Novel of Adultery*, London : MacMillan Press Ltd., 1976, p.80.
7 同前、p.158.
8 Naomi Segal, *Scarlet Letters*, Hampshire : MacMillan Press, Ltd., 1997, p.87.
9 ナオミ・シーガルは、女児が生まれる小説を批判して、アンナとヴロンスキーの間の子が男児だったなら、アンナは即座にカレーニンと離婚してヴロンスキーと結婚したであろうし、ディムズディルもヘスタとの間に女児ではなく、男児が生まれていれば、ボストンの教会で高位につくという野心を放棄し、三人で英国に戻ったはずだ。またエンマもシャルルとの間に男児が生まれていれば、姦通に走らなかったに違いないという。
10 ジャン・ラボー『フェミニズムの歴史』（加藤泰子訳、新評論社、一九八七）一四―一五頁。Naomi Segal, *Scarlet Letters*, pp.115〜117. 参照。

11　石井美樹子『イギリス中世の女たち』二三二頁。
12　ラボー『フェミニズムの歴史』二〇頁。
13　同前、一四―一六頁。
14　ブーラン+フェッサール『愛と歌の中世』四四頁。
15　服藤早苗『平安王朝社会のジェンダー』（校倉書房、二〇〇五）の第一部家、第二部王権参照のこと。
16　同前、二〇〇頁。
17　三谷邦明『源氏物語の方法』（翰林書房、二〇〇七）二四六頁。
18　服藤早苗『平安王朝社会のジェンダー』九六頁。
19　氏家幹人は『不義密通』（講談社、一九九六）で、国会の審議での男性議員たちの驚くべき偏見に満ちた発言について記録している。
20　『新潮日本文学研究アルバム25　北原白秋』（新潮社、一九八六）四二―四三頁。
21　もろさわようこ『おんなの歴史　下』（未来社、一九七二）一五頁。
22　千種キムラ・スティーブン「姦通文学としての『それから』」（『漱石研究』第一〇号、一九九八、一一二頁）。
23　関口裕子+鈴木国弘+大藤修+吉見周子+鎌田とし子『日本家族史』（梓出版社、一九八九）二三九頁。
24　服藤早苗「性愛の変容」（伊東聖子+河野信子編『女と男の時空：おんなとおとこの誕生――古代から中世へ』藤原書店、一九九六、二一八頁）。
25　勝俣鎮夫の中世密懐法についての情報は、久留島典子「婚姻と女性の財産権」（岡野治子編『女と男の時空：女と男の乱――中世上』藤原書店、二〇〇〇、一九四頁）より得た。
26　服藤早苗『平安朝女の生き方』（小学館、二〇〇四）二五頁。
27　氏家幹人『不義密通』一五八頁。

28　同前、一五八頁。
29　同前、一七〇頁。
30　同前、二一四頁。
31　関口裕子他『日本家族史』一四八頁。
32　同前、一四九頁。
33　千種キムラ・スティーブン「姦通文学としての『それから』」（『漱石研究』第一〇号、一一二頁）。
34　西山良平の研究については、服藤早苗『平安王朝社会のジェンダー』二九八頁を参照した。私見を加えれば、王の妻との性的関係が七世紀まで死罪だったのは、天皇は有力な豪族出身の女性との婚姻によって、政治的権力を確立していったので、そのような女性との性的関係は、天皇の権力への挑戦と見なされたからであろう。
35　服藤早苗は酒人内親王のことは、『東大寺要録』に記載されているという。『平安王朝社会のジェンダー』二八〇頁参照。
36　同前、二八〇頁。
37　同前、二八一頁。
38　同前、二八一―二八三頁。
39　同前、二八三頁。
40　服藤早苗『平安王朝社会のジェンダー』三一一頁。
41　関口裕子他『日本家族史』五九頁。
42　西村汎子「『源氏物語』における婚姻・家族関係と女性の地位」（『家族と女性の歴史』）参照。
43　秋山虔『源氏物語』（岩波書店、一九七三、三刷）一五一頁。
44　服藤早苗『平安朝女の生き方』一一九頁。

45 トノムラ・ヒトミ「肉体と欲望の経路：『今昔物語』にみる女と男」（『ジェンダーの日本史　上』二九九、三〇二頁）。

第5章　『源氏物語』は奇蹟か？

1 E・G・サイデンステッカー『西洋の源氏・日本の源氏』（笠間書院、一九八四）九五頁。
2 Barbara Leckie, *Culture and Adultery*, Philadelphia : University of Pennsylvania Press, 1999, pp.5, 6.
3 伊井春樹『源氏物語の伝説』（昭和出版、一九七六）。
4 田中貴子「中世の女性と文学」（『ジェンダーの日本史　下』八八、九三頁）参照。
5 三田村雅子のシンポジウム「21世紀の源氏物語」（『源氏物語研究』二〇〇一、第六巻）中の発表を参照。
6 門玲子『江戸女流文学の発見』（藤原書店、一九九八）三三四頁。
7 同前、三三七頁。
8 同前。
9 拙論「姦通文学としての『それから』」（『漱石研究』第10号）で、漱石がいかに苦心して姦通罪を批判したか分析したので、参照されたい。
10 トニー・タナー『姦通の文学』三四—三五頁。
11 ミシェル・フーコー『性の歴史I　知への意志』（渡辺守章訳、新潮出版、一九八六）一〇頁。
12 トニー・タナー『姦通の文学』三四—三五頁。
13 Judith Armstrong, *The Novel of Adultery*, pp.141–143.
14 Barbara Leckie, *Culture and Adultery*, p.25.

15 清水好子『紫式部』(岩波書店、一九七三)一四一頁。
16 ジョルジュ・デュビィ「宮廷風恋愛のモデル」(『女の歴史Ⅱ 中世1』)四一八頁。
17 沓掛良彦編訳『トルバドゥール恋愛詩選』(平凡社、一九九六)二五七―二五九頁。
18 同前、三九四頁。
19 ジャン・ラボー『フェミニズムの歴史』一八頁。
20 ヴァージニア・ウルフ『私ひとりの部屋』(村松加代子訳、松香堂、一九八四)六九頁。
21 石井美樹子『イギリス中世の女性たち』二二一頁。
22 ジョルジュ・デュビー(デュビィ)『中世の結婚』三五九頁の註から引用した。
23 ジャン・ラボー『フェミニズムの歴史』二二頁、並びにアルノー・ドゥ・クロワ『中世のエロテシズム』一〇九、一一一頁。アンドレア・ホプキンス『中世を生きる女性たち』(森本英夫監修/浅香佳子＋小原平＋傳田久仁子＋熊谷知実訳、原書房、二〇〇二)二二八―二七五頁参照。
24 ジャン・ラボー『フェミニズムの歴史』二五頁。
25 ハルオ・シラネ「世界文学における『源氏物語』」(『源氏研究』二〇〇一、第六号)を参照。
26 西郷信綱『日本古代文学史』(岩波書店、一九五一)第三章参照。
27 ヴァージニア・ウルフ『私ひとりの部屋』六九頁。
28 長沢三津編『女人和歌大系Ⅰ』(風間書房、一九八一)一一―一三頁。
29 橋本たつお「万葉集の成立と構造」(古橋信孝＋三浦佑之＋森朝男編『「万葉集」古代文学講座8』晩誠堂、一九九六、二〇頁)。
30 目加田さくを＋百田みち子『東西女流文芸サロン』(笠間書院、一九七八)七頁。
31 中川幸蔵「女流歌人」(『「万葉集」古代文学講座8』一二七頁)。

32 小野寺静子「大伴坂上娘女」（久松潜一監『万葉集講座　第6巻』有精堂、一九七二、二二〇頁）。
33 釆女については、倉塚曉子『巫女の文化』（平凡社、一九七九）に詳しい。
34 古橋信孝『万葉集を読みなおす』（日本放送協会、一九八五）八一頁。なお、これは船遊びの歌だともいわれているが、当時は公式の行事は夜行われるのが慣習であり、『源氏物語』でも、夜の公式行事が多い。
35 額田王が近江遷都の際詠んだ長歌と反歌は、『万葉集』巻一、一七―一八を参照。なお存命中の天智天皇と弟の大海人皇子（天武天皇）は、額田王の愛を争ったといわれているが、額田の巫女的呪力の神聖さを考えるなら、彼らは自分たちの王権にとって、額田の呪力が重要だと考えたから、額田を得ようとして争ったのではないだろうか。
36 額田王が歌会の判定のために詠んだ歌は、『万葉集』巻一、十六を参照。
37 大久保ただし「東歌の女歌人」（久松潜一編『日本女流文学史　古代中世』同文書院、一九六九、七四―九一頁）。
38 円地文子『源氏物語私見』（新潮社、一九七四）一九九頁。
39 渡辺実「解説」（『枕草子　新日本古典文学大系25』岩波書店、一九九一、三六九―三七〇頁）。
40 梅村恵子「平安貴族の家庭教育」（片倉比佐子編『日本家族史論集10』吉川弘文館、二〇〇三、一六二―一六三頁）。
41 目加田さくを＋百田みち子『東西女流文芸サロン』六五頁。
42 服藤早苗は、この九一三年におこなわれた歌合は、「晴儀の歌合として行事内容が整った、歴史的には初めての、大変重要な」歌合であり、「味方の和歌を一首ずつ講詠披露する」左右の「講師」の役を「務めたのは女性たちだった」ことでも重要だ、その後の歌合で「講師」を務めるのは、男性に代わるからだという（服藤早苗『平安朝女の生き方』小学館、二〇〇四、一七―一八頁）。

43 樋口芳麻呂「伊勢」（樋口芳麻呂・鷲尾純、久保田朝孝・岩下紀之『王朝の女流歌人たち』世界思想社、一九九〇、三八頁）。
44 大曽根章介「平安初期の女流漢詩人」（久松潜一編『日本女流文学史　古代中世』一九六九、一三〇頁）。
45 川口久雄『源氏物語への道』、清水好子『源氏物語論』に、『史記』や中国の伝奇小説などの漢籍を典拠する箇所についての詳しい論証がある。
46 川口久雄『源氏物語への道』一六一―二〇三頁。池田忍「絵画言説の位相――『源氏物語』を中心に」（『史編』54集、二〇〇三、三、六一―八二頁）。
47 川口久雄『源氏物語への道』八四頁。
48 小森潔「『枕草子』・〈性差〉を越えて」（小嶋菜温子編『王朝の性と身体』森話社、二〇〇二、一〇―三三頁）。
49 川口久雄『源氏物語への道』一八七頁。
50 夫方居住婚は、父系直系家族制度だが、「父系直系家族制度が」「はっきりした形をとって現れるのは、十二世紀以降である」（『日本家族史』五七頁）。
51 伊東聖子＋河野信子「序」（伊東聖子＋河野信子編『女と男の時空：日本女性史再考　おんなとおとこの誕生―古代から中世へ　上』藤原書店、二〇〇〇、一九頁）。このような財産制度も、やはり双系制的である。
52 吉川真司「平安時代における女房の存在形態」（『ジェンダーの日本史　下』）。
53 清水好子『紫式部』（岩波書店、一九七五）一三〇―一三二頁。
54 久留島典子は「婚姻と女性の財産権」のなかで、鎌倉期にも女性は相続権を持っていたが、公家では夫婦同財、武家では夫婦別財という原則が確認でき、庶民の間でも夫婦別財が多かった。キリスト教布教のために来日した宣教師ルイス・フロイスが日本で書いた『日欧文化比較』には、ヨーロッパでは夫婦間で財産は共有であるが、日本では別財産で、妻が夫に高利で金を貸すこともあるが、ヨーロッパでは共有といっても、夫が妻の財産を管理していたと指摘している（岡野治子編『女と男の時空：女と男の乱—中世　上』藤原書店、二〇〇〇、一九七、二七〇—二七一頁）。

55　ハルオ・シラネ「世界文学における『源氏物語』」（『源氏物語研究』二〇〇一、第六号）。

56　『紫式部日記』（『完訳日本の古典第二十四巻　和泉式部日記・紫式部日記・更級日記』）一九九頁。

57　『枕草子』がどのようにして執筆され、「枕」がどのような意味を持つかについては、渡辺実の「解説」が参考になろう（「解説」は岩波書店出版の『枕草子　日本古典文学大系2』に収録）。

58　岩下紀之「阿仏尼」（樋口芳麻呂＋鷹尾純＋久保朝孝＋岩下紀之『王朝の女流作家たち』世界思想社、一九九〇、二五〇頁）。

59　門玲子『江戸女流文学の発見』三二二頁。

あとがき

私は『源氏物語』の専門家ではない。序で述べたように、カナダのブリティッシュ・コロンビア大学で勉強している時に、アーサー・ウエーリーの英訳で読んで感銘を受け、アメリカ人の仏教学者レオン・ハーヴィット教授の指導で原典を学んだ。その時谷崎潤一郎の現代語訳も一緒に読んだので、三十年以上たっても、『源氏物語』の基本的な筋はずっと記憶に残っていた。

そこで『源氏物語』と漱石の作品や西欧の姦通文学と比較した論文を書きたいと考えていたのだが、近代文学を教えるのに忙しく、そのひまがなかった。たまたま今年の一月末に世織書房の伊藤晶宣氏と話している時、「今年は源氏物語千年紀なので、書きませんか」といわれ、挑戦することにした。

だが、『源氏物語』をもう一度読み直すのは大変な仕事だった。また十九世紀の西欧の姦通文学や漱石の作品と比較するだけでは、『源氏物語』の主要なテーマである帝王の妃と臣下の男性の姦通の意味が曖昧になってしまうことにも気がついた。そこで急遽、中世ヨーロッパの宮廷風騎士道物語の代表作であるトリスタンとイズーの物語とアーサー王伝説を比較の対象に選ぶことにした。二作には、王妃との姦通というテーマがあることを思い出したからだ。だが英語でしか作品を読んでいなかったので、日本語訳を読み、この二作に関連した日本語の文献を調べるのは思ったより時間のかかる仕事だった。

けれどもトリスタンとイズーの物語及びアーサー王伝説を比較の対象に加えることで、収穫もあった。それは紫式部が天皇家の統治神話を利用して、源氏と藤壷の姦通を聖なる姦通とし、冷泉帝の誕生と十八年間に及ぶ冷泉帝の統治を正当化していることや、柏木と女三宮の姦通と薫の誕生という設定の持つ革新性などが明確になってきたことだ。

また、服藤早苗の『平安王朝とジェンダー』などの女性史家の研究も考慮することで、紫式部が二組の姦通と男児の誕生という設定によって、当時の家父長的な社会制度のどの部分を批判しているかも一層はっきりしてきた。

四章では、紫式部がなぜ帝王の妃と臣下の男性の姦通の物語を書くことができたのかを知るために、妻の姦通にたいする各時代の考え方や姦通罪の問題も考慮した。そして五章では、紫式部が十一世紀初めという早い時期に『源氏物語』のような傑作を書くことができた理由を知るために、「雅びの愛」の文学の発祥地の中世フランスの女性の文学活動や、平安朝の女性の文学的活動などもあわせて考慮することにした。

このようにテーマを広げた結果、手薄なところや、『源氏物語』の専門家から見れば、途方もない解釈だと、お叱りをうける箇所も多数あると思う。

しかし外国で『源氏物語』を読む場合は、テクストを分析すると同時に、社会的な問題も考慮しなければ、作品の革新性も見えにくいという問題がある。だから、これは外国で『源氏物語』を読んだ者の、方法論的な試みであることを改めて断っておきたい。

なおこの本を書く際、『源氏物語』を現代語訳した円地文子についての小林富久子『円地文子：ジェンダーで読む作家の生と作品』（新典社、二〇〇五）に多大なインスピレーションを得たことも記しておきたい。英米文学の専門家である小林氏の日本文学にたいするアプローチは、日本文学を外国文学として読んだり、教えたりしている私には大いに参考になった。

また小林氏には、早稲田大学に研究員として招待していただき、さまざまなご援助をいただいた。お陰で早稲田大学の図書館を使うことができた。正直いって、この本は早稲田大学の図書館を使えたから書けたと思う。

最後に世織書房の伊藤晶宣氏にお礼を言いたい。好きなように書いてもよいといわれ、お陰で心置きなく冒険ができた。また落合恵美子・服藤早苗氏、京都の生涯教育研究所の富士谷あつ子氏、「居酒屋花のえん」の土井和代氏他、多数の方々にご支援いただいたことに感謝したい。

亡きレオン・ハーヴィット教授にも遅ればせながら感謝の意を表したい。

二〇〇六年六月三〇日

千種キムラ・スティーブン

〈著者紹介〉
千種キムラ・スティーブン
京都女子大短期大学部英文科卒、オックスフォード大（セント・アン・カレッジ）、ブリテッシュ・コロンビア大（カナダ）修士号、カンタベリー大学にて博士号。現在、カンタベリー大学教授、早稲田大学非常勤講師。
著書に『「三四郎」の世界：漱石を読む』、『三島由紀夫とテロルの倫理』、『大庭みな子「三匹の蟹」：ミニスカート文化の中の女と男』、論文に "Avant-garde Film and Otherness of Women", "Reclaiming the Critical Voice in Enchi Fumiko's *The Waiting Years*".「ドストエフスキー・芥川・黒澤：ポニフォニー（多声）的世界」など多数。

『源氏物語』と騎士道物語——王妃との愛

2008年11月17日　第1刷発行

著　者｜千種キムラ・スティーブン
装　幀｜M. 冠着
発行者｜伊藤晶宣
発行所｜(株)世織書房
印刷所｜三協印刷(株)
製本所｜三協印刷(株)

〒220-0042 神奈川県横浜市西区戸部町7丁目240番地　文教堂ビル
電話045(317)3176　振替00250-2-18694

落丁本・乱丁本はお取替いたします　Printed in Japan
ISBN978-4-902163-40-7